AKIRA ICHIKAWA COLLECTION NO.5

Max Frisch, Schriftsteller und Architekt, in Männedorf, 1955
Fotograf: Hans Gerber
(ETH-Bibliothek_Com_L04-0017-0004)

Max Frisch

ANDORRA
STÜCK IN ZWÖLF BILDERN

(1957/61)

Übersetzung

Akira Ichikawa

MATSUMOTOKOBO Ltd.

AKIRA ICHIKAWA COLLECTION NO. 5

Andorra

1 Auflage: 20. März 2018

Übersetzungsserie von Akira Ichikawa

Max Frisch: Andorra. Stück in zwölf Bildern
© Suhrkamp Verlag Frankfurt am Main 1961.
All rights reserved by and controlled through Suhrkamp Verlag Berlin.
Japanese edition published by arrangement through The Sakai Agency.

Der Originaltext dieser Übersetzung: *Andorra*.
In: Max Frisch, Gesammelte Werke in zeitlicher Folge 1957-1963 Band IV· 2
Suhrkamp Verlag
Frankfurt am Main 1976

Buchausstattung, Satz und Publikation:
Hisaki Matsumoto (MATSUMOTOKOBO Ltd.)
Gajoen Heights (Zimmer) 1010, 12-11 Amijima-cho, Miyakojima-ku,
Osaka 5340026, Japan
Telefon: +81-(0)6-6356-7701, Faksimile: +81-(0)6-6356-7702
http://matsumotokobo.com

Herausgabe: Tomoko Okamoto
Druck und Bindung: Shinano Book Printing Co., Ltd.

Kein Teil des Werkes darf in irgendeiner Form (durch Fotografie, Mikrofilm oder andere Verfahren)
ohne schriftliche Genehmigung des Verlegers reproduziert oder unter
Verwendung elektronischer Systeme verarbeitet, vervielfältigt oder verbreitet werden.

Printed in Japan, ISBN978-4-944055-95-1
© 2018 Akira Ichikawa

マックス・フリッシュ

アンドラ
十二景の戯曲

市川　明　訳

松本工房

Inhalt

Andorra   11
Stück in zwölf Bildern

Endnoten   382

Kommentar   389

目次

アンドラ　十二景の戯曲　　　*11*

註釈　　　*382*

解題　　　*389*

凡例

本書は、Max Frisch: *Andorra*. In: Gesammelte Werke in zeitlicher Folge 1957-1963 Band IV. 2, Frankfurt am Main 1976 を底本とし、新訳を施したものである。また、ドイツ語組版に関しては Max Frisch: *Andorra*, suhrkamp taschenbuch 277, Frankfurt am Main 1975 及び Max Frisch: *Andorra*, Suhrkamp BasisBibliothek 8, Frankfurt am Main 1999 も参照した。

本書は日本とドイツ語圏諸国の文学や文化の比較研究を試みる読者・研究者の便を図り、偶数頁にドイツ語原文を、奇数頁に日本語訳を参照しやすいよう配した。日本語訳への註釈は訳者によるものである。

アンドラ

十二景の戯曲

(1957/61)

12景

Dem Zürcher Schauspielhaus gewidmet in alter Freundschaft und Dankbarkeit

チューリヒ劇場に捧ぐ
変わらぬ友情と感謝で

(1957/61)

Das Andorra dieses Stücks hat nichts zu tun mit dem wirklichen Kleinstaat dieses Namens, gemeint ist auch nicht ein andrer wirklicher Kleinstaat; Andorra ist der Name für ein Modell.

M. F.

Personen

> Andri
> Barblin
> Der Lehrer
> Die Mutter
> Die Senora
> Der Pater
> Der Soldat
> Der Wirt
> Der Tischler
> Der Doktor
> Der Geselle
> Der Jemand

Stumm:
Ein Idiot
Die Soldaten in schwarzer Uniform
Der Judenschauer
Das andorranische Volk

(1957/61)

この戯曲のアンドラは実在する同名の小国とは無関係である。実在するもうひとつの小国も想定してはいない。アンドラはひとつのモデルに与えられた名前である。

M・F・

登場人物

アンドリ
バルブリーン
教師 …………… カン。アンドリの里親、バルブリーンの父親
母親 …………… 教師の妻。アンドリの里親、バルブリーンの母親
セニョーラ
神父 …………… ベネディクト
兵士 …………… パイダー
居酒屋の主人
指物師 …………… プラーダー
医者 …………… フェラー
指物師の弟子 …………… フェードリ
某氏

せりふのない人物

白痴
黒い制服の兵士たち
ユダヤ人選別官
アンドラの住民

Erstes Bild

(Vor einem andorranischen Haus. Barblin weißelt die schmale und hohe Mauer mit einem Pinsel an langem Stecken. Ein andorranischer Soldat, olivgrau, lehnt an der Mauer.)

BARBLIN Wenn du nicht die ganze Zeit auf meine Waden gaffst, dann kannst du ja sehn, was ich mache. Ich weißle. Weil morgen Sanktgeorgstag ist, falls du das vergessen hast. Ich weiße das Haus meines Vaters. Und was macht ihr Soldaten? Ihr lungert in allen Gassen herum, eure Daumen im Gurt, und schielt uns in die Bluse, wenn eine sich bückt.
(Der Soldat lacht.)
Ich bin verlobt.
SOLDAT Verlobt!
BARBLIN Lach nicht immer wie ein Michelin-Männchen.
SOLDAT Hat er eine Hühnerbrust?

第一景

（アンドラの一軒の家の前。アンドラの兵士が、狭く高い壁を、長い棒にくくりつけた刷毛で白く塗っている）

バルブリーン　私のふくらはぎにばっかり目がいってるから、私が何してんのかわからないのよ。壁を白く塗ってるの。だって明日はゲオルギウス聖人の日でしょう。忘れてないよね。私が父親の家を白く塗ってるというのに、あんたたち兵士は何をしてるのよ？　ベルトに指を突っ込んで、町じゅうの路地をぶらぶらして、若い娘がかがんだりしたら、ブラウスの中を覗き込むんだから。

（兵士は笑う）

私、婚約したの。

兵士　婚約した！

バルブリーン　やめてよ、いつもミシュランタイヤのマスコットみたいに笑うんだから。

兵士　彼氏は貧相な男なのか？

BARBLIN Wieso?
SOLDAT Daß du ihn nicht zeigen kannst.
BARBLIN Laß mich in Ruhe!
SOLDAT Oder Plattfüße?
BARBLIN Wieso soll er Plattfüße haben?
SOLDAT Jedenfalls tanzt er nicht mit dir.
 (Barblin weißelt.)
 Vielleicht ein Engel!
 (Der Soldat lacht.)
 Daß ich ihn noch nie gesehen hab.
BARBLIN Ich bin verlobt!
SOLDAT Von Ringlein seh ich aber nichts.
BARBLIN Ich bin verlobt,
 (Barblin taucht den Pinsel in den Eimer.)
 und überhaupt – dich mag ich nicht.
 (Im Vordergrund, rechts, steht ein Orchestrion. Hier er-

バルブリーン　どうして？
兵士　おまえが紹介したがらないからさ。
バルブリーン　ほっといてよ！
バルブリーン　偏平足だったりして？
兵士　どうして偏平足なのよ？
バルブリーン　いずれにせよ、やつはおまえとは踊らないな。
（バルブリーンは壁を白く塗る）
天使かも！
（兵士は笑う）
バルブリーン　私は婚約したの！
兵士　一度も会ったことがないなんて。
バルブリーン　でも指輪の類は見当たらないな。
バルブリーン　婚約したの。
（刷毛をバケツに浸す）
それにだいたい──あんたなんか嫌いよ。
（舞台上手前方にジュークボックスがある。そこに指物師が──バルブリーンは壁を白く塗っているが

scheinen – während Barblin weißelt – der Tischler, ein behäbiger Mann, und hinter ihm Andri als Küchenjunge.)
TISCHLER Wo ist mein Stock?
ANDRI Hier, Herr Tischlermeister.
TISCHLER Eine Plage, immer diese Trinkgelder, kaum hat man den Beutel eingesteckt –
(Andri gibt den Stock und bekommt ein Trinkgeld, das er ins Orchestrion wirft, so daß Musik ertönt, während der Tischler vorn über die Szene spaziert, wo Barblin, da der Tischler nicht auszuweichen gedenkt, ihren Eimer wegnehmen muß. Andri trocknet einen Teller, indem er sich zur Musik bewegt, und verschwindet dann, die Musik mit ihm.)
BARBLIN Jetzt stehst du noch immer da?
SOLDAT Ich hab Urlaub.
BARBLIN Was willst du noch wissen?
SOLDAT Wer dein Bräutigam sein soll.
(Barblin weißelt.)
Alle weißeln das Haus ihrer Väter, weil morgen Sanktgeorgstag ist, und der Kohlensack rennt in allen Gassen herum, weil morgen Sanktgeorgstag ist: Weißelt, ihr Jungfrauen, weißelt das Haus eurer Väter, auf daß wir

第一景

――現れる。でっぷりした男で、その後ろにはコック見習いのアンドリがいる）

指物師　ステッキはどこだ？

アンドリ　ここです、親方。

指物師　まいったなあ、こういつもチップじゃ、財布もおちおちしまっておれない――

（アンドリはステッキを渡し、チップをもらうと、それをジュークボックスに投げ入れる。音楽が鳴り始める。指物師は舞台前方をぶらぶら歩くが、バルブリーンのバケツをよけようとしないので、彼女がどけなければならない。アンドリは音楽に合わせて体を動かしながら皿を拭いている。やがて姿を消すと、それとともに音楽もやむ）

バルブリーン　まだそこにいるの？

兵士　休暇中なんだ。

バルブリーン　まだ何か聞きたいの？

兵士　おまえの婚約者が誰かってことだ。

（バルブリーンは壁を白く塗る）

どの娘も父親の家を白く塗る。明日がゲオルギウス聖人の日だから。それであの石炭袋の野郎めが、牧師のことだよ、町じゅうの路地を駆けずり回る。これも明日が聖ゲオルギウスの日だからだ。白く塗れ、生娘たちよ、父親の家を白く塗れ。俺たちが白

ein weißes Andorra haben, ihr Jungfraun, ein schneeweißes Andorra!

BARBLIN Der Kohlensack – wer ist denn das wieder?

SOLDAT Bist du eine Jungfrau?

(Der Soldat lacht.)

Also du magst mich nicht.

BARBLIN Nein.

SOLDAT Das hat schon manch eine gesagt, aber bekommen hab ich sie doch, wenn mir ihre Waden gefallen und ihr Haar.

(Barblin streckt ihm die Zunge heraus.)

Und ihre rote Zunge dazu!

(Der Soldat nimmt sich eine Zigarette und blickt am Haus hinauf.)

Wo hast du deine Kammer?

(Auftritt ein Pater, der ein Fahrrad schiebt.)

PATER So gefällt es mir, Barblin, so gefällt es mir aber. Wir werden ein weißes Andorra haben, ihr Jungfraun, ein schneeweißes Andorra, wenn bloß kein Platzregen kommt über Nacht.

(Der Soldat lacht.)

第一景

兵士　おまえは生娘か？

バルブリーン　「石炭袋」って——どうしてなのよ、雪のように白いアンドラをな！

（笑う）

だったら俺なんか嫌いだな。

バルブリーン　嫌いよ。

兵士　そうぬかした娘は何人もいたけど、ふくらはぎや髪の毛が気に入った娘は全部ものにしたぜ。

（バルブリーンは舌を出す）

それに赤い舌の娘もだ！

（タバコを一本取り出して、家を見上げる）

おまえの部屋はどこだ？

（自転車を押して神父が登場）

神父　感心だな、バルブリーン、本当に感心だ。私たちは白いアンドラを持てるだろう、乙女たちよ、雪のように白いアンドラを。夜のうちににわか雨さえ来なければな。

（兵士は笑う）

23

ERSTES BILD

Ist Vater nicht zu Haus?
SOLDAT Wenn bloß kein Platzregen kommt über Nacht! Nämlich seine Kirche ist nicht so weiß, wie sie tut, das hat sich herausgestellt, nämlich seine Kirche ist auch nur aus Erde gemacht, und die Erde ist rot, und wenn ein Platzregen kommt, das saut euch jedesmal die Tünche herab, als hätte man eine Sau drauf geschlachtet, eure schneeweiße Tünche von eurer schneeweißen Kirche.
(Der Soldat streckt die Hand nach Regen aus.)
Wenn bloß kein Platzregen kommt über Nacht!
(Der Soldat lacht und verzieht sich.)
PATER Was hat der hier zu suchen?
BARBLIN Ist's wahr, Hochwürden, was die Leut sagen? Sie werden uns überfallen, die Schwarzen da drüben, weil sie neidisch sind auf unsre weißen Häuser. Eines Morgens, früh um vier, werden sie kommen mit tausend schwarzen Panzern, die kreuz und quer durch unsre Äcker rollen, und mit Fallschirmen wie graue Heuschrecken vom Himmel herab.
PATER Wer sagt das?

第一景

お父さんはお出かけか？

兵士　夜のうちににわか雨さえ来なければ、か！　やつの教会は見かけほど白くないってことが、丸わかりだな。つまり、やつの教会も土だけでできていて、その土ときたら赤い。だからにわか雨が来たら、そのたびに漆喰が汚れて剥げ落ちてしまうんだ。まるで豚を殺した後みたいに。あんたたちの雪のように白い教会の、雪のように白い漆喰がだ。

（雨に向かって手を伸ばす）

夜のうちににわか雨さえ来なければ！

（笑って、姿を消す）

神父　あの男は何を目当てにここに来たんだ？

バルブリーン　神父さん、みんなが言ってることは本当なんですか？　おとなりの黒い国の人たちが私たちの国に攻めてくるだろうって。私たちの白い家をねたんでいるからだって。ある朝、明け方の四時に一千台の黒い戦車でやってきて、私たちの畑を縦横無尽に踏みにじり、それから黒いイナゴの大群のように落下傘で下りてくるって言うんです。

神父　誰がそんなこと言ってるんだ？

BARBLIN Peider, der Soldat.
  (*Barblin taucht den Pinsel in den Eimer.*)
  Vater ist nicht zu Haus.
PATER Ich hätt es mir denken können.
  (*Pause*)
  Warum trinkt er soviel in letzter Zeit? Und dann beschimpft er alle Welt. Er vergißt, wer er ist. Warum redet er immer solches Zeug?
BARBLIN Ich weiß nicht, was Vater in der Pinte redet.
PATER Er sieht Gespenster. Haben sich hierzuland nicht alle entrüstet über die Schwarzen da drüben, als sie es trieben wie beim Kindermord zu Bethlehem, und Kleider gesammelt für die Flüchtlinge damals? Er sagt, wir sind nicht besser als die Schwarzen da drüben. Warum sagt er das die ganze Zeit? Die Leute nehmen es ihm übel, das wundert mich nicht. Ein Lehrer sollte nicht so reden. Und warum glaubt er jedes Gerücht, das in die Pinte kommt?

第一景

バルブリーン　パイダー、さっきの兵士よ。

（刷毛をバケツに浸す）

父は家にいません。

神父　やっぱりそうか。

（間）

お父さんは最近どうしてあんなに酒を飲むんだろう？　飲むたびに誰かれなしにののしっている。何さまだと思っているんだ。どうしてあんなことばかり口にするんだろう？

バルブリーン　父が居酒屋でどんな話をしているのか知りませんが。

神父　あの人は幻覚を見ているのだよ。黒い国の連中が向こうでベツレヘムの幼児虐殺[18]のようなことをしでかしたときに、みんな避難してくる人のために衣服を集めたんじゃなかったのかね？　だのにあの人は、私たちはおとなりの黒い国の人たちとさして変わらないって言うんだ。どうしてあの人はそんなことを言い続けるのかねえ？　みんなが気を悪くするのも無理ないよ。学校の先生があんなことを言うべきじゃない。それにあの人はどうして飲み屋で耳にするようなうわさをいちいち信じるのだろう？

(Pause)

Kein Mensch verfolgt euren Andri –

(Barblin hält inne und horcht.)

– noch hat man eurem Andri kein Haar gekrümmt.

(Barblin weißelt weiter.)

Ich sehe, du nimmst es genau, du bist kein Kind mehr, du arbeitest wie ein erwachsenes Mädchen.

BARBLIN Ich bin ja neunzehn.

PATER Und noch nicht verlobt?

(Barblin schweigt.)

Ich hoffe, dieser Peider hat kein Glück bei dir.

BARBLIN Nein.

PATER Der hat schmutzige Augen.

(Pause)

Hat er dir Angst gemacht? Um wichtig zu tun. Warum sollen sie uns überfallen? Unsre Täler sind eng, unsre Äcker sind steinig und steil, unsre Oliven werden auch nicht saftiger als anderswo. Was sollen die wollen von

第一景

誰もお宅のアンドリを迫害するわけじゃなし——

（バルブリーンは手を止めて、耳をすます）

——お宅のアンドリにはこれっぽっちの危害も加えてなんてないんだから。

（バルブリーンは壁を塗り続ける）

きちっとやってるね。もう子どもじゃない。大人みたいな仕事ぶりだ。

バルブリーン　だって十九ですもの。

神父　まだ婚約はしてないんだな？

バルブリーン　ええ。

あのパイダーじゃおまえの心をとらえるのは無理だろうな。

神父　やつの目はにごってる。

バルブリーン　（間）

あの男がおまえを怖がらせたのか？　えらそうにしたかっただけだよ。となりの国の連中が私たちを攻めてくるなんてことがどうして起こる？　私たちの谷は狭いし、畑も石ころだらけで急斜面だ。私たちのオリーブがほかのよりみずみずしいということ

29

uns? Wer unsern Roggen will, der muß ihn sich mit der Sichel holen und muß sich bücken Schritt vor Schritt. Andorra ist ein schönes Land, aber ein armes Land. Ein friedliches Land, ein schwaches Land – ein frommes Land, so wir Gott fürchten, und das tun wir, mein Kind, nicht wahr?

(Barblin weißelt.)

Nicht wahr?

BARBLIN Und wenn sie trotzdem kommen?

(Eine Vesperglocke, kurz und monoton)

PATER Wir sehn uns morgen, Barblin, sag deinem Vater, Sankt Georg möchte ihn nicht betrunken sehn.

(Der Pater steigt auf sein Rad.)

Oder sag lieber nichts, sonst tobt er nur, aber hab acht auf ihn.

(Der Pater fährt lautlos davon.)

BARBLIN Und wenn sie trotzdem kommen, Hochwürden?

(Im Vordergrund rechts, beim Orchestrion, erscheint der Jemand, hinter ihm Andri als Küchenjunge.)

第一景

もない。連中は私たちに何を求めているんだ？　私たちのライ麦がほしいのなら自分の鎌で刈り取らなくちゃ。身をかがめて一歩一歩進んでゆかないと。アンドラは美しい国だけど、貧しい国なんだ。平和な国、弱い国——みんなが神を畏敬する敬虔な国。なあ、おまえ、私たちはそれを実行してきただろう？

（バルブリーンは壁を白く塗っている）

そうだろう？

バルブリーン　それでもやっぱり攻めてきたら？

（晩鐘。短く、単調に）

神父　明日会おう、バルブリーン。お父さんに言っといてくれ、ゲオルギウス聖人はお父さんの酔っ払った顔なんか見たくないって。

（自転車に乗る）

ひょっとして何も言わないほうがいいのかもしれない。そうでないと荒れ狂うだけだから。でもお父さんのことは気にかけておくんだよ。

（音もなく自転車で走り去る）

バルブリーン　それでもあの人たちがやっぱり攻めてきたら、神父さま？

（上手前方、ジュークボックスのところに某氏が現れる。その後ろにコック見習いのアンドリ）

JEMAND Wo ist mein Hut?
ANDRI Hier, mein Herr.
JEMAND Ein schwüler Abend, ich glaub, es hängt ein Gewitter in der Luft...

(Andri gibt den Hut und bekommt ein Trinkgeld, das er ins Orchestrion wirft, aber er drückt noch nicht auf den Knopf, sondern pfeift nur und sucht auf dem Plattenwähler, während der Jemand vorn über die Szene geht, wo er stehenbleibt vor Barblin, die weißelt und nicht bemerkt hat, daß der Pater weggefahren ist.)

BARBLIN Ist's wahr, Hochwürden, was die Leut sagen? Sie sagen: Wenn einmal die Schwarzen kommen; dann wird jeder, der Jud ist, auf der Stelle geholt. Man bindet ihn an einen Pfahl, sagen sie, man schießt ihn ins Genick. Ist das wahr oder ist das ein Gerücht? Und wenn er eine Braut hat, die wird geschoren; sagen sie, wie ein räudiger Hund.
JEMAND Was hältst denn du für Reden?

(Barblin wendet sich und erschrickt.)

Guten Abend.
BARBLIN Guten Abend.
JEMAND Ein schöner Abend heut.

第一景

某氏　私の帽子はどこだ？

アンドリ　ここです、旦那さま。

某氏　蒸し暑い晩だ。どっと降りだしそうだ…

（アンドリは帽子を渡し、チップをもらい、それをジュークボックスに投げ入れる。だがボタンはまだ押さずに、ただ口笛を吹きながらレコードの文字盤を探している。その間、某氏は舞台前方を横切っていき、バルブリーンの前で立ち止まる。彼女は壁を塗っており、神父が去ったのに気づいていない）

バルブリーン　本当ですか、神父さん、みんなが言ってることは？　いつかそのうち黒い国の人たちがやってきたら、ユダヤ人はみんな即座に引っ張っていかれるって言うのは。ユダヤ人は柱に縛りつけられて、首筋を撃ちぬかれるって。本当ですか、それともまだのうわさですか？　それからユダヤ人の婚約者がいるときは、その女性はかさぶただらけの犬のように髪の毛を全部刈り取られるそうです。

某氏　いったい何の話をしているのだ？

（バルブリーンは振り返って、びっくりする）

こんばんは。

バルブリーン　こんばんは。

某氏　今日はすばらしい晩だね。

(Barblin nimmt den Eimer.)
Aber schwül.

BARBLIN Ja.

JEMAND Es hängt etwas in der Luft.

BARBLIN Was meinen Sie damit?

JEMAND Ein Gewitter. Wie alles wartet auf Wind, das Laub und die Stores und der Staub. Dabei seh ich keine Wolke am Himmel, aber man spürt's. So eine heiße Stille. Die Mücken spüren's auch. So eine trockene und faule Stille. Ich glaub, es hängt ein Gewitter in der Luft, ein schweres Gewitter, dem Land tät's gut...

(Barblin geht ins Haus, der Jemand spaziert weiter, Andri läßt das Orchestrion tönen, die gleiche Platte wie zuvor, und verschwindet, einen Teller trocknend. Man sieht den Platz von Andorra. Der Tischler und der Lehrer sitzen vor der Pinte. Die Musik ist aus.)

LEHRER Nämlich es handelt sich um meinen Sohn.

TISCHLER Ich sagte: 50 Pfund.

LEHRER – um meinen Pflegesohn, meine ich.

TISCHLER Ich sagte: 50 Pfund.

第一景

(バルブリーンはバケツを持つ)

でも蒸し暑い。

バルブリーン　ええ。

某氏　何かが来そうだ。

バルブリーン　それってどういう意味なの？

某氏　嵐だよ。みんな風が吹くのを待っている。こんなに暑いけれど空には雲ひとつない。だけど嵐の気配がする。木の葉もレースのカーテンも塵も。だけど空には雲ひとつない。こんなに乾いた、けだるい静けさ。蚊もそれを感じている。こんなに乾いた、けだるい静けさ。どうやら嵐が来そうだ。ものすごい嵐が。この国にとっちゃありがたいことだろう…

(バルブリーンは家の中へ入る。某氏は歩き回り、アンドリはジュークボックスと同じレコードである。そして皿を拭きながら退場する。指物師と教師が居酒屋の前に座っている。音楽が終わる)

教師　ほかならぬ私の息子のことだけど。

指物師　五十ポンド[10]って言っただろう。

教師　——息子といっても血のつながりはないんだが。

指物師　言ったとおり、とにかく五十ポンドだ。

35

(Der Tischler klopft mit einer Münze auf den Tisch.)
Ich muß gehn.
(Der Tischler klopft nochmals.)
Wieso will er grad Tischler werden? Tischler werden, das ist nicht einfach, wenn's einer nicht im Blut hat. Und woher soll er's im Blut haben? Ich meine ja bloß. Warum nicht Makler? Zum Beispiel. Warum nicht geht er zur Börse? Ich meine ja bloß...

LEHRER Woher kommt dieser Pfahl?

TISCHLER Ich weiß nicht, was Sie meinen.

LEHRER Dort!

TISCHLER Sie sind ja bleich.

LEHRER Ich spreche von einem Pfahl!

TISCHLER Ich seh keinen Pfahl.

LEHRER Hier!

(Der Tischler muß sich umdrehen.)

第一景

　（一枚の硬貨でテーブルをたたく）行かないと。

　（もう一度テーブルをたたく）どうしてあんたの息子はよりにもよって指物師なんかになりたいんだ？　その血筋を引いてなければ、指物師になるのは簡単じゃないんだ。あの子はどこからそんな血を引いてるんだ？　私が言いたいのはそこだけだ。どうしてブローカーにならないんだ？　たとえばの話だけれど。なぜあの子は株式市場に出入りしないんだ？　私が言いたいのはただだ…

指物師　この柱はどこから持ってきたんだ？

教師　何が言いたいのだ？

指物師　あそこの！

教師　あんたまっ青だよ。

指物師　柱のことを言ってるんだ！

教師　柱なんて見えないよ。

指物師　ここだ！

　（指物師は振り返らざるをえない）

37

Ist das ein Pfahl oder ist das kein Pfahl?
TISCHLER Warum soll das kein Pfahl sein?
LEHRER Der war gestern noch nicht.
   (Der Tischler lacht.)
's ist nicht zum Lachen, Prader, Sie wissen genau, was ich meine.
TISCHLER Sie sehen Gespenster.
LEHRER Wozu ist dieser Pfahl?
   (Der Tischler klopft mit der Münze auf den Tisch.)
Ich bin nicht betrunken. Ich sehe, was da ist, und ich sage, was ich sehe, und ihr alle seht es auch –
TISCHLER Ich muß gehn.
   (Der Tischler wirft eine Münze auf den Tisch und erhebt sich.)
Ich habe gesagt: 50 Pfund.
LEHRER Das bleibt Ihr letztes Wort?
TISCHLER Ich heiße Prader.
LEHRER 50 Pfund?

指物師　これは柱か、それとも柱ではないのか？

教師　どうして柱だったらいけないんだ？

指物師　昨日はまだなかった。この柱は…

教師　（指物師は笑う）

笑い事じゃないよ。プラーダー、私の言うことがよくわかってるくせに。

指物師　あんた幻影を見てるんだ。

教師　この柱は何のためなんだ？

（指物師は硬貨でテーブルをたたく）

私は酔っ払ってなんかいない。そこに見えるもののことを言ってるんだ。あんたたちもみんなそれを見てるんだろう――

指物師　行かないと。

（硬貨を机の上に投げて立ち上がる）

言ったろう、五十ポンドだ。

教師　その言葉に変わりはないな。

指物師　このプラーダーの名にかけて。

教師　五十ポンドだな？

TISCHLER Ich feilsche nicht.
LEHRER Sie sind ein feiner Mann, ich weiß... Prader, das ist Wucher, 50 Pfund für eine Tischlerlehre, das ist Wucher. Das ist ein Witz, Prader, das wissen Sie ganz genau. Ich bin Lehrer, ich habe mein schlichtes Gehalt, ich habe kein Vermögen wie ein Tischlermeister – ich habe keine 50 Pfund, ganz rundheraus, ich hab sie nicht!
TISCHLER Dann eben nicht.
LEHRER Prader –
TISCHLER Ich sagte: 50 Pfund.
   (Der Tischler geht.)
LEHRER Sie werden sich wundern, wenn ich die Wahrheit sage. Ich werde dieses Volk vor seinen Spiegel zwingen, sein Lachen wird ihm gefrieren.
   (Auftritt der Wirt.)
WIRT Was habt ihr gehabt?
LEHRER Ich brauch einen Korn.
WIRT Ärger?

指物師　値引きはしないから。

教師　あんたが立派な親方だということはわかっている…プラーダー、でもこれはむちゃくちゃな値段だ。指物師の弟子入り料に五十ポンドだなんて、むちゃくちゃだ。冗談だよな、プラーダー。あんたにもよくわかっているはずだ。私は教師だ。わずかな給料で暮らしてる。指物師の親方のような財産は持ちあわせてはいないんだ――私には五十ポンドなどない、はっきり言わせてもらえば、そんな金はないんだ！

指物師　それじゃ無理だな。

教師　プラーダー――

指物師　言ったろう、五十ポンドだ。

教師　（行ってしまう）

私が本当のことを言ったら、みんな驚くだろうな。笑いも凍りついてしまうだろう。

（居酒屋の主人の登場）

主人　どうしたんだ？

教師　コニャックを一杯引っかけないと。

主人　ご立腹で？

ERSTES BILD

LEHRER 50 Pfund für eine Lehre!
WIRT Ich hab's gehört.
LEHRER – ich werde sie beschaffen.
   (Der Lehrer lacht.)
   Wenn's einer nicht im Blut hat!
   (Der Wirt wischt mit einem Lappen über die Tischlein.)
   Sie werden ihr eignes Blut noch kennenlernen.
WIRT Man soll sich nicht ärgern über die eignen Landsleute, das geht auf die Nieren und ändert die Landsleute gar nicht. Natürlich ist's Wucher! Die Andorraner sind gemütliche Leut, aber wenn es ums Geld geht, das hab ich immer gesagt, dann sind sie wie der Jud.
   (Der Wirt will gehen.)
LEHRER Woher wißt ihr alle, wie der Jud ist?
WIRT Can –
LEHRER Woher eigentlich?
WIRT – ich habe nichts gegen deinen Andri. Wofür hältst

教師　弟子入り料が五十ポンドだって！
主人　聞きましたよ。
教師　——調達してみせる。
主人　（笑う）

血筋を引いていなければ、だって！
（主人が雑巾で小さなテーブルを拭く）
自分の国の同胞に腹を立てるのはよしたほうがいい。いらいらするだけで、みんなも今に自分たちの血筋とやらを思い知るようになるさ。ちっとも変わらないんだから。もちろんむちゃくちゃな値段だよ！　アンドラの住民は穏やかな人たちだけど、お金のこととなると、いつも言ってるとおり、まるでユダヤ人みたいなんだから。

主人　（行こうとする）
教師　あなたたちはユダヤ人がそうだってことをどこで知ったんだ？
主人　カン——
教師　そもそもどこで？
主人　——私はお宅のアンドリに反対しているわけじゃない。私を何と思っているんだ？

du mich? Sonst hätt ich ihn wohl nicht als Küchenjunge genommen. Warum siehst du mich so schief an? Ich habe Zeugen. Hab ich nicht bei jeder Gelegenheit gesagt, Andri ist eine Ausnahme?

LEHRER Reden wir nicht davon!

WIRT Eine regelrechte Ausnahme –

(Glockenbimmeln)

LEHRER Wer hat diesen Pfahl hier aufgestellt?

WIRT Wo?

LEHRER Ich bin nicht immer betrunken, wie Hochwürden meinen. Ein Pfahl ist ein Pfahl. Jemand hat ihn aufgestellt. Von gestern auf heut. Das wächst nicht aus dem Boden.

WIRT Ich weiß es nicht.

LEHRER Zu welchem Zweck?

WIRT Vielleicht das Bauamt, ich weiß nicht, das Straßenamt, irgendwo müssen die Steuern ja hin, vielleicht wird gebaut, eine Umleitung vielleicht, das weiß man nie, vielleicht die Kanalisation –

LEHRER Vielleicht.

教師　でなかったらあいつをコック見習いに雇ったりなんかしないよ。どうしてそんなに私を横目でにらむんだ？　ちゃんと証人がいる。ことあるごとに言ってこなかったか、アンドリは特別扱いだって？

主人　もうその話はやめよう！

教師　まったくの特例だ──

（鐘の音）

主人　誰がここに柱を立てたのだ？

教師　どこに？

主人　私は神父さんが言うように、いつも酔っ払っているわけじゃない。柱は柱だ。誰かが立てたのだ。ひと晩の間に。地面から生え出るわけじゃなし。

教師　私は知らないよ。

主人　何のために？

教師　ひょっとして建築局かもしれない。わからない。道路局かな。どこかで税金を使いきらないといけないからな。ひょっとして家を建てたり、配線工事をしたりして、誰にも知らされてないけど、ひょっとして下水工事かもしれない──

主人　ひょっとして、かもしれない。

ERSTES BILD

WIRT Oder das Telefon –
LEHRER Vielleicht auch nicht.
WIRT Ich weiß nicht, was du hast.
LEHRER Und wozu der Strick dabei?
WIRT Weiß ich's.
LEHRER Ich sehe keine Gespenster, ich bin nicht verrückt, ich seh einen Pfahl, der sich eignet für allerlei –
WIRT Was ist dabei!

(Der Wirt geht in die Pinte. Der Lehrer allein. Wieder Glokkenbimmeln. Der Pater im Meßgewand geht mit raschen Schritten über den Platz, gefolgt von Meßknaben, deren Weihrauchgefäße einen starken Duft hinterlassen. Der Wirt kommt mit dem Schnaps.)

50 Pfund will er?
LEHRER – ich werde sie beschaffen.
WIRT Aber wie?
LEHRER Irgendwie.

(Der Lehrer kippt den Schnaps.)

第一景

主人　あるいは電話——

教師　ひょっとして、違うかもしれない。

主人　いったいどうしたんだ。

　　　それにあのロープは何のためについているんだ？

教師　知るもんか。

主人　私は幻影なんか見ていない、気が狂ってなんかいない。私には一本の柱が見えていて、それは何にでも使えるんだ——

教師　それがいかんのだ！

　　　（主人は居酒屋の中に入る。教師はひとりになる。ふたたび鐘の音。ミサの衣装をまとった神父が、足早に広場を横切っていく。その後からミサの少年たち。少年たちの香炉が強いにおいを残していく。主人が焼酎を持ってやってくる）

　　　親方が五十ポンド出せって？

主人　でもどうやって？

教師　お金は調達するから。

主人　どうにかして。

　　　（焼酎を一気に飲み干す）

47

Land verkaufen.
(Der Wirt setzt sich zum Lehrer.)
Irgendwie...
WIRT Wie groß ist dein Land?
LEHRER Wieso?
WIRT Ich kaufe Land jederzeit. Wenn's nicht zu teuer ist! Ich meine: Wenn du Geld brauchst unbedingt.
(Lärm in der Pinte)
Ich komme!
(Der Wirt greift den Lehrer am Arm.)
Überleg es dir, Can, in aller Ruh, aber mehr als 50 Pfund kann ich nicht geben –
(Der Wirt geht.)
LEHRER »Die Andorraner sind gemütliche Leut, aber wenn es ums Geld geht, dann sind sie wie der Jud.«
(Der Lehrer kippt nochmals das leere Glas, während Barblin, gekleidet für die Prozession, neben ihn tritt.)

土地を売るとか。

（主人は教師のそばに座る）

主人　どうにかして…

教師　お宅の土地ってどれくらいの広さなんだ？

主人　土地ならいつでも買うよ。高すぎなければ！　あんたがどうしてもお金が必要だって言うのなら。

（居酒屋で騒音）

今行く！

（教師の腕をつかむ）

よく考えてみろ、カン、とにかく落ち着いて。でも五十ポンド以上は出せないぞ——

（出てゆく）

教師　「アンドラの住民は穏やかな人たちばかりだけど、お金のこととなると、ユダヤ人みたいになる」か。

（空になったグラスをもう一度傾ける間に、聖体行列[†12]の衣装をまとったバルブリーンが教師の横に出てくる）

ERSTES BILD

BARBLIN Vater?

LEHRER Wieso bist du nicht an der Prozession?

BARBLIN Du hast versprochen, Vater, nichts zu trinken am Sanktgeorgstag –

(Der Lehrer legt eine Münze auf den Tisch.)

Sie kommen hier vorbei.

LEHRER 50 Pfund für eine Lehre!

(Jetzt hört man lauten und hellen Gesang, Glockengeläute, im Hintergrund zieht die Prozession vorbei, Barblin kniet nieder, der Lehrer bleibt sitzen. Leute sind auf den Platz gekommen, sie knien alle nieder, und man sieht über die Knienden hinweg: Fahnen, die Muttergottes wird vorbeigetragen, begleitet von aufgepflanzten Bajonetten. Alle bekreuzigen sich, der Lehrer erhebt sich und geht in die Pinte. Die Prozession ist langsam und lang und schön; der helle Gesang verliert sich in die Ferne, das Glockengeläute bleibt. Andri tritt aus der Pinte, während die Leute sich der Prozession anschließen, und hält sich abseits; er flüstert:)

ANDRI Barblin!

(Barblin bekreuzigt sich.)

Hörst du mich nicht?

第一景

バルブリーン　父さん？

教師　どうして聖体行列に行かないんだ？

バルブリーン　約束したでしょう、父さん、ゲオルギウス聖人の日には一滴も飲まないって

────

（教師は一枚の硬貨を机の上に置く）

教師　弟子入りするのにここを通るのに五十ポンド！

行列はここを通るのよ。

（大きく明るい歌声と鐘の音が聞こえてくる。舞台奥を聖体行列が通り過ぎてゆく。まずくが、教師は座ったまま。人々は広場までやってくると、みんなひざまずく。彼らの頭越しに旗が見え、林立する銃剣に伴われ聖母マリア像が運ばれてゆく。明るい十字を切るが、教師は立ち上がって、居酒屋に入ってゆく。ゆっくりと進む長く美しい行列。明るい歌声は遠くに消えていくが、鐘の音はまだ聞こえる。人々が行列に加わる間に、アンドリが居酒屋から出てきて、脇に離れて立ち止まっている。

アンドリはささやく）

アンドリ　バルブリーン！

（バルブリーンは十字を切る）

僕の声が聞こえないの？

51

(Barblin erhebt sich.)

Barblin?!

BARBLIN Was ist?

ANDRI – ich werde Tischler!

(Barblin folgt als letzte der Prozession, Andri allein.)

Die Sonne scheint grün in den Bäumen heut: Heut läuten die Glocken auch für mich.

(Er zieht seine Schürze ab.)

Später werde ich immer denken, daß ich jetzt gejauchzt habe. Dabei zieh ich bloß meine Schürze ab, ich staune, wie still. Man möchte seinen Namen in die Luft werfen wie eine Mütze, und dabei steh ich nur da und rolle meine Schürze. So ist Glück. Nie werde ich vergessen, wie ich jetzt hier stehe...

(Krawall in der Pinte)

Barblin, wir heiraten!

(Andri geht.)

WIRT Hinaus! Er ist sternhagel voll, dann schwatzt er im-

第一景

（バルブリーンは立ち上がる）

バルブリーン?!

バルブリーン どうしたの?

アンドリ ―― 僕、指物師になるよ!

（バルブリーンは行列の最後に加わる）

今日は太陽が木々を緑に照らし出している。今日は教会の鐘も僕のために鳴っている。

（エプロンをはずす）

今、歓声をあげたことを、僕はこれから先もずっと思い出すだろう。それなのに僕はエプロンをはずすだけだ。そして辺りが静かなのに驚いている。みんな自分の名前を帽子のように空高く放り上げたい気分なのに、僕は突っ立って、エプロンをたたんでいるだけだ。これが幸福というもんだ。今、ここに立っていることを決して忘れないだろう…

（居酒屋で騒動）

バルブリーン、僕たち結婚しよう!

(去る)

主人　出てゆけ! へべれけになると、いつもくだらんことをぬかして。「出てゆけ!」っ

mer so. Hinaus! sag ich.
  (Heraus stolpert der Soldat mit der Trommel.)
WIRT Ich geb dir keinen Tropfen mehr.
SOLDAT – ich bin Soldat.
WIRT Das sehen wir.
SOLDAT – und heiße Peider.
WIRT Das wissen wir.
SOLDAT Also.
WIRT Hör auf, Kerl, mit diesem Radau!
SOLDAT Wo ist sie?
WIRT Das hat doch keinen Zweck, Peider. Wenn ein Mädchen nicht will, dann will es nicht. Steck deine Schlegel ein! Du bist blau. Denk an das Ansehen der Armee!
  (Der Wirt geht in die Pinte.)
SOLDAT Hosenscheißer! Sie sind's nicht wert, daß ich kämpfe für sie. Nein. Aber ich kämpfe. Das steht fest. Bis zum letzten Mann, das steht fest, lieber tot als Untertan, und drum sage ich: Also – ich bin Soldat und

第一景

て言ってるだろう。

（兵士が太鼓を持ってよろよろと出てくる）

もう一滴だってやらないぞ。

兵士　——俺は軍人だ。

主人　見ればわかるよ。

兵士　——パイダーって言うんだ。

主人　知ってるさ。

兵士　だったら。

主人　やめないか、若造、がなりたてるのは！

兵士　あの娘はどこだ？

探しても無駄だよ、パイダー。女の子がいやだと言ったら、やはりだめなんだよ。おまえの棒を引っ込めろ！　おまえは酔ってるんだ。軍隊の名誉を思い起こせ！

兵士　くそったれめ！　やつらのために戦う値打ちなんかない、そんなやつらだ。そうさ。

（居酒屋に入っていく）

でも俺は戦うぞ。それは確かだ。最後の一人になるまで、約束する、それは確かだ。だから言ってるんだ。つまり——俺は軍人屈服するくらいなら死んだほうがましだ。

hab ein Aug auf sie....
(Auftritt Andri, der seine Jacke anzieht.)
SOLDAT Wo ist sie?
ANDRI Wer?
SOLDAT Deine Schwester.
ANDRI Ich habe keine Schwester.
SOLDAT Wo ist die Barblin?
ANDRI Warum?
SOLDAT Ich hab Urlaub und ein Aug auf sie...
(Andri hat seine Jacke angezogen und will weitergehen, der Soldat stellt ihm das Bein, so daß Andri stürzt, und lacht.)
Ein Soldat ist keine Vogelscheuche. Verstanden? Einfach vorbeilaufen. Ich bin Soldat, das steht fest, und du bist Jud.
(Andri erhebt sich wortlos.)
Oder bist du vielleicht kein Jud?
(Andri schweigt.)

第一景

なんだ。そしてあの娘に目をつけている…
（アンドリが登場。上着を着ている）
兵士　あの娘はどこだ？
アンドリ　誰？
兵士　おまえの妹だ。
アンドリ　僕には妹なんていない。
兵士　バルブリーンはどこにいるんだ？
アンドリ　どうして？
兵士　俺は休暇中で、あの娘に目をつけているんだ…
（アンドリは上着を着たまま、先へ進もうとする。兵士がアンドリの前に足を突き出したので、アンドリは転ぶ。兵士は笑う）
軍人は案山子じゃないぞ。わかったか？　とっとと走ってゆけ。俺は軍人だ、それは確かだ。そしておまえがユダヤ人だってことも。
（アンドリは黙ったまま起き上がる）
それともひょっとしておまえはユダヤ人でないのか？
（アンドリは黙っている）

Aber du hast Glück, ein sozusagen verfluchtes Glück, nicht jeder Jud hat Glück so wie du, nämlich du kannst dich beliebt machen.

(Andri wischt seine Hosen ab.)

Ich sage: beliebt machen!

ANDRI Bei wem?

SOLDAT Bei der Armee.

ANDRI Du stinkst ja nach Trester.

SOLDAT Was sagst du?

ANDRI Nichts.

SOLDAT Ich stinke?

ANDRI Auf sieben Schritt und gegen den Wind.

SOLDAT Paß auf, was du sagst.

(Der Soldat versucht den eignen Atem zu riechen.)

Ich riech nichts.

(Andri lacht.)

's ist nicht zum Lachen, wenn einer Jud ist, 's ist nicht

でもおまえは幸せだよ。とてつもなく幸せってことだ。どのユダヤ人もおまえのように幸せだとは限らない、つまりおまえは人から好かれるタイプなんだ。

（アンドリはズボンのほこりを払う）

好かれるタイプだと言ってるんだ。

アンドリ　誰に？

兵士　軍隊にだ。

アンドリ　酒のにおいがぷんぷんする。

兵士　何て言った？

アンドリ　いや何も。

兵士　俺がくさいだって？

アンドリ　七歩離れて、風上にいたとしても。

兵士　気をつけてものを言え。

（兵士は自分の息をかごうとする）

においなんかしないぞ。

（アンドリは笑う）

ユダヤ人だったら笑い事じゃない、おまえ、笑い事じゃないぞ、ユダヤ人は人から好

zum Lachen, du, nämlich ein Jud muß sich beliebt machen.

ANDRI Warum?

SOLDAT *(grölt:)*

»Wenn einer seine Liebe hat
und einer ist Soldat, Soldat,
das heißt Soldatenleben,
und auf den Bock
und ab den Rock –«
Gaff nicht so wie ein Herr!
»Wenn einer seine Liebe hat und einer ist Soldat, Soldat.«

ANDRI Kann ich jetzt gehn?

SOLDAT Mein Herr!

ANDRI Ich bin kein Herr.

SOLDAT Dann halt Küchenjunge.

ANDRI Gewesen.

かれなきゃいけないからな。

アンドリ　どうして？

兵士　（蛮声を張り上げて歌う）
「もし男が愛を感じ
男が兵士なら、兵士なら
それが兵士の人生
羊に乗っかり
スカートを剥ぎ取り――」
男が兵士なら
上官面するんじゃないよ！
「もし男が兵士なら、兵士なら」

アンドリ　もう行ってもいい？

兵士　上官殿！

アンドリ　僕は上官じゃない。

兵士　だったらコック見習い。

アンドリ　だった。

SOLDAT So einer wird ja nicht einmal Soldat.
ANDRI Weißt du, was das ist?
SOLDAT Geld?
ANDRI Mein Lohn. Ich werde Tischler jetzt.
SOLDAT Pfui Teufel!
ANDRI Wieso?
SOLDAT Ich sage: Pfui Teufel!
(Der Soldat schlägt ihm das Geld aus der Hand und lacht.)
Da!
(Andri starrt den Soldaten an.)
So'n Jud denkt alleweil nur ans Geld.
(Andri beherrscht sich mit Mühe, dann bückt er sich und sammelt die Münzen auf dem Pflaster.)
Also du willst dich nicht beliebt machen?
ANDRI Nein.
SOLDAT Das steht fest?
ANDRI Ja.

兵士　おまえなんか、兵士になれっこない。
アンドリ　これ何か、知ってる?
兵士　金か?
アンドリ　僕の給料。今度は指物師になるんだ。
兵士　ちくしょうめ!
アンドリ　どうして?
兵士　「ちくしょう」って言ってるんだ!
（兵士はアンドリの手からお金をたたき落として笑う）
そこだ!
（アンドリは兵士をじっと見つめる）
おまえみたいなユダヤ人はお金のことしか頭にないんだ。
（アンドリはようやく平静さを取り戻し、かがんで舗道の敷石の上に散らばった硬貨を集める）
おまえは人から好かれたいとは思わないんだな?
アンドリ　ええ。
兵士　確かか?
アンドリ　ええ。

SOLDAT Und für deinesgleichen sollen wir kämpfen? Bis zum letzten Mann, weißt du, was das heißt, ein Bataillon gegen zwölf Bataillone, das ist ausgerechnet, lieber tot als Untertan, das steht fest, aber nicht für dich!

ANDRI Was steht fest?

SOLDAT Ein Andorraner ist nicht feig. Sollen sie kommen mit ihren Fallschirmen wie die Heuschrecken vom Himmel herab, da kommen sie nicht durch, so wahr ich Peider heiße, bei mir nicht. Das steht fest. Bei mir nicht. Man wird ein blaues Wunder erleben!

ANDRI Wer wird ein blaues Wunder erleben?

SOLDAT Bei mir nicht.

(Hinzutritt ein Idiot, der nur grinsen und nicken kann. Der Soldat spricht nicht zu ihm, sondern zu einer vermeintlichen Menge.)

Habt ihr das wieder gehört? Er meint, wir haben Angst. Weil er selber Angst hat! Wir kämpfen nicht, sagt er, bis zum letzten Mann, wir sterben nicht vonwegen ihrer Übermacht, wir ziehen den Schwanz ein, wir scheißen in die Hosen, daß es zu den Stiefeln heraufkommt, das wagt

兵士　おまえのようなやつのために俺たちは戦えって言うのか？　最後のひとりまで。それがどういうことかわかってるのか、十二個大隊に一個の大隊で立ち向かうってことだぞ、よりにもよって、屈服するくらいなら死んだほうがましだ、でもおまえのためじゃない！

アンドリ　何が確かなんだ？

兵士　アンドラの住民は臆病じゃない。敵がいなごのように落下傘で舞い降りても、通らせはしない、このパイダーさまがいるかぎり、誓って通さない。それは確かだ。俺のところは通らせない。みんなをびっくり仰天させてやる！

アンドリ　誰をびっくり仰天させるの？

兵士　俺のところは通らせない。

（白痴がそばによってくる。彼はにやにや笑って、うなずくことしかできない。兵士は彼には話しかけないで、架空の群衆に語りかける）

おまえらも聞いたか？　こいつは俺たちが怖がってると言うんだ。怖がってるのはこいつのほうなのに！　俺たちが最後のひとりまで戦うなんてことはしないと、ぬかしやがる。優勢な敵に押されて、死ねもせず、尻尾を巻いて逃げてゆく。ズボンにおしっこ垂れて、長靴からあふれ出てくるって。何てことをぬかすんだ、俺に面と向かって、

er zu sagen: mir ins Gesicht, der Armee ins Gesicht!
ANDRI Ich habe kein Wort gesagt.
SOLDAT Ich frage: Habt ihr's gehört?
   (Der Idiot nickt und grinst.)
   Ein Andorraner hat keine Angst!
ANDRI Das sagtest du schon.
SOLDAT Aber du hast Angst!
   (Andri schweigt.)
   Weil du feig bist.
ANDRI Wieso bin ich feig?
SOLDAT Weil du Jud bist.
   (Der Idiot grinst und nickt.)
   So, und jetzt geh ich...
ANDRI Aber nicht zu Barblin!
SOLDAT Wie er rote Ohren hat!
ANDRI Barblin ist meine Braut.

軍隊に面と向かってだぞ！
アンドリ　そんなこと言ってないよ。
兵士　どうだ、おまえら聞いたか？
（白痴はうなずいて、にやにや笑う）
アンドリ　アンドラの住民は怖がったりはしない。
兵士　それはもう聞いたよ。
アンドリ　でもおまえは怖いんだ！
（アンドリは黙っている）
臆病だからだ。
アンドリ　どうして僕が臆病だと思うの？
兵士　ユダヤ人だからさ。
アンドリ　でもバルブリーンのとこじゃないよな！
さてと、そろそろ行くか…
（白痴はにやにや笑って、うなずく）
兵士　こいつ耳まで赤くなってる！
アンドリ　バルブリーンは僕の婚約者だ。

(Der Soldat lacht.)
Das ist wahr.
SOLDAT *(grölt.)*
»Und mit dem Bock
und in den Rock
und ab den Rock
und mit dem Bock
und mit dem Bock –«
ANDRI Geh nur!
SOLDAT Braut! hat er gesagt.
ANDRI Barblin wird dir den Rücken drehn.
SOLDAT Dann nehm ich sie von hinten!
ANDRI – du bist ein Vieh.
SOLDAT Was sagst du?
ANDRI Ein Vieh.
SOLDAT Sag das noch einmal. Wie er zittert! Sag das noch

第一景

兵士 （蛮声を張り上げて歌う）
「羊にまたがり
スカートの中へ
スカートをはがし
羊にまたがり
羊にまたがり——」

アンドリ とっとと行け！
兵士 こいつ、婚約者だ！ ってぬかしたぞ。
アンドリ バルブリーンは背を向けるさ。
兵士 だったら後ろから攻めてやる！
アンドリ ——あんたはけだものだ。
兵士 何だって？
アンドリ けだものだ。
兵士 もう一度言ってみろ。震えてらあ！ もう一度言ってみろ。ただし広場じゅうに聞

einmal. Aber laut, daß der ganze Platz es hört. Sag das noch einmal.

(Andri geht.)

SOLDAT Was hat er da gesagt?

(Der Idiot grinst und nickt.)

Ein Vieh? Ich bin ein Vieh?

(Der Idiot nickt und grinst.)

Der macht sich nicht beliebt bei mir.

Vordergrund

(Der Wirt, jetzt ohne die Wirteschürze, tritt an die Zeugenschranke.)

WIRT Ich gebe zu: Wir haben uns in dieser Geschichte alle getäuscht. Damals. Natürlich hab ich geglaubt, was alle geglaubt haben, damals. Er selbst hat's geglaubt. Bis zuletzt. Ein Judenkind, das unser Lehrer gerettet habe

兵士　こえるような大きな声で。もう一度言ってみろ。
（アンドリは去る）
あいつ、今何て言ったんだ？
（白痴はにやにや笑って、うなずく）
けだもの？　俺がけだものだって？
（白痴はうなずいて、にやにや笑う）
あれだから俺にはかわいがってもらえないんだ。

前景（舞台前面）

（エプロンをはずした居酒屋の主人が証言台に進み出る）

主人　証言します。私たちはみんなこの件では思い違いをしていたのです。当時は。もちろん私もみんなが当時信じていたことを信じていたのですから。最後まで。彼はユダヤ人の子で、この町の教師がとなりの黒い国

vor den Schwarzen da drüben, so hat's immer geheißen, und wir fanden's großartig, daß der Lehrer sich sorgte wie um einen eigenen Sohn. Ich jedenfalls fand das großartig. Hab ich ihn vielleicht an den Pfahl gebracht? Niemand von uns hat wissen können, daß Andri wirklich sein eigner Sohn ist, der Sohn von unsrem Lehrer. Als er mein Küchenjunge war, hab ich ihn schlecht behandelt? Ich bin nicht schuld, daß es dann so gekommen ist. Das ist alles, was ich nach Jahr und Tag dazu sagen kann. Ich bin nicht schuld.

Zweites Bild

(Andri und Barblin auf der Schwelle vor der Kammer der Barblin.)

BARBLIN Andri, schläfst du?

第二景

（アンドリとバルブリーンがバルブリーンの小さな部屋の敷居に腰を下ろしている）

バルブリーン　アンドリ、眠ってるの？

の連中から救い出したってことにずっとなっていたのです。ですからわれわれは先生が実の息子のように世話をしているのを立派だと思っていたのです。いずれにせよ私は立派だと思っていました。ひょっとして私があの子を絞首台に送ったのではないか、ですって？　われわれは誰ひとりとして知りようがなかったのです。アンドリが彼の実の息子、われわれの先生の実の息子だったなんて。うちでコック見習いをしていたとき、私が虐待したんじゃないか、ですって？　あれからこういうことになったのは私のせいじゃありません。何年もたった後で、私が言えるのはこれだけです。私のせいじゃありません。

ANDRI Nein.
BARBLIN Warum gibst du mir keinen Kuß?
ANDRI Ich bin wach, Barblin, ich denke.
BARBLIN Die ganze Nacht.
ANDRI Ob's wahr ist, was die andern sagen.
> *(Barblin hat auf seinen Knien gelegen, jetzt richtet sie sich auf, sitzt und löst ihre Haare.)*

ANDRI Findest du, sie haben recht?
BARBLIN Fang jetzt nicht wieder an!
ANDRI Vielleicht haben sie recht.
> *(Barblin beschäftigt sich mit ihrem Haar.)*

ANDRI Vielleicht haben sie recht...
BARBLIN Du hast mich ganz zerzaust.
ANDRI Meinesgleichen, sagen sie, hat kein Gefühl.
BARBLIN Wer sagt das?
ANDRI Manche.
BARBLIN Jetzt schau dir meine Bluse an!

第二景

アンドリ　いや。
バルブリーン　どうしてキスしてくれないの?
アンドリ　起きてるよ、バルブリーン、考えてるんだ。
バルブリーン　一晩中。
アンドリ　ほかのやつらが言うことが本当かどうか。
（バルブリーンはアンドリのひざの上に横になっていたが、体を起こして、座り、結った髪をほどく）
アンドリ　やつらは正しいと思うかい?
バルブリーン　もうその話はよして!
アンドリ　正しいのかもしれない。
（バルブリーンは髪を整えている）
正しいのかもしれない…
バルブリーン　髪をぐしゃぐしゃにしちゃうんだから。
アンドリ　僕みたいな人間には感情がないって言うんだ。
バルブリーン　誰がそんなこと言ってるの?
アンドリ　大勢が。
バルブリーン　ねえ、私のブラウスを見て!

ANDRI Alle.
BARBLIN Soll ich sie ausziehen?
(Barblin zieht ihre Bluse aus.)
ANDRI Meinesgleichen, sagen sie, ist geil, aber ohne Gemüt, weißt du –
BARBLIN Andri, du denkst zuviel!
(Barblin legt sich wieder auf seine Knie.)
ANDRI Ich lieb dein Haar, dein rotes Haar, dein leichtes warmes bitteres Haar, Barblin, ich werde sterben, wenn ich es verliere.
(Andri küßt ihr Haar.)
Und warum schläfst denn du nicht?
(Barblin horcht.)
Was war das?
BARBLIN Die Katze.
(Andri horcht.)
Ich hab sie ja gesehen.
ANDRI War das die Katze?

アンドリ　みんな言ってる。
バルブリーン　これ、脱いだほうがいい？
　（ブラウスを脱ぐ）
アンドリ　僕みたいな人間は淫らだけど、感情がないって言うんだ、ねぇ——
バルブリーン　アンドリ、考えすぎよ！
　（ふたたびアンドリのひざの上に横になる）
アンドリ　君の髪が好きだ。君の赤い髪、君のふんわりして温かく苦味のある髪が、バルブリーン、これを失うようなことがあれば、僕は死んじゃうよ。
　（バルブリーンの髪にキスをする）
　でもどうして眠らないんだい？
　（バルブリーンは聞き耳を立てる）
　何？
バルブリーン　猫よ。
　（アンドリは聞き耳を立てる）
アンドリ　猫？
　さっき見たわ。

BARBLIN Sie schlafen doch alle...
  (Barblin legt sich wieder auf seine Knie.)
Küß mich!
  (Andri lacht.)
Worüber lachst du?
ANDRI Ich muß ja dankbar sein!
BARBLIN Ich weiß nicht, wovon du redest.
ANDRI Von deinem Vater. Er hat mich gerettet, er fände es sehr undankbar von mir, wenn ich seine Tochter verführte. Ich lache, aber es ist nicht zum Lachen, wenn man den Menschen immerfort dankbar sein muß, daß man lebt.
  (Pause)
Vielleicht bin ich drum nicht lustig.
  (Barblin küßt ihn.)
Bist du ganz sicher, Barblin, daß du mich willst?
BARBLIN Warum fragst du das immer?
ANDRI Die andern sind lustiger.

バルブリーン　だってみんな寝てるから…
（再びアンドリのひざの上に横になる）
キスして！
（アンドリは笑う）
何を笑ってるの？
アンドリ　何のことを言ってるのかわからない。
バルブリーン　僕は感謝しなきゃいけないんだ！
アンドリ　君のお父さんにだ。あの人は僕を救ってくれた、もし僕があの人の娘を誘惑したら、さぞや恩知らずだとあの人に思われるだろう。僕は笑っている、でも笑い事じゃないんだ。自分が生きているのはこの人たちのおかげなんだから。
（間）
そのために僕は陽気になれないのかもしれない。
（バルブリーンはアンドリにキスする）
バルブリーン　間違いないよね、バルブリーン、僕を好きだって言うのは？
アンドリ　どうしていつもそんなこと聞くの？
バルブリーン　ほかのやつらのほうが陽気だよ。

BARBLIN Die andern!
ANDRI Vielleicht haben sie recht. Vielleicht bin ich feig, sonst würde ich endlich zu deinem Alten gehn und sagen, daß wir verlobt sind.
Findest du mich feig?
(Man hört Grölen in der Ferne.)
Jetzt grölen sie immer noch.
(Das Grölen verliert sich.)
BARBLIN Ich geh nicht mehr aus dem Haus, damit sie mich in Ruh lassen. Ich denke an dich, Andri, den ganzen Tag, wenn du an der Arbeit bist, und jetzt bist du da, und wir sind allein – ich will, daß du an mich denkst, Andri, nicht an die andern. Hörst du? Nur an mich und an uns. Und ich will, daß du stolz bist, Andri, fröhlich und stolz, weil ich dich liebe vor allen andern.
ANDRI Ich habe Angst, wenn ich stolz bin.
BARBLIN Und jetzt will ich einen Kuß.
(Andri gibt ihr einen Kuß.)

バルブリーン　ほかの人なんか！

アンドリ　やつらの言うとおりかもしれない。僕はたぶん臆病なんだ。でなかったらとっくに君のお父さんのところに言って、僕たち婚約しましたって言ってるだろうよ。僕を臆病だと思うかい？

（遠くから怒鳴り声が聞こえる）

やつらはいつも怒鳴ってる。

（怒鳴り声は消える）

バルブリーン　男にちょっかいをかけられるのはいやだから、もう家から出ないようにする。あんたのことを思っているのよ、アンドリ、一日中、あんたが働いている間。そして今あんたはそこにいる、そして私たちはふたりきり——私のことを思ってほしいの、アンドリ、ほかの人には目もくれずに。聞いてる？　私のことだけを。それからあんたに誇りをもってほしいの、アンドリ、快活で誇らしげであってほしい、だってほかの誰よりもあんたのことを愛しているんだから。

アンドリ　誇りを持つときまって不安になる。

バルブリーン　さあ、キスして。

（アンドリは彼女にキスをする）

Viele viele Küsse!
   (Andri denkt.)
Ich denke nicht an die andern, Andri, wenn du mich hältst mit deinen Armen und mich küssest, glaub mir, ich denke nicht an sie.
ANDRI – aber ich.
BARBLIN Du mit deinen andern die ganze Zeit!
ANDRI Sie haben mir wieder das Bein gestellt.
   (Eine Turmuhr schlägt.)
Ich weiß nicht, wieso ich anders bin als alle. Sag es mir. Wieso? Ich seh's nicht...
   (Eine andere Turmuhr schlägt.)
Jetzt ist es schon wieder drei.
BARBLIN Laß uns schlafen!
ANDRI Ich langweile dich.
   (Barblin schweigt.)
Soll ich die Kerze löschen?... du kannst schlafen, ich wecke dich um sieben.

たくさん、たくさんキスを！

（アンドリは考えこむ）

ほかの人のことなんか考えないわ、アンドリ、あんたの腕に抱きしめられて、キスしてもらえたら、信じてよ、ほかの人のことなんかどうでもいい。

アンドリ　——でも僕は。

バルブリーン　あんたはほかの人のことばっかりずっと考えてるの！

アンドリ　やつらは僕の前にまた足を突き出した。

（塔の時計が鳴る）

わからないな、どうして僕はみんなと違うんだろう。教えて。どうして？　僕にはわからない…

（別の塔の時計が鳴る）

もう三時か。

バルブリーン　寝ましょう！

アンドリ　僕といると退屈するよ。

（バルブリーンは黙る）

ろうそくの火を消そうか？…寝てもいいよ。七時に起こしてあげるから。

(Pause)
Da ist kein Aberglaube, o nein, das gibt's, Menschen, die verflucht sind, und man kann machen mit ihnen, was man will, ihr Blick genügt, plötzlich bist du so, wie sie sagen.
Das ist das Böse. Alle haben es in sich, keiner will es haben, und wo soll das hin? In die Luft? Es ist in der Luft, aber da bleibt's nicht lang, es muß in einen Menschen hinein, damit sie's eines Tages packen und töten können...
(Andri ergreift die Kerze.)
Kennst du einen Soldat namens Peider?
(Barblin murrt schläfrig.)
Er hat ein Aug auf dich.
BARBLIN Der!
ANDRI – ich dachte, du schläfst schon.
(Andri bläst die Kerze aus.)

(間)

迷信じゃないんだよ、絶対に、いるんだよ、のろわれた人間というのは。そうした人たちはみんなからいいようにされる、目つきだけで十分そうなる、みんなが貼ったレッテルどおりに突然なってしまう。これこそ悪だ。みんな持ちたくないけど、心の中に持っているものだ、どこへやればいいのか？ 空に？ でも空に押しやっても長くはとどまらない、悪は誰かの中にもぐりこまないといけない、みんながその悪とやらをいつの日か捕まえて、滅ぼすことができるように…

(アンドリはろうそくを手に取る)

君はパイダーという名前の兵士を知ってるかい？

(バルブリーンは眠そうにぶつぶつ文句を言う)

君に目をつけてるんだ。

バルブリーン　あいつ！

アンドリ　——もう寝たと思ってたんだけど。

(アンドリはろうそくの火を吹き消す)

Vordergrund

(Der Tischler tritt an die Zeugenschranke.)

TISCHLER Ich gebe zu: Das mit den 50 Pfund für die Lehre, das war eben, weil ich ihn nicht in meiner Werkstatt wollte, und ich wußte ja, es wird nur Unannehmlichkeiten geben. Wieso wollte er nicht Verkäufer werden? Ich dachte, das würd ihm liegen. Niemand hat wissen können, daß er keiner ist. Ich kann nur sagen, daß ich es im Grund wohl meinte mit ihm. Ich bin nicht schuld, daß es so gekommen ist später

Drittes Bild

(Man hört eine Fräse, Tischlerei, Andri und ein Geselle je mit einem fertigen Stuhl.)

前景

（指物師が証言台に進み出る）

指物師　証言します。弟子入り料の五十ポンド、あれはアンドリを私の工房に入れたくなかったからです、厄介なことしか起こらないって、ほんとわかってましたから。どうしてあいつは店員になろうとしなかったのか？　私はそのほうがあいつに向いていると思ってましたから。あいつがアレじゃないなんて、誰にもわかりっこなかったんですよ。今の私に言えるのはただ、私が心底あいつのことを思ってたということです。あの後、あんなことになったのは私のせいじゃありません。

第三景

（フライス盤の切削の音が聞こえる。指物師の工房、アンドリともうひとりの弟子がそれぞれ作り終えた椅子を持っている）

ANDRI Ich habe auch schon Linksaußen gespielt, wenn kein andrer wollte. Natürlich will ich, wenn eure Mannschaft mich nimmt.
GESELLE Hast du Fußballschuh?
ANDRI Nein.
GESELLE Brauchst du aber.
ANDRI Was kosten die?
GESELLE Ich hab ein altes Paar, ich verkaufe sie dir. Ferner brauchst du natürlich schwarze Shorts und ein gelbes Tschersi, das ist klar, und gelbe Strümpfe natürlich.
ANDRI Rechts bin ich stärker, aber wenn ihr einen Linksaußen braucht, also einen Eckball bring ich schon herein.

(Andri reibt die Hände.)

Das ist toll, Fedri, wenn das klappt.
GESELLE Warum soll's nicht?
ANDRI Das ist toll.
GESELLE Ich bin Käpten, und du bist mein Freund.

第三景

アンドリ　以前誰もやり手がなかったから、僕も左ウイングでプレーしたことがあるんだ。君たちのチームに入れてくれるなら、もちろん喜んでやるよ。

弟子　サッカーシューズは持ってるのか？

アンドリ　いや。

弟子　でも必要だよ。

アンドリ　いくらする？

弟子　古いやつを持ってるから、譲ってやるよ。黄色のジャージーもいるぞ、あたりまえだ、それからもちろん黒のショートパンツと黄色のストッキングももちろん。右サイドのほうが得意なんだけど、もし左ウイングが必要ならやるよ、コーナーキックを押しこんでやる。

アンドリ　（もみ手をする）入れてもらえるんなら、フェードリ、最高だよ。

弟子　大丈夫だよ。

アンドリ　最高だ。

弟子　僕はキャプテンだし、君は僕の友だちだから。

89

DRITTES BILD

ANDRI Ich werde trainieren.
GESELLE Aber reib nicht immer die Hände, sonst lacht die ganze Tribüne.
(Andri steckt die Hände in die Hosentaschen.)
Hast du Zigaretten? So gib schon. Mich bellt er nicht an! Sonst erschrickt er nämlich über sein Echo. Oder hast du je gehört, daß der mich anbellt?
(Der Geselle steckt sich eine Zigarette an.)
ANDRI Das ist toll, Fedri, daß du mein Freund bist.
GESELLE Dein erster Stuhl?
ANDRI Wie findest du ihn?
(Der Geselle nimmt den Stuhl von Andri und versucht ein Stuhlbein herauszureißen, Andri lacht.)
Die sind nicht zum Ausreißen!
GESELLE So macht er's nämlich.
ANDRI Versuch's nur!
(Der Geselle versucht es vergeblich.)
Er kommt.

第三景

アンドリ　練習するよ。

弟子　でもな、もみ手ばかりするのはやめろ、観衆がみんな笑うぞ。

（アンドリは両手をズボンのポケットに突っ込む）

タバコ持ってるか？　早くくれ。俺には親方も怒鳴りつけはしないよ！　俺が親方に怒鳴られているのを聞いたことがあるか？　ふだんは自分の怒鳴り声に驚いているくらいだからな。

（タバコに火をつける）

アンドリ　君が僕の友だちだなんて、フェードリ、最高だよ。

弟子　おまえの初めての椅子だな？

アンドリ　どうだい？

（弟子はアンドリから椅子を受け取り、椅子の脚を引き抜こうとする。アンドリは笑う）

抜けやしないよ！

弟子　親方はこんなふうにするんだ。

アンドリ　どうぞやってみて！

（弟子はやってみるが抜けない）

親方が来た。

DRITTES BILD

GESELLE Du hast Glück.
ANDRI Jeder rechte Stuhl ist verzapft. Wieso Glück?
Nur was geleimt ist, geht aus dem Leim.
(Auftritt der Tischler.)
TISCHLER ...schreiben Sie diesen Herrschaften, ich heiße Prader. Ein Stuhl von Prader bricht nicht zusammen, das weiß jedes Kind, ein Stuhl von Prader ist ein Stuhl von Prader. Und überhaupt: bezahlt ist bezahlt. Mit einem Wort: Ich feilsche nicht.
(Zu den beiden:)
Habt ihr Ferien?
(Der Geselle verzieht sich flink.)
Wer hat hier wieder geraucht?
(Andri schweigt.)
Ich riech es ja.
(Andri schweigt.)
Wenn du wenigstens den Schneid hättest –
ANDRI Heut ist Sonnabend.

第三景

弟子　おまえは運がいいな。

アンドリ　ちゃんとした椅子はほぞで接合してあるんだ。どうして運がいいんだ？　にかわでくっつけたものは壊れるんだ。

（指物師が登場）

指物師　——お客さまがたにはこう書いてくれ、私の名はプラーダーだ。プラーダーの椅子は壊れないってことは、どんな子どもでも知っている、プラーダーの椅子だ。それにそもそも値段相応の価値がある。つまり私は安売りはしない。

（ふたりに向かって）

どうして手を休めてる？

（弟子はすばやく引っ込む）

誰がまたここでタバコを吸ったんだ？

（アンドリは黙っている）

ちゃんとにおいがするんだ。

（アンドリは黙っている）

せめておまえに気骨があれば——

アンドリ　今日は土曜日です。

TISCHLER Was hat das damit zu tun?
ANDRI Wegen meiner Lehrlingsprobe. Sie haben gesagt: Am letzten Sonnabend in diesem Monat. Hier ist mein erster Stuhl.
   (Der Tischler nimmt einen Stuhl.)
   Nicht dieser, Meister, der andere!
TISCHLER Tischler werden ist nicht einfach, wenn's einer nicht im Blut hat. Nicht einfach. Woher sollst du's im Blut haben. Das hab ich deinem Vater aber gleich gesagt. Warum gehst du nicht in den Verkauf? Wenn einer nicht aufgewachsen ist mit dem Holz, siehst du, mit unserem Holz – lobpreiset eure Zedern vom Libanon, aber hierzuland wird in andorranischer Eiche gearbeitet, mein Junge.
ANDRI Das ist Buche.
TISCHLER Meinst du, du mußt mich belehren?
ANDRI Sie wollen mich prüfen, meinte ich.
   (Der Tischler versucht ein Stuhlbein auszureißen.)
   Meister, das ist aber nicht meiner!
TISCHLER Da –

第三景

指物師　それがどうした？

アンドリ　僕が弟子になれるかの試験です。あなたは今月の最後の土曜日とおっしゃいました。これが僕のはじめての椅子です。

(指物師は片方の椅子を手に取る)

　そっちじゃありません、親方、もうひとつの椅子です。

指物師　指物師になるのは血筋が備わっていないと簡単じゃない。簡単じゃないんだ。おまえはどこからその血筋を引いているんだ？　このことはおまえの親父さんに最初から言ってある。どうして店員にならないんだ？　木とともに育ったのでなければ、わかるか、われわれの木とともにだ——おまえたちのレバノン杉をほめるがいい、だがな、この国じゃアンドラの樫の木を加工するんだ、なあ坊や。

アンドリ　これはぶなの木です。

指物師　私に教えてやらないといけないと思っているのか？

アンドリ　親方が僕を試験してると思ったんです。

(指物師が椅子の脚を引き抜こうとする)

　親方、それは僕の椅子じゃありません。

95

(Der Tischler reißt ein erstes Stuhlbein aus.)
Was hab ich gesagt?
(Der Tischler reißt die andern drei Stuhlbeine aus.)
– wie die Froschbeine, wie die Froschbeine. Und so ein Humbug soll in den Verkauf. Ein Stuhl von Prader, weißt du, was das heißt? – da,
(Der Tischler wirft ihm die Trümmer vor die Füße.)
schau's dir an!
ANDRI Sie irren sich.
TISCHLER Hier – das ist ein Stuhl!
(Der Tischler setzt sich auf den andern Stuhl.)
Hundert Kilo, Gott sei's geklagt, hundert Kilo hab ich am Leib, aber was ein rechter Stuhl ist, das ächzt nicht, wenn ein rechter Mann sich draufsetzt, und das wackelt nicht. Ächzt das?
ANDRI Nein.
TISCHLER Wackelt das?
ANDRI Nein.
TISCHLER Also!

（最初の椅子の脚を引き抜く）

私は何と言った？

　　（ほかの三本の脚も引き抜く）

——蛙の脚みたいだ、蛙の脚みたいだよ。

プラーダーの椅子がどんなものか、わかってるのか？——そら

　　（アンドリの足元に壊れた椅子を投げ出す）

よく見ろ！

指物師　親方の思い違いです。

アンドリ　見ろ、ほら——これが椅子だ！

　　（もうひとつの椅子に座る）

百キロ、残念ながら、私の体重は百キロある。だがちゃんとした椅子なら、ちゃんとした男が腰掛けても、きしみはしないし、ぐらぐらもしない。これはきしんでるか？

アンドリ　いいえ。

指物師　ぐらぐらしてるか？

アンドリ　いいえ。

指物師　ほうら！

ANDRI Das ist meiner.
TISCHLER – und wer soll diesen Humbug gemacht haben?
ANDRI Ich hab es Ihnen aber gleich gesagt.
TISCHLER Fedri! Fedri!
(Die Fräse verstummt.)
Nichts als Ärger hat man mit dir, das ist der Dank, wenn man deinesgleichen in die Bude nimmt, ich hab's ja geahnt.
(Auftritt der Geselle.)
Fedri, bist du ein Gesell oder was bist du?
GESELLE Ich –
TISCHLER Wie lang arbeitest du bei Prader & Sohn?
GESELLE Fünf Jahre.
TISCHLER Welchen Stuhl hast du gemacht? Schau sie dir an. Diesen oder diesen? Und antworte.
(Der Geselle mustert die Trümmer.)
Antworte frank und blank.
GESELLE – ich…

第三景

アンドリ　これが僕のです。

指物師　——それで誰がこんないんちきを作ったと言うのだ？

アンドリ　はじめから言ってるじゃありませんか。

指物師　フェードリ！　フェードリ！

（フライス盤の音がやむ）

フェードリ、おまえは弟子か、それとも何だ？

（弟子が登場）

おまえには腹の立つことばかりだ、これが、おまえのようなやからをわが社に受け入れた感謝の証なんだな、感づいてはいたけど。

指物師　おまえはプラーダー親子会社で何年ぐらい働いているのだ？

弟子　五年です。

指物師　どっちの椅子を作った？　よく見ろ。こっちか、それともこっちか？　答えろ。

弟子　僕は——

指物師　——

弟子　僕は——

（弟子は壊れた椅子をじっと見る）

率直に答えろ。

弟子　——僕は…

TISCHLER Hast du verzapft oder nicht?
GESELLE – jeder rechte Stuhl ist verzapft...
TISCHLER Hörst du's?
GESELLE – nur was geleimt ist, geht aus dem Leim...
TISCHLER Du kannst gehn.
   (Der Geselle erschrickt.)
In die Werkstatt, meine ich.
   (Der Geselle geht rasch.)
Das laß dir eine Lehre sein. Aber ich hab's ja gewußt, du gehörst nicht in eine Werkstatt.
   (Der Tischler sitzt und stopft sich eine Pfeife.)
Schad ums Holz.
   (Andri schweigt.)
Nimm das zum Heizen.
ANDRI Nein.
   (Der Tischler zündet sich die Pfeife an.)
Das ist eine Gemeinheit!

第三景

指物師　おまえはほぞをはめこんだか、それともやらなかったか？

弟子　——ちゃんとした椅子にははめ込みがされています…

指物師　聞いたか？

弟子　——にかわでくっつけたものにかぎって壊れます…

指物師　行っていい。

弟子　(弟子はびっくりする)

指物師　仕事場へだ。

(弟子は急いで去る)

少しはお手本にしろ。もっともおまえが工房に向いてないことはわかっていたんだ。

(座って、パイプにタバコを詰める)

木がもったいない。

(アンドリは黙っている)

暖房用に持ってゆけ。

アンドリ　いやです。

卑劣です！

(指物師はパイプに火をつける)

101

DRITTES BILD

(Der Tischler zündet sich die Pfeife an.)

...ich nehm's nicht zurück, was ich gesagt habe. Sie sitzen auf meinem Stuhl, ich sag es Ihnen, Sie lügen, wie's Ihnen grad paßt, und zünden sich die Pfeife an. Sie, ja, Sie! Ich hab Angst vor euch, ja, ich zittere. Wieso hab ich kein Recht vor euch? Ich bin jung, ich hab gedacht: Ich muß bescheiden sein. Es hat keinen Zweck, Sie machen sich nichts aus Beweisen. Sie sitzen auf meinem Stuhl. Das kümmert Sie aber nicht? Ich kann tun, was ich will, ihr dreht es immer gegen mich, und der Hohn nimmt kein Ende. Ich kann nicht länger schweigen, es zerfrißt mich. Hören Sie denn überhaupt zu? Sie saugen an Ihrer Pfeife herum, und ich sag Ihnen ins Gesicht: Sie lügen. Sie wissen ganz genau, wie gemein Sie sind. Sie sind hundsgemein. Sie sitzen auf dem Stuhl, den ich gemacht habe, und zünden sich Ihre Pfeife an. Was hab ich Ihnen zuleid getan? Sie wollen nicht, daß ich tauge. Warum schmähen Sie mich? Sie sitzen auf meinem

第三景

（指物師はパイプに火をつける）

…僕は自分の言ったことを撤回しません。あなたは自分で僕の椅子に座っています、はっきり言います、親方は自分に都合のいいようにうそをついておいて、パイプに火をつけています。あなた、そうです、あなたがです！僕はあなたたちが怖いのです、ええ、僕は震えています。どうして僕はあなたたちに対して何の権利もないんですか？僕は若い、だからおとなしくしてないといけないとずっと思ってきました。でもけっきょく無駄です、あなたは何の証拠もないのに決めてかかるんですから。親方は僕の椅子に座ってるんですよ。それでも心が痛まないのですか？僕は自分のやりたいことを自由にできる、けどあなた方はいつもそれを僕の不利になるようにねじ曲げる。だからあざけりはやむことがないのです。これ以上黙っているわけにはいきません、胸が張り裂けそうです。そもそも親方はちゃんと聞いてくれてるんですか？親方はパイプをすぱすぱ吸っている、そして僕はあなたに面と向かって言います。あなたは自分の椅子に座って、パイプに火をつけている。あなたは下劣きわまりない。あなたは僕がどんなに卑劣であるか、よくご存知なのです。あなたは僕が作った椅子に座って、パイプに火をつけるんです。みな僕はあなたに苦痛を与えましたか？あなたは僕が役に立つ人間になることを望んでいないのです。なぜ僕をさげすむのですか？親方は僕の椅子に座ってるんです。

103

DRITTES BILD

Stuhl. Alle schmähen mich und frohlocken und hören nicht auf. Wieso seid ihr stärker als die Wahrheit? Sie wissen genau, was wahr ist. Sie sitzen drauf –
   (Der Tischler hat endlich die Pfeife angezündet.)
Sie haben keine Scham –.
TISCHLER Schnorr nicht soviel.
ANDRI Sie sehen aus wie eine Kröte!
TISCHLER Erstens ist hier keine Klagemauer.
   (Der Geselle und zwei andere verraten sich durch Kichern.)
Soll ich eure ganze Fußballmannschaft entlassen?
   (Der Geselle und die andern verschwinden.)
Erstens ist hier keine Klagemauer, zweitens habe ich kein Wort davon gesagt, daß ich dich deswegen entlasse. Kein Wort. Ich habe eine andere Arbeit für dich. Zieh deine Schürze aus! Ich zeige dir, wie man Bestellungen schreibt. Hörst du zu, wenn dein Meister spricht? Für jede Bestellung, die du hereinbringst mit deiner Schnorrerei, verdienst du ein halbes Pfund. Sagen wir: ein ganzes Pfund für drei Bestellungen. Ein ganzes Pfund! Das

第三景

んなが僕をさげすんで、小躍りして喜び、それをやめない。どうしてあなたたちは真実よりも強いんですか？　あなたたちは何が真実であるかをはっきり知っている、そしてそれにあぐらをかいている——

(指物師はやっとパイプに火をつけ終わる)

親方は恥知らずだ——

指物師　そんなにぐだぐだしゃべるんじゃない。

アンドリ　親方はガマガエルみたいだ！

指物師　第一に、ここは嘆きの壁じゃない。

(弟子ともうふたりの忍び笑いによって、盗み聞きしていることがわかる)

おまえたちのサッカーチームごと、首にしてもいいのか？

(弟子とほかのふたりは姿を消す)

第一にここは嘆きの壁じゃない、第二にそのことが原因でおまえを首にするとは一言も言ってない。一言も。わたしはおまえに別の仕事を紹介する。おまえのエプロンを取れ！　注文伝票の書き方を教えてやる。親方がしゃべってるというのに、ちゃんと聞いているのか？　おまえがねばって注文を一つ取ってくるたびに半ポンドの稼ぎだ。待てよ、注文三つにつき一ポンドだ。まる一ポンドだぞ！　それはおまえのよう

105

ist's, was deinesgleichen im Blut hat, glaub mir, und jedermann soll tun, was er im Blut hat. Du kannst Geld verdienen, Andri, Geld, viel Geld...
 (Andri reglos.)
Abgemacht?
 (Der Tischler erhebt sich und klopft Andri auf die Schulter.)
Ich mein's gut mit dir.
 (Der Tischler geht, man hört die Fräse wieder.)
ANDRI Ich wollte aber Tischler werden...

Vordergrund

(Der Geselle, jetzt in einer Motorradfahrerjacke, tritt an die Zeugenschranke.)

GESELLE Ich geb zu: Es war mein Stuhl und nicht sein Stuhl. Damals. Ich wollte ja nachher mit ihm reden, aber da war er schon so, daß man halt nicht mehr reden

なやからなら血筋に備わっていることをするべきなんだ。おまえは金を稼げる、アンドリ、金を、たくさんの金を…

(アンドリはじっと動かない)

それで決まりだ！

(指物師は立ち上がり、アンドリの肩をたたく)

私はおまえに好意を抱いているんだ。

(指物師は去り、ふたたびフライス盤の音がする)

アンドリ　でも僕は指物師になりたかったんだ…

前景

(オートバイ乗りのジャンパーを着て弟子が証言台に進み出る)

弟子　証言します。あれは僕の椅子で、やつの椅子ではなかった。当時は。もちろんあとからやっと話そうと思ったけど、そのときにはもうやつとは話なんかできるような状

konnte mit ihm. Nachher hab ich ihn auch nicht mehr leiden können, geb ich zu. Er hat einem nicht einmal mehr guten Tag gesagt. Ich sag ja nicht, es sei ihm recht geschehen, aber es lag halt auch an ihm, sonst wär's nie so gekommen. Als wir ihn nochmals fragten wegen Fußball, da war er sich schon zu gut für uns. Ich bin nicht schuld, daß sie ihn geholt haben später.

Viertes Bild

(Stube beim Lehrer. Andri sitzt und wird vom Doktor untersucht, der ihm einen Löffel in den Hals hält, die Mutter daneben.)

ANDRI Aaaandorra.
DOKTOR Aber lauter, mein Freund, viel lauter!

第四景

況じゃ全然なかったんです。白状するけど、その後やつにはがまんならなかった。やつはもう「こんにちは」さえも言わなかった。やつにはあんなことが起きて当然などと言う気はなかったけど、やつにも責任があったんです、でなけりゃ決してあんなことにはならなかったでしょう。われわれがもう一度サッカーのことで尋ねたときに、やつはわれわれとはもう別の世界にいたのです。その後やつが引っ張っていかれたのは僕のせいじゃありません。

(教師の家の部屋。アンドリが座って、医者の診察を受けている。医者はスプーンをアンドリののどに入れている。横に母親)

アンドリ　アアアアアアンドラ。

医者　もっと大きな声で、君、ずっと大きな声で！

ANDRI Aaaaaaandorra.
DOKTOR Habt Ihr einen längeren Löffel?
   (Die Mutter geht hinaus.)
   Wie alt bist du?
ANDRI Zwanzig.
   (Der Doktor zündet sich einen Zigarillo an.)
   Ich bin noch nie krank gewesen.
DOKTOR Du bist ein strammer Bursch, das seh ich, ein braver Bursch, ein gesunder Bursch, das gefällt mir, mens sana in corpore sano, wenn du weißt, was das heißt.
ANDRI Nein.
DOKTOR Was ist dein Beruf?
ANDRI Ich wollte Tischler werden –
DOKTOR Zeig deine Augen!
   (Der Doktor nimmt eine Lupe aus der Westentasche und prüft die Augen.)
   Das andre!

アンドリ　アアアアアンドラ。

医者　もっと長いスプーンはここにないのかね？

（母親は出てゆく）

医者　君はいくつだ？

アンドリ　二十歳です。

（医師は小型の細い葉巻に火をつける）

医者　頑強な若者なんだ、わかるよ、しっかりした若者、健康な若者、気に入った。メンス・サナ・イン・コルポーレ・サノ（健全なる精神は健全なる肉体に宿る）。どんな意味かわかってるか？

アンドリ　いいえ。

医者　君の職業はなんだ？

アンドリ　指物師になりたかったんですが——

医者　目を見せてごらん！

（チョッキのポケットからルーペを取り出して検眼する）

そっちの目を！

VIERTES BILD

ANDRI Was ist das – ein Virus?

DOKTOR Ich habe deinen Vater gekannt vor zwanzig Jahren, habe gar nicht gewußt, daß der einen Sohn hat. Der Eber! So nannten wir ihn. Immer mit dem Kopf durch die Wand! Er hat von sich reden gemacht damals; ein junger Lehrer, der die Schulbücher zerreißt, er wollte andre haben, und als er dann doch keine andern bekam, da hat er die andorranischen Kinder gelehrt, Seite um Seite mit einem schönen Rotstift anzustreichen, was in den andorranischen Schulbüchern nicht wahr ist. Und sie konnten es ihm nicht widerlegen. Er war ein Kerl. Niemand wußte, was er eigentlich wollte. Ein Teufelskerl. Die Damen waren scharf auf ihn –

(Eintritt die Mutter mit dem längeren Löffel.)

Euer Sohn gefällt mir.

(Die Untersuchung wird fortgesetzt.)

Tischler ist ein schöner Beruf, ein andorranischer Beruf, nirgends in der Welt gibt es so gute Tischler wie in Andorra, das ist bekannt.

ANDRI Aaaaaaaaaandorra!

DOKTOR Nochmal.

アンドリ　どうしたのです——ヴィールスですか？
医者　君のお父さんのことは二十年前から知ってるが、息子さんがいるなんて全然知らなかった。いのしし！　われわれは彼のことをそう呼んでいた。いつも強引に自分の意図を達成する！　彼はあのころの自分のことを語ってくれたことがある。ひとりの若い教師が教科書をみな破り捨てた。彼は別の教科書を望んだ、そして別の教科書が得られないとわかるとアンドラの子どもたちに、アンドラの教科書で真実ではないことを一ページごとに赤鉛筆できれいに線を引くよう指導した。それをやめさせることは誰にもできなかった、って。たいしたやつだよ。本当は何を望んでいるのか、誰にもわからなかった。すごく優秀なやつだったよ。ご婦人方はえらく彼にご執心でね——

（母親が前よりも長いスプーンを持って入ってくる）

お宅の息子さんは気に入ったね。

（診察が続く）

指物師はすてきな職業だ、アンドラにふさわしい職業なんだ、世界中のどこにもアンドラほど優れた指物師がいるところはないんだ、それはみんな知ってる。

アンドリ　アアアアアアアアアアンドラ！

医者　もう一度！

VIERTES BILD

ANDRI Aaaaaaaaaandorra!
MUTTER Ist es schlimm, Doktor?
DOKTOR Was Doktor! Ich heiße Ferrer.
   (Der Doktor mißt den Puls.)
Professor, genau genommen, aber ich gebe nichts auf Titel, liebe Frau. Der Andorraner ist nüchtern und schlicht, sagt man, und da ist etwas dran. Der Andorraner macht keine Bücklinge. Ich hätte Titel haben können noch und noch. Andorra, ist eine Republik, das hab ich ihnen in der ganzen Welt gesagt: Nehmt euch ein Beispiel dran! Bei uns gilt ein jeder, was er ist. Warum bin ich zurückgekommen, meinen Sie, nach zwanzig Jahren?
   (Der Doktor verstummt, um den Puls zählen zu können.)
Hm.
MUTTER Ist es schlimm, Professor?
DOKTOR Liebe Frau, wenn einer in der Welt herumgekommen ist wie ich, dann weiß er, was das heißt: Heimat! Hier ist mein Platz, Titel hin oder her, hier bin ich verwurzelt.
   (Andri hustet.)

第四景

アンドリ　アアアアアアアアンドラ！
母親　悪いんですか、先生？
医者　先生だって！　私の名前はフェラーだ。
（アンドリの脈を測る）
厳密に言うと教授だ、でも私は肩書きなんてどうでもいいんだ、奥さん。アンドラの住民は思慮深くて質素だと言われているし、それはまんざらうそでもない。アンドラの住民はへつらったりはしない。私だって肩書きを手に入れることもできたろう、いくらでもね。アンドラは共和国だ、そのことを私は世界中のやつらに言って回ったものだ。「あれを手本にしろ！」って。この国ではみんな、あるがままの自分が重要なんだ。どうして私がここに戻ってきたと思う、二十年後に？
（脈を数えられるように、黙る）
うむ。
母親　悪いのですか、教授？
医者　奥さん、私のように世界中を回ってきた者だけがわかるんだ、ふるさとって何だか！ここが私の場所だ、肩書きなんかどうでもいい、ここにしっかり根を張るんだ。
（アンドリがせきをする）

Seit wann hustet er?
ANDRI Ihr Zigarillo, Professor, Ihr Zigarillo!
DOKTOR Andorra ist ein kleines Land, aber ein freies Land. Wo gibt's das noch? Kein Vaterland in der Welt hat einen schöneren Namen, und kein Volk auf Erden ist so frei – Mund auf, mein Freund, Mund auf!

(Der Doktor schaut nochmals in den Hals, dann nimmt er den Löffel heraus.)

Ein bißchen entzündet.
ANDRI Ich?
DOKTOR Kopfweh?
ANDRI Nein.
DOKTOR Schlaflosigkeit?
ANDRI Manchmal.
DOKTOR Aha.
ANDRI Aber nicht deswegen.

(Der Doktor steckt ihm nochmals den Löffel in den Hals.)

Aaaaaaaa-Aaaaaaaaaaaaaaaandorra.

第四景

彼はいつからせきをしてるんだ？

医者　アンドラは小さな国だが、自由な国だ。こんな国がどこにある？　これほど美しい名前を持った祖国は世界中のどこにもない──口を開けて！

アンドリ　あなたの葉巻です、教授、あなたの葉巻が！

（もう一度のどの奥を見てから、スプーンを引き出す）

少し炎症を起こしている。

アンドリ　僕が？

医者　ときどき。

アンドリ　眠れないことは？

医者　ないです。

アンドリ　頭痛は？

医者　ほうら。

アンドリ　でものどのせいじゃありません。

（医者はもう一度スプーンをのどに突っ込む）

アァァァァァァーァァァァァァァァァァァァァァァァァァンドラ。

VIERTES BILD

DOKTOR So ist's gut, mein Freund, so muß es tönen, daß jeder Jud in den Boden versinkt, wenn er den Namen unseres Vaterlands hört.
(Andri zuckt.)
Verschluck den Löffel nicht!
MUTTER Andri ...
(Andri ist aufgestanden.)
DOKTOR Also tragisch ist es nicht, ein bißchen entzündet, ich mache mir keinerlei Sorgen, eine Pille vor jeder Mahlzeit –
ANDRI Wieso – soll der Jud – versinken im Boden?
DOKTOR Wo habe ich sie bloß.
(Der Doktor kramt in seinem Köfferchen.)
Das fragst du, mein junger Freund, weil du noch nie in der Welt gewesen bist. Ich kenne den Jud. Wo man hinkommt, da hockt er schon, der alles besser weiß, und du, ein schlichter Andorraner kannst einpacken. So ist es doch. Das Schlimme am Jud ist sein Ehrgeiz. In allen Ländern der Welt hocken sie auf allen Lehrstühlen, ich hab's erfahren, und unsereinem bleibt nichts andres

医者　その調子だ、君、われわれの祖国の名前を聞いて、ユダヤ人が大地に消え入るほどの響きじゃないといかん。

（アンドリはぴくっと動く）

母親　アンドリ…

スプーンを飲み込むんじゃないぞ！

（アンドリは立ち上がる）

医者　まあそれほど深刻じゃない、少し炎症を起こしてるが、いっこうに心配してない、食前に必ず錠剤を一錠――

アンドリ　どうして――ユダヤ人が――大地に消え入らないといけないんですか？

医者　どこにやったかな。

（診療かばんをかき回す）

そんなことを聞くのは、君、まだ世界がまったくわかっていないからだよ。私はユダヤ人をよく知っている。どこに行っても、そこにはユダヤ人が隠れ潜んでいて、万事に通じている、だから、おまえのような実直なアンドラ人は必要ないんだ。そういうことさ。ユダヤ人で悪いのは名誉欲だ。世界中のあらゆる国々で、教授のポストを独占しているのを、私は見てきた、だからわれわれのようなやからにはふるさととしか残

119

VIERTES BILD

übrig als die Heimat. Dabei habe ich nichts gegen den Jud. Ich bin nicht für Greuel. Auch ich habe Juden gerettet, obschon ich sie nicht riechen kann. Und was ist der Dank? Sie sind nicht zu ändern. Sie hocken auf allen Lehrstühlen der Welt. Sie sind nicht zu ändern.

(Der Doktor reicht die Pillen.)

Hier deine Pillen!

(Andri nimmt sie nicht, sondern geht.)

Was hat er denn plötzlich?

MUTTER Andri! Andri!

DOKTOR Einfach rechts umkehrt und davon...

MUTTER Das hätten Sie vorhin nicht sagen sollen, Professor, das mit dem Jud.

DOKTOR Warum denn nicht?

MUTTER Andri ist Jud.

(Eintritt der Lehrer, Schulhefte Arm.)

LEHRER Was ist los?

第四景

されていない。そうは言っても私は反ユダヤ主義ではない。私は残虐な行為には賛成できない。私はユダヤ人を救ってやったこともある。彼らのにおいは耐えられないけどな。ところがそのお礼ときたら？ やつらを変えることはできないよ。世界中のあらゆる教授ポストを占めているんだから。やつらは変えることなんかできない。

(錠剤を渡す)

ほら君の錠剤だ！

(アンドリはそれを受け取らず、去る)

母親　いったい急にどうしたんだ？

医者　アンドリ！　アンドリ！

母親　さっさと回れ右して、出てゆくだなんて…

医者　いったいどうしてだめなんだ？

母親　アンドリはユダヤ人なんです。

の話は。

教師　どうしたんだ？

(教師が生徒たちのノートを抱えて登場)

121

VIERTES BILD

MUTTER Nichts, reg dich nicht auf, gar nichts.
DOKTOR Das hab ich ja nicht wissen können.
LEHRER Was?
DOKTOR Wieso denn ist euer Sohn ein Jud?
    (Der Lehrer schweigt.)
  Ich muß schon sagen, einfach rechtsumkehrt und davon, ich habe ihn ärztlich behandelt, sogar geplaudert mit ihm, ich habe ihm erklärt, was ein Virus ist –
LEHRER Ich hab zu arbeiten.
    (Schweigen)
MUTTER Andri ist unser Pflegesohn.
LEHRER Guten Abend.
DOKTOR Guten Abend.
    (Der Doktor nimmt Hut und Köfferchen.)
  Ich geh ja schon.
    (Der Doktor geht.)

母親　いえ何にも、興奮しないで、まったく何もないんだから。
医者　そんなことを知る由もなかった。
教師　どんなことを？
医者　いったいどうしてあんたがたの息子さんがユダヤ人なのです？
（教師は黙っている）
言っておかないといけないが、息子さんはさっさと回れ右して、出ていってしまったんだ。彼には医者としての治療を施した、そのうえおしゃべりもした、ヴィールスとは何かも説明してやった――
教師　仕事をしないと。
（沈黙）
母親　アンドリは私たちのもらい子なんです。
教師　さようなら。
医者　さようなら。
（帽子と診療かばんを取る）
じゃ、もう行くよ。
（去る）

VIERTES BILD

LEHRER Was ist wieder geschehn?
MUTTER Reg dich nicht auf!
LEHRER Wie kommt diese Existenz in mein Haus?
MUTTER Er ist der neue Amtsarzt.
  (Eintritt nochmals der Doktor.)
DOKTOR Er soll die Pillen trotzdem nehmen.
  (Der Doktor zieht den Hut ab.)
 Bitte um Entschuldigung.
  (Der Doktor setzt den Hut wieder auf.)
 Was hab ich denn gesagt... bloß weil ich gesagt habe... im Spaß natürlich, sie verstehen keinen Spaß, das sag ich ja, hat man je einen Juden getroffen, der Spaß versteht? Also ich nicht... dabei hab ich bloß gesagt: Ich kenne den Jud. Die Wahrheit wird man in Andorra wohl noch sagen dürfen...
  (Der Lehrer schweigt.)
 Wo hab ich jetzt meinen Hut?

第四景

教師　また何が起こったんだ？
母親　興奮しないで！
教師　どうしてあんなやからが私の家に入りこんだんだ？
母親　あの人は診療所に新しく来られた先生よ。
医者　(もういちど医者が入ってくる)
　　　やっぱり彼には錠剤を飲んでもらおう。
教師　(帽子を取る)
　　　すみません。
　　　(ふたたび帽子をかぶる)
　　　いったい私が何を言ったというのだ…ちょっと言っただけのことなのに…もちろん冗談で、やつらは冗談を解さない、私はそう言ってるんだ、今まで冗談を解するようなユダヤ人に出会ったことがあるか？　私はないな…だからちょっと言ったまでだよ、私はユダヤ人をよく知ってるって。真実を言うことはアンドラではまだ許されているはずだ…
　　　(教師は黙っている)
　　　私の帽子はどこに行った？

VIERTES BILD

(Der Lehrer tritt zum Doktor, nimmt ihm den Hut vom Kopf, öffnet die Türe und wirft den Hut hinaus.)

LEHRER Dort ist Ihr Hut!

(Der Doktor geht.)

MUTTER Ich habe dir gesagt, du sollst dich nicht aufregen. Das wird er nie verzeihen. Du verkrachst dich mit aller Welt, das macht es dem Andri nicht leichter.

LEHRER Er soll kommen.

MUTTER Andri! Andri!

LEHRER Der hat uns noch gefehlt. Der und Amtsarzt! Ich weiß nicht, die Welt hat einen Hang, immer grad die mieseste Wendung zu nehmen...

(Eintreten Andri und Barblin.)

Also ein für allemal, Andri, kümmre dich nicht um ihr Geschwätz. Ich werde kein Unrecht dulden, das weißt du, Andri.

ANDRI Ja, Vater.

LEHRER Wenn dieser Herr, der neuerdings unser Amtsarzt ist, noch einmal sein dummes Maul auftut, dieser Akademiker, dieser verkrachte, dieser Schmugglersohn – ich

第四景

（教師は医者に歩み寄り、彼の頭から帽子を取り、ドアを開けて、帽子を外に投げる）

教師 あなたの帽子はあそこだ！

（医者は去る）

母親 興奮しちゃいけないって言ったでしょう。あなたがすべての人と仲たがいすれば、アンドリの立場はますます難しくなるんだから。

教師 あいつと診療所の医者か！　わからないけど、この世はいつも最悪の方向に向かう定めなんだな…

母親 あいつはまだ戻ってないのか？

教師 アンドリ！　アンドリ！

あの子を呼んでくれ。

（アンドリとバルブリーンが入ってくる）

これだけは言っとくがアンドリ、やつらのうわさ話なんかこれっぽちも気にするんじゃないぞ。私はどんな不正も許さない、それはおまえも知ってるな、アンドリ。

アンドリ　ええ、父さん。

教師 最近われわれの診療所にやってきたあの男が、もう一度ばかな口をきいたら、あの人生の落伍者、あの密輸人[†15]の息子めが——私だって密輸したこと

hab auch geschmuggelt, ja, wie jeder Andorraner: aber keine Titel! – dann, sage ich, fliegt er selbst die Treppe hinunter, und zwar persönlich, nicht bloß sein Hut. *(Zur Mutter)*: Ich fürchte sie nicht! *(Zu Andri)*: Und du, verstanden, du sollst sie auch nicht fürchten. Wenn wir zusammenhalten, du und ich, wie zwei Männer, Andri, wie Freunde, wie Vater und Sohn – oder habe ich dich nicht behandelt wie meinen Sohn? Hab ich dich je zurückgesetzt? Dann sag es mir ins Gesicht. Hab ich dich anders gehalten, Andri, als meine Tochter? Sag es mir ins Gesicht. Ich warte.
ANDRI Was, Vater, soll ich sagen?
LEHRER Ich kann's nicht leiden, wenn du dastehst wie ein Meßknabe, der gestohlen hat oder was weiß ich, so artig, weil du mich fürchtest. Manchmal platzt mir der Kragen, ich weiß, ich bin ungerecht. Ich hab's nicht gezählt und gebucht, was mir als Erzieher unterlaufen ist.

(Die Mutter deckt den Tisch.)

はあるよ、ああ、ほかのアンドラの住民がみんなしてるようにしたりはしないさ！——そのときは、言っておくが、やつは階段から転げ落ちることになる、本人が、帽子だけじゃないぞ。（母親に）やつらなんて怖くはないさ！（アンドリに）だからおまえも、わかったね、おまえもやつらを恐れてはいけないぞ。もしわれわれが力を合わせれば、おまえとわたし、われわれ男ふたりが、アンドリ、友だちのように、父と息子のように——それともおまえがおまえを息子のように扱わなかったことがあるか？ おまえを、アンドリ、私の娘との間で差別したことがあるか？ もしあったら、面と向かって言ってくれ。おまえを、アンドリ、私の娘との間で差別したことがあるか？ もしあったら、面と向かって言ってくれ。待ってるんだ。

アンドリ　父さん、何を言えばいいんですか？

教師　盗みを働いたか何だか知らないけど、おまえが何かをしでかしたミサの少年のようにそこに立っているのが、私には耐えられないんだ。私が怖いからか、こんなに行儀よくな。私はときにはかっとなることもあって、自分でもわかっているんだけど、公正な人間ではない。教育者としての自分が犯した過ちを数えあげたり、手帳に記したりしたことはないんだ。

（母親は食卓の用意をする）

Hat Mutter dich herzlos behandelt?
MUTTER Was hältst du denn für Reden! Man könnte meinen, du redest vor einem Publikum.
LEHRER Ich rede mit Andri.
MUTTER Also.
LEHRER Von Mann zu Mann.
MUTTER Man kann essen.
   (Die Mutter geht hinaus.)
LEHRER Das ist eigentlich alles, was ich dir sagen wollte.
   (Barblin deckt den Tisch fertig.)
Warum, wenn er draußen so ein großes Tier ist, bleibt er nicht draußen, dieser Professor, der's auf allen Universitäten der Welt nicht einmal zum Doktor gebracht hat? Dieser Patriot, der unser Amtsarzt geworden ist, weil er keinen Satz bilden kann ohne Heimat und Andorra. Wer denn soll schuld daran sein, daß aus seinem Ehrgeiz nichts geworden ist, wer denn, wenn nicht der Jud? – Also ich will dieses Wort nicht mehr hören.
   (Die Mutter bringt die Suppe.)

母親 お母さんをおまえを冷淡に取り扱ったことがあるか？　聴衆の前ででも話してるのかと思うわ。いったい何の演説なのよ！

教師 アンドリと話してるんだ。

母親 だったら。

教師 男と男の話し合いだ。

母親 料理ができたわ。

（母親は出てゆく）

教師 おまえに話しておきたいことは、これで全部だ。

（バルブリーンは食卓の用意を済ませる）

外国でそんなに立派なお方なら、どうして外国にとどまらないんだ、世界中の大学で博士号さえ取れなかったあの教授先生は？　あの愛国者めが。ふるさとをアンドラを持ち出さずには文章ひとつ書けなかったから、われわれの診療所の先生になったんだ。やつの名誉欲が何ひとつ実を結ばなかったのは誰のせいだって言うんだ？　ユダヤ人でなければ、いったい誰のせいなんだ？——だからこうした言葉はもう聞きたくもない。

（母親がスープを運んでくる）

VIERTES BILD

Auch du, Andri, sollst dieses Wort nicht in den Mund nehmen. Verstanden? Ich duld es nicht. Sie wissen ja nicht, was sie reden, und ich will nicht, daß du am Ende noch glaubst, was sie reden. Denk dir, es ist nichts dran. Ein für allemal. Verstanden? Ein für allemal.
MUTTER Bist du fertig?
LEHRER 's ist auch nichts dran.
MUTTER Dann schneid uns das Brot.
    (Der Lehrer schneidet das Brot.)
ANDRI Ich wollte etwas andres fragen...
    (Die Mutter schöpft die Suppe.)
Vielleicht wißt Ihr es aber schon. Nichts ist geschehn, Ihr braucht nicht immer zu erschrecken. Ich weiß nicht, wie man so etwas sagt: – Ich werde einundzwanzig, und Barblin ist neunzehn...
LEHRER Und?
ANDRI Wir möchten heiraten.
    (Der Lehrer läßt das Brot fallen.)

おまえも、アンドリ、こうした言葉を口にしちゃだめだ。わかったな？　許さないから。やつらは自分たちが話すことの中身をわかっちゃいない。だからおまえが最後になっても、やつらの話すことを信じているなんてごめんだ。いやだ。考えてごらん、いいことなんて何もない。絶対にだめだ。わかったね？　絶対に。

母親　もう話は済んだの？

教師　たいした話じゃない。

母親　じゃ、みんなにパンを切って。

　　　（教師はパンを切る）

アンドリ　僕は別のことを聞きたかったんだけど…

　　　（母親はスープを入れる）

でも父さんも母さんももうわかっているのかもしれない。何かがあったわけじゃないから、びくびくする必要はないよ。こんな話どういえばいいのかわからないけど——

僕は二十一になるし、バルブリーンは十九…

教師　それで？

アンドリ　僕たち結婚したいんだ。

　　　（教師はパンを落とす）

VIERTES BILD

Ja. Ich bin gekommen, um zu fragen – ich wollte es tun, wenn ich die Tischlerprobe bestanden habe, aber daraus wird ja nichts – Wir wollen uns jetzt verloben, damit die andern es wissen und der Barblin nicht überall nachlaufen.

LEHRER – – – heiraten?

ANDRI Ich bitte dich, Vater, um die Hand deiner Tochter.

(Der Lehrer erhebt sich wie ein Verurteilter.)

MUTTER Ich hab das kommen sehen, Can.

LEHRER Schweig!

MUTTER Deswegen brauchst du das Brot nicht fallen zu lassen.

(Die Mutter nimmt das Brot vom Boden.)

Sie lieben einander.

LEHRER Schweig!

(Schweigen)

ANDRI Es ist aber so, Vater, wir lieben einander. Davon zu reden ist schwierig. Seit der grünen Kammer, als wir Kinder waren, reden wir vom Heiraten. In der Schule

第四景

そうなんだ、僕は聞きに来たんだ――指物師の弟子入りの試験に受かったらそうするつもりだったんだけど、それも見込みがなくなってきたから――僕たちは今すぐ婚約したいんだ。ほかの連中にも知らせて、それも見込みがなくなってきたから――僕たちは今すぐ婚約したいんだ。ほかの連中にも知らせて、バルブリーンの後をあたりかまわず追い回したりしないように。

教師　――結婚する？

アンドリ　父さん、あなたの娘さんに僕は求婚します。

母親　黙れ！

教師　こういうことになると思ってましたよ、カン。

母親　黙れ！

教師　（教師は有罪の判決を受けた人のように立ち上がる）だからってパンを落とすことはないでしょう。

（母親はパンを床から拾う）

ふたりは愛しあってるんです。

教師　黙れ！

（沈黙）

アンドリ　でもそうなんです、父さん、われわれは愛しあっているんです。わかってもらうのは難しいなあ。子どものころ、緑の部屋で育った当時から、僕たちは結婚のこと

VIERTES BILD

schämten wir uns, weil alle uns auslachten: Das geht ja nicht, sagten sie, weil wir Bruder und Schwester sind! Einmal wollten wir uns vergiften, weil wir Bruder und Schwester sind, mit Tollkirschen, aber es war Winter, es gab keine Tollkirschen. Und wir haben geweint, bis Mutter es gemerkt hat – bis du gekommen bist, Mutter, du hast uns getröstet und gesagt, daß wir gar nicht Bruder und Schwester sind. Und diese ganze Geschichte, wie Vater mich über die Grenze gerettet hat, weil ich Jud bin. Da war ich froh drum und sagte es ihnen in der Schule und überall. Seither schlafen wir nicht mehr in der gleichen Kammer, wir sind ja keine Kinder mehr.

(Der Lehrer schweigt wie versteinert.)

Es ist Zeit, Vater, daß wir heiraten.

LEHRER Andri, das geht nicht.
MUTTER Wieso nicht?
LEHRER Weil es nicht geht!
MUTTER Schrei nicht.

を話してた。学校でもみんなが冷やかすので、僕たちは恥ずかしい思いをしたよ。そりゃ無理だってみんなが言った。だって僕たちは兄と妹なんだから！　僕たちは一度服毒自殺をしようと思った、ベラドンナを飲んで、だって僕たちは一度服毒自殺をしようと思った、ベラドンナを飲んで、だって僕たちは一度服毒自殺をしようと思った。でも冬だったのでベラドンナがなかったんだ。僕たちが泣いていると、母さんがそれに気づいてやってきて、母さん、僕たちを慰めてくれたよね。僕たちは兄と妹じゃないって、教えてくれた。そしてことの経緯をすべて話してくれた。僕がユダヤ人だったので、父さんが国境の向こうで僕を救い出してくれたんだって。それを聞いて僕はうれしくなって、学校やいたるところでみんなにそのことを言いふらした。それ以来、僕たちはもう同じ部屋では寝なくなった、それに僕たちはもう子どもじゃないから。

　　　（教師は石のように黙っている）

母親　　父さん、僕たちが結婚するときが来たんだ。

教師　　アンドリ、それは無理だ。

母親　　どうしてだめなの？

教師　　無理だからだ！

母親　　叫ぶのはやめて。

VIERTES BILD

LEHRER Nein – Nein – Nein...
    (Barblin bricht in Schluchzen aus.)
MUTTER Und du heul nicht gleich!
BARBLIN Dann bring ich mich um.
MUTTER Und red keinen Unfug!
BARBLIN Oder ich geh zu den Soldaten, jawohl.
MUTTER Dann straf dich Gott!
BARBLIN Soll er.
ANDRI Barblin?
    (Barblin läuft hinaus.)
LEHRER Sie ist ein Huhn. Laß sie! Du findest noch Mädchen genug.
    (Andri reißt sich von ihm los.)
  Andri –!
ANDRI Sie ist wahnsinnig.
LEHRER Du bleibst.
    (Andri bleibt.)

教師　だめだ——だめだ——だめだ…
　　　（バルブリーンはすすり泣きを始める）
母親　おまえもすぐに泣くんじゃない！
バルブリーン　だったら自殺する。
母親　ばかなことを言うんじゃない！
バルブリーン　でなかったらあの兵隊のところへ行く、きっと。
母親　そんなことをしたら神さまから罰を受けるよ！
バルブリーン　それでもいい。
アンドリ　バルブリーン？
　　　（バルブリーンは走って出てゆく）
教師　ばかなやつだ。放っておけ！　若い娘ならほかにいくらでもいるだろう。
　　　（アンドリは彼を払いのける）
アンドリ——！
教師　おまえはここにいなさい。
　　　（アンドリはとどまる）

Es ist das erste Nein, Andri, das ich dir sagen muß.
(Der Lehrer hält sich beide Hände vors Gesicht.)
Nein!

MUTTER Ich versteh dich nicht, Can, ich versteh dich nicht. Bist du eifersüchtig? Barblin ist neunzehn, und einer wird kommen. Warum nicht Andri, wo wir ihn kennen? Das ist der Lauf der Welt. Was starrst du vor dich hin und schüttelst den Kopf, wo's ein großes Glück ist, und willst deine Tochter nicht geben? Du schweigst. Willst du sie heiraten? Du schweigst in dich hinein, weil du eifersüchtig bist, Can, auf die Jungen und auf das Leben überhaupt und daß es jetzt weitergeht ohne dich.

LEHRER Was weißt denn du!

MUTTER Ich frag ja nur.

LEHRER Barblin ist ein Kind –

MUTTER Das sagen alle Väter. Ein Kind! – für dich, Can, aber nicht für den Andri.

(Der Lehrer schweigt.)

アンドリ、これは私がおまえに下さなければならない初めての拒絶だ。

（両手で顔を覆う）

母親 だめだ！ あなたの言うことがわからないわ、カン、あなたの言うことがわからないの。あなたは嫉妬してるの？ バルブリーンは十九で、男が寄ってくる年ごろです。どうしてアンドリじゃいけないの、あの子なら気心が知れてるのに？ それが世の習いです。何をじっと見つめて、首を振っているのですか、すごくおめでたい話だと言うのに？ あなたは自分の娘を嫁にやりたくないんですか？ 黙ってるの。娘を結婚させたいでしょう？ 黙りこくってしまって、嫉妬しているから、カン、若い人たちに、人生すべてに、娘が今やあなたなしにやってゆけるということに。

教師 おまえに何がわかる！

母親 聞いているだけよ。

教師 バルブリーンはまだ子どもだ——

母親 父親ならみんなそう言うわ。子どもだ！ ——あなたにとってね、カン、でもアンドリにとってじゃない。

（教師は黙っている）

VIERTES BILD

Warum sagst du nein?
(Der Lehrer schweigt.)
ANDRI Weil ich Jud bin.
LEHRER Andri –
ANDRI So sagt es doch.
LEHRER Jud! Jud!
ANDRI Das ist es doch.
LEHRER Jud! Jedes dritte Wort, kein Tag vergeht, jedes zweite Wort, kein Tag ohne Jud, keine Nacht ohne Jud, ich höre Jud, wenn einer schnarcht, Jud, Jud, kein Witz ohne Jud, kein Geschäft ohne Jud, kein Fluch ohne Jud, ich höre Jud, wo keiner ist, Jud und Jud und nochmals Jud, die Kinder spielen Jud, wenn ich den Rücken drehe, jeder plappert's nach, die Pferde wiehern in den Gassen: Juuuud, Juud, Jud...
MUTTER Du übertreibst.
LEHRER Gibt es denn keine andern Gründe mehr?!

どうしてだめだって言うの？
（教師は黙っている）

アンドリ　僕がユダヤ人だから。

教師　アンドリ——

アンドリ　はっきり言って。

教師　ユダヤ人！ユダヤ人！

アンドリ　やっぱりそうか。

教師　ユダヤ人！口を開けばユダヤ人。毎日毎日、ユダヤ人。ユダヤ人なしには朝も明けず、ユダヤ人なしには夜も暮れない。いびきをかいているときにもユダヤ人のことを耳にする。ユダヤ人、ユダヤ人、笑い話といえばユダヤ人、どの店にもユダヤ人、呪いの言葉もみんなユダヤ人、誰もいないところでもユダヤ人って声がする、ユダヤ人、ユダヤ人、またユダヤ人、私が背を向けると、子どもたちはユダヤ人遊びだ、誰もがわけもわからず口真似する、路地を行く馬までがいななく、ユーダヤ、ユーダヤ、ユダヤ…

母親　大げさだわ。

教師　それ以外の口実はもう考えられないのか？！

MUTTER Dann sag sie.
 (Der Lehrer schweigt, dann nimmt er seinen Hut.)
 Wohin?
LEHRER Wo ich meine Ruh hab.
 (Er geht und knallt die Tür zu.)
MUTTER Jetzt trinkt er wieder bis Mitternacht.
 (Andri geht langsam nach der andern Seite.)
 Andri? – Jetzt sind alle auseinander.

Fünftes Bild

(Platz von Andorra, der Lehrer sitzt allein vor der Pinte, der Wirt bringt den bestellten Schnaps, den der Lehrer noch nicht nimmt.)

第五景

母親　あるんだったら言って。
　　　（教師は黙っている、それから彼の帽子を取る）
教師　落ち着けるところへだ。
母親　どこへ？
　　　（ドアをばたんと閉めて、去る）
教師　また真夜中まで飲むのよ。
　　　アンドリ？――もうみんな離れ離れになってしまった。
　　　（アンドリはゆっくりと反対側に去る）

（アンドラの広場。教師が居酒屋の前でひとりで座っている。居酒屋の主人が注文された焼酎を持ってくるが、教師はまだそれを飲んでいない）

WIRT Was gibt's Neues?
LEHRER Noch ein Schnaps.
   (Der Wirt geht.)
»Weil ich Jud bin!«
   (Jetzt kippt er den Schnaps.)
Einmal werd ich die Wahrheit sagen – das meint man, aber die Lüge ist ein Egel, sie hat die Wahrheit ausgesaugt. Das wächst. Ich werd's nimmer los. Das wächst und hat Blut. Das sieht mich an wie ein Sohn, ein leibhaftiger Jud, mein Sohn... »Was gibt's Neues?« – ich habe gelogen, und ihr habt ihn gestreichelt, solang er klein war, und jetzt ist er ein Mann, jetzt will er heiraten, ja, seine Schwester – Das gibt's Neues!... ich weiß, was ihr denkt, im voraus: Auch einem Judenretter ist das eigne Kind zu schad für den Jud! Ich sehe euer Grinsen schon.
   (Auftritt der Jemand und setzt sich zum Lehrer.)
JEMAND Was gibt's Neues?

主人　何か変わったことでもありましたか？

教師　焼酎をもう一杯。

（主人は去る）

「僕がユダヤ人だから！」

（やっと焼酎を一気に飲み干す）

いつか真実を語るときが来る——誰もがそうしようと思うが、うそはヒルのようなもので、真実を吸い取ってしまう。だんだん膨らんで、絶対に振り払えない。膨れ上がって、血を含んでいる。そしてこちらをじっと見つめる、まるで息子が小さいころは本物のユダヤ人のように、わが息子のアンドリのように…「何か変わったことでもありましたか？」…私はうそをついてきた、それが今や立派な大人で、結婚したいと言っている、何と、かわいがってきた、——これが変わったことさ！…あんたたちは息子が考えていることは頭からわかっている、「ユダヤ人を救った男でも、自分の娘をそのユダヤ人にくれてやるのは惜しいんだ！」あんたたちのにやにやした顔が目に浮かぶよ。

某氏　何か変わったことでもありましたか？

（某氏が登場し、教師のそばに座る）

(Der Lehrer schweigt.)
(Der Jemand nimmt sich seine Zeitung vor.)
LEHRER Warum grinsen Sie?
JEMAND Sie drohen wieder.
LEHRER Wer?
JEMAND Die da drüben.
(Der Lehrer erhebt sich, der Wirt kommt heraus.)
WIRT Wohin?
LEHRER Wo ich meine Ruhe hab.
(Der Lehrer geht in die Pinte hinein.)
JEMAND Was hat er denn? Wenn der so weitermacht, der nimmt kein gutes Ende, möchte ich meinen... Mir ein Bier.
(Der Wirt geht.)
Seit der Junge nicht mehr da ist, wenigstens kann man seine Zeitung lesen: ohne das Orchestrion, wo er alleweil sein Trinkgeld verklimpert hat...

第五景

教師　（教師は黙っている）
某氏　（某氏は自分の新聞を広げる）
教師　どうしてにやにやしてるんですか？
某氏　また威嚇してきてるな。
教師　誰が？
某氏　となりの国の連中ですよ。
教師　（教師は立ち上がる。主人が姿を現す）
主人　どちらへ？
某氏　落ち着けるところへ。
　　　（居酒屋に入っていく）
　　　あの人はいったいどうしたんだ？　あんな状態が続けばろくなことにならん、と私は言いたい…ビールを一杯。
　　　（主人は去る）
　　　あの青年がここからいなくなってからは、少なくとも新聞は読めるようになった。あいつがもらったチップをいつも投げこんでいたジュークボックスの音がしないから…

Sechstes Bild

(Vor der Kammer der Barblin. Andri schläft allein auf der Schwelle. Kerzenlicht. Es erscheint ein großer Schatten an der Wand, der Soldat. Andri schnarcht. Der Soldat erschrickt und zögert. Stundenschlag einer Turmuhr, der Soldat sieht, daß Andri sich nicht rührt, und wagt sich bis zur Türe, zögert wieder, öffnet die Türe, Stundenschlag einer andern Turmuhr, jetzt steigt er über den schlafenden Andri hinweg und dann, da er schon soweit ist, hinein in die finstere Kammer. Barblin will schreien, aber der Mund wird ihr zugehalten. Stille. Andri erwacht.)

ANDRI Barblin!?...

(Stille)

ist es wieder still draußen, sie haben mit Saufen und Grölen aufgehört, jetzt sind alle im Bett.

(Stille)

Schläfst du, Barblin? Wie spät kann es sein? Ich hab

第六景

（バルブリーンの小さな部屋の前。アンドリがひとりで部屋の敷居に座り、眠っている。ろうそくの光。壁に大きな影が現れる。兵士である。アンドリはいぶきをかいている。兵士は驚き、ためらう。塔の時計が一時間ごとの時を告げる。兵士はアンドリが動かないのを見て、思い切ってドアのところまでいくが、またためらい、それからドアを開ける。別の塔の時計が時を告げる。いよいよ彼は眠っているアンドリの上をまたぎ、それから覚悟を決めて真っ暗な部屋に忍び入る。バルブリーンは叫び声をあげようとするが、口をふさがれる。静寂。アンドリが目を覚ます）

アンドリ　バルブリーン!?…

（静寂）

また外は静かになった、飲んだくれたり、わめいたりする声もやんだ、みんな床に着いたんだな。

（静寂）

眠ってるの、バルブリーン？　何時なんだろう？　つい寝てしまったよ。四時？　夜

SECHSTES BILD

geschlafen. Vier Uhr? Die Nacht ist wie Milch, du, wie blaue Milch. Bald fangen die Vögel an. Wie eine Sintflut von Milch...
(Geräusch)
Warum riegelst du die Tür?
(Stille)
Soll er doch heraufkommen, dein Alter, soll er mich auf der Schwelle seiner Tochter finden. Meinetwegen! Ich geb's nicht auf, Barblin, ich werd auf deiner Schwelle sitzen jede Nacht, und wenn er sich zu Tod säuft darüber, jede Nacht.
(Er nimmt sich eine Zigarette.)
Jetzt bin ich wieder so wach...
(Er sitzt und raucht.)
Ich schleiche nicht länger herum wie ein bettelnder Hund. Ich hasse. Ich weine nicht mehr. Ich lache. Je gemeiner sie sind wider mich, um so wohler fühle ich mich in meinem Haß. Und um so sichrer. Haß macht Pläne. Ich freue mich jetzt von Tag zu Tag, weil ich einen Plan habe, und niemand weiß davon, und wenn ich verschüchtert gehe, so tu ich nur so. Haß macht listig.

第六景

空がミルクのようだよ、青いミルクみたい。もうすぐ小鳥が鳴き始める。まるでミルクの洪水のようだ…

(物音)

どうしてドアの錠を下ろしているんだい?

(静寂)

あの老いぼれが上に上がってきても平気だ、娘の部屋の入り口で僕を見つければいい。かまうもんか! 僕はあきらめないぞ、バルブリーン、僕は毎晩この入り口に座ってるから、父さんがそれで死ぬほど酔いつぶれても、毎晩ここにいる。

(タバコを取り出す)

よし、また目が覚めた…

(座ってタバコを吸う)

僕はもうこれ以上乞食犬みたいにほっつき回ったりはしないぞ。僕は憎む。僕はもう泣かない。僕は笑うんだ。やつらが僕に対して卑劣であればあるほど、僕は自分の憎しみの中でますます心地よく感じるんだ。そしてますます安心する。憎しみからさまざまな計画が生まれる。僕がひそかに考えているのにそれを誰も知らないんだから、僕は今、日々それを喜んでいる。そして僕が怖気づいて去っても、ただそう見せてる

SECHSTES BILD

Haß macht stolz. Eines Tags werde ich's ihnen zeigen. Seit ich sie hasse, manchmal möcht ich pfeifen und singen, aber ich tu's nicht. Haß macht geduldig. Und hart. Ich hasse ihr Land, das wir verlassen werden, und ihre Gesichter alle. Ich liebe einen einzigen Menschen, und das ist genug.

(Er horcht.)

Die Katze ist auch noch wach!

(Er zählt die Münzen.)

Heut habe ich anderthalb Pfund verdient, Barblin, anderthalb Pfund an einem einzigen Tag. Ich spare jetzt. Ich geh auch nicht mehr an die Klimperkiste –

(Er lacht.)

Wenn sie sehen könnten, wie sie recht haben: alleweil zähl ich mein Geld!

(Er horcht.)

Da schlurft noch einer nach Haus.

(Vogelzwitschern.)

だけだ。憎しみは人をずる賢くする。憎しみは人を誇り高くする。いつかそれをやつらに見せてやる。やつらを憎むようになってから、ときどき口笛を吹いたり、歌ったりしたくなる。でも僕はそんなことはしない。憎しみは人をがまん強くする。そしてたくましくする。僕はやがて僕らが去ってゆくやつらの国を憎む。そしてやつらすべてを憎む。僕はただひとりの人を愛している。それで十分だ。

（聞き耳を立てる）

猫はまだ起きてるんだ！

（硬貨を数える）

今日は一ポンド半稼いだよ、バルブリーン、たった一日で一ポンド半だ。僕は今、貯金してるんだ。ジュークボックスへ行くのももうやめたし——

（笑う）

やつらの言ったとおりだということを見せてやれたらなあ。僕はいつも自分のお金を数えてるんだって！

（聞き耳を立てる）

まだ誰かが足をひきずって家に帰ってくる。

（鳥のさえずり）

155

SECHSTES BILD

Gestern hab ich diesen Peider gesehen, weißt du, der ein Aug hat auf dich, der mir das Bein gestellt hat, jetzt grinst er jedesmal, wenn er mich sieht, aber es macht mir nichts aus –

(Er horcht.)

Er kommt herauf!

(Tritte im Haus.)

Jetzt haben wir schon einundvierzig Pfund, Barblin, aber sag's niemand. Wir werden heiraten. Glaub mir, es gibt eine andre Welt, wo niemand uns kennt und wo man mir kein Bein stellt, und wir werden dahin fahren, Barblin, dann kann er hier schreien, soviel er will.

(Er raucht.)

Es ist gut, daß du geriegelt hast.

(Auftritt der Lehrer.)

LEHRER Mein Sohn!

ANDRI Ich bin nicht dein Sohn.

LEHRER Ich bin gekommen, Andri, um dir die Wahrheit zu sagen, bevor es wieder Morgen ist...

ANDRI Du hast getrunken.

昨日あのパイダーにあったよ、ほらあの、君に目をつけて、僕の前に足を突き出したやつだ、会うといつもにやにや笑ってるけど、僕はまったく平気だ——

（聞き耳を立てる）

誰か上がってくる！

（家の中で足音）

僕たちはもう四十一ポンドも持ってるんだ、バルブリーン、でもこのことは秘密だぞ。僕たちはやがて結婚する。信じてくれ、別世界があって、そこでは誰も僕たちのことを知らないし、足を突き出して転ばせるようなやつはいない、だからふたりでそこへ行こう、バルブリーン、そうすれば父さんもここで気の済むまで怒鳴っていればいい。

（タバコを吸う）

錠前を下ろしてくれてよかった。

（教師が登場）

教師　わが息子！

アンドリ　僕はあんたの息子じゃない。

教師　真実を言うために来たんだ、アンドリ、朝になる前に…

アンドリ　飲んでるね。

LEHRER Deinetwegen, Andri, deinetwegen.
  (Andri lacht.)
  Mein Sohn –
ANDRI Laß das!
LEHRER Hörst du mich an?
ANDRI Halt dich an einem Laternenpfahl, aber nicht an mir, ich rieche dich.
  (Andri macht sich los.)
  Und sag nicht immer: Mein Sohn! wenn du blau bist.
  (Der Lehrer wankt.)
  Deine Tochter hat geriegelt, sei beruhigt.
LEHRER Andri –
ANDRI Du kannst nicht mehr stehen.
LEHRER Ich bin bekümmert...
ANDRI Das ist nicht nötig.
LEHRER Sehr bekümmert...
ANDRI Mutter weint und wartet auf dich.

教師　おまえのためだ、アンドリ、おまえのためだ。
　　　（アンドリは笑う）
わが息子——
教師　やめて！
アンドリ　聞いてるのか？
教師　街灯にもたれかかってもいいが、僕にはやめてくれ、ぷんぷんにおうよ。
アンドリ　それから酔っ払ってしじゅう、わが息子！　なんて呼ぶのはよしてくれ。
　　　（教師を振り払う）
あんたのお嬢さんは錠を下ろしていますよ、安心して。
　　　（教師はよろめく）
アンドリ——
教師　アンドリ——
アンドリ　もう立ってられないんだね。
教師　悲しんでるんだ…
アンドリ　そんなこと必要ない。
教師　とても悲しくて、母さんが泣いて、父さんを待ってるよ。

SECHSTES BILD

LEHRER Damit habe ich nicht gerechnet...
ANDRI Womit hast du nicht gerechnet?
LEHRER Daß du nicht mein Sohn sein willst.
   (Andri lacht.)
   Ich muß mich setzen...
ANDRI Dann gehe ich.
LEHRER Also du willst mich nicht anhören?
   (Andri nimmt die Kerze.)
   Dann halt nicht.
ANDRI Ich verdanke dir mein Leben. Ich weiß. Wenn du Wert drauf legst, ich kann es jeden Tag einmal sagen: Ich verdanke dir mein Leben. Sogar zweimal am Tag: Ich verdanke dir mein Leben. Einmal am Morgen, einmal am Abend: Ich verdanke dir mein Leben, ich verdanke dir mein Leben.
LEHRER Ich hab getrunken, Andri, die ganze Nacht, um dir die Wahrheit zu sagen – ich hab zuviel getrunken...

教師　あんなこと、思いもよらなかった…
アンドリ　どんなことが思いもよらなかったんだ？
教師　おまえが私の息子であることを拒もうとするなんて。
　　　（アンドリは笑う）
アンドリ　腰を下ろさないと…
教師　（アンドリは笑う）
アンドリ　じゃあ私の話は聞きたくないんだな？
教師　だったらやめるよ。
アンドリ　だったら僕は行くよ。
　　　（アンドリはろうそくを手に取る）
教師　僕が生きてるのはあんたのおかげです。わかってます。あんたが大事だと思うなら、毎日一度唱えてもいい。「僕が生きているのはあんたのおかげです」。朝に一度、晩に一度、言ってもいい。「僕が生きてるのはあんたのおかげです」。「僕が生きてるのはあんたのおかげです」。二度っていい。「僕が生きてるのはあんたのおかげです」。
教師　飲んだよ、アンドリ、一晩中、おまえに本当のことを言うために——飲みすぎてしまった…

SECHSTES BILD

ANDRI Das scheint mir auch.
LEHRER Du verdankst mir dein Leben...
ANDRI Ich verdanke es.
LEHRER Du verstehst mich nicht...
   (Andri schweigt.)
   Steh nicht so da! – wenn ich dir mein Leben erzähle...
   (Hähne krähen.)
   Also mein Leben interessiert dich nicht?
ANDRI Mich interessiert mein eignes Leben.
   (Hähne krähen.)
   Jetzt krähen schon die Hähne.
   (Der Lehrer wankt.)
   Tu nicht, als ob du noch denken könntest.
LEHRER Du verachtest mich...
ANDRI Ich schau dich an. Das ist alles. Ich habe dich verehrt. Nicht weil du mein Leben gerettet hast, sondern weil ich glaubte, du bist nicht wie alle, du denkst nicht

アンドリ　見りゃわかるよ。
教師　おまえが生きているのは私のおかげだ…
アンドリ　感謝してるよ。
教師　おまえは私の言うことがわかっていない…
アンドリ　(アンドリは黙っている)
そんなとこで立っていないで！──私の人生を語って聞かせようというのに…
(鶏が鳴く)
じゃあ私の人生なんて興味ないんだな？
アンドリ　自分自身の人生にしか興味ないんだ。
(鶏が鳴く)
もう鶏が鳴いている。
(教師はよろめく)
まだ考える力が残ってるような振りをするのはやめてくれよ。
教師　おまえは私をさげすみの目で…
アンドリ　じっと見てるんだ。それだけさ。僕はあんたを尊敬してきた。僕の命を救ってくれたからではなくて、あんたはほかとは違う、考え方も違う、勇気があると思った

ihre Gedanken, du hast Mut. Ich hab mich verlassen auf dich. Und dann hat es sich gezeigt, und jetzt schau ich dich an.
LEHRER Was hat sich gezeigt?...
  (*Andri schweigt.*)
Ich denke nicht ihre Gedanken, Andri, ich hab ihnen die Schulbücher zerrissen, ich wollte andre haben –
ANDRI Das ist bekannt.
LEHRER Weißt du, was ich getan habe?
ANDRI Ich geh jetzt.
LEHRER Ob du weißt, was ich getan habe...
ANDRI Du hast ihnen die Schulbücher zerrissen.
LEHRER – ich hab gelogen.
  (*Pause*)
Du willst mich nicht verstehn...
  (*Hähne krähen.*)
ANDRI Um sieben muß ich im Laden sein, Stühle verkaufen, Tische verkaufen, Schränke verkaufen, meine Hän-

からだ。僕はあんたを信頼してきた。でもはっきりわかった。だから今、あんたをじっと見てるんだ。

教師　何がはっきりわかったって？…

（アンドリは黙っている）

教師　それはみんな知ってるよ、アンドリ、私はやつらの教科書を使おうとした――

アンドリ　私がどうしたか知ってるか？

教師　私がどうしたか、知ってるかどうか…

アンドリ　あんたはやつらの教科書を引き裂いた。

教師　――私はうそをついたんだ。

（間）

おまえはわかろうとしないが…

（鶏が鳴く）

アンドリ　七時には店に行ってないとだめなんだ、椅子を売ったり、机を売ったり、たん

de reiben.
LEHRER Warum mußt du deine Hände reiben?
ANDRI »Kann man finden einen bessern Stuhl? Wackelt das? Ächzt das? Kann man finden einen billigeren Stuhl?«
   (Der Lehrer starrt ihn an.)
Ich muß reich werden.
LEHRER Warum mußt du reich werden?
ANDRI Weil ich Jud bin.
LEHRER Mein Sohn –!
ANDRI Faß mich nicht wieder an!
   (Der Lehrer wankt.)
Du ekelst mich.
LEHRER Andri –
ANDRI Heul nicht.
LEHRER Andri –
ANDRI Geh pissen.

教師　「こんな上等な椅子がどこにあります？　ぐらぐらしますか？　こんな安い椅子はどこにあります？」
アンドリ　（教師はアンドリをじっと見つめる）
教師　どうして僕は金持ちにならないといけない。
アンドリ　僕は金持ちにならないといけないんだ？
教師　僕がユダヤ人だからです。
アンドリ　どうして金持ちにならないといけないんだ？
教師　わが息子よ——！
アンドリ　二度と僕にさわらないで！
　　（教師はよろめく）
　　ぞっとする。
教師　アンドリ——
アンドリ　泣き叫ばないで。
教師　アンドリ——
アンドリ　おしっこに行けよ。

すを売ったり、もみ手をして。
教師　どうしてもみ手をしないといけないんだ？

SECHSTES BILD

LEHRER Was sagst du?

ANDRI Heul nicht den Schnaps aus den Augen; wenn du ihn nicht halten kannst, sag ich, geh.

LEHRER Du hassest mich?

(Andri schweigt.)

(Der Lehrer geht.)

ANDRI Barblin, er ist gegangen. Ich hab ihn nicht kränken wollen. Aber es wird immer ärger. Hast du ihn gehört? Er weiß nicht mehr, was er redet, und dann sieht er aus wie einer, der weint... Schläfst du?

(Er horcht an der Türe.)

Barblin! Barblin?

(Er rüttelt an der Türe, dann versucht er die Türe zu sprengen, er nimmt einen neuen Anlauf, aber in diesem Augenblick öffnet sich die Türe von innen: im Rahmen steht der Soldat, beschienen von der Kerze, barfuß, Hosen mit offenem Gurt, Oberkörper nackt.)

Barblin...

SOLDAT Verschwinde.

第六景

教師　何だって？

アンドリ　目から酒をもらすんじゃないよ。がまんできないなら、行けって。

教師　私を憎んでいるのか？

アンドリ　（教師は黙っている）

（教師は去る）

アンドリ　バルブリーン、父さんは行っちゃった。あいつの気持ちを傷つけるつもりはなかったんだ。でもだんだん腹が立ってきて。君にもあいつの言ってることが聞こえたかい？　自分で何を言ってるかがもうわからなくなってるんだ。そうなると泣いてるような顔になって…眠ってるの？

（ドアのところできき耳を立てる）

バルブリーン！　バルブリーン？

（ドアを揺さぶり、それからドアを破ろうとする。新たな突進を試みるが、まさにこの瞬間にドアが中から開く。ドアの枠の中にあの兵士が立っている。ろうそくに照らし出され、はだしで、ズボンのベルトを開けたまま、上半身は裸で）

バルブリーン…

兵士　消えうせろ。

ANDRI Das ist nicht wahr...
SOLDAT Verschwinde, du, oder ich mach dich zur Sau.

Vordergrund

(Der Soldat, jetzt in Zivil, tritt an die Zeugenschranke.)

SOLDAT Ich gebe zu: Ich hab ihn nicht leiden können. Ich habe ja nicht gewußt, daß er keiner ist, immer hat's geheißen, er sei einer. Übrigens glaub ich noch heut, daß er einer gewesen ist. Ich hab ihn nicht leiden können von Anfang an. Aber ich hab ihn nicht getötet. Ich habe nur meinen Dienst getan, Order ist Order. Wo kämen wir hin, wenn Befehle nicht ausgeführt werden! Ich war Soldat.

アンドリ　うそだろう…

兵士　消えうせろ、きさま、でないとこっぴどい目にあわせるぞ。

前景

（私服姿の兵士が証言台に進み出る）

兵士　証言します。やつにはがまんできませんでした。やつがアレじゃないということは、まったく知りませんでした。いつもやつはアレだと言われてましたから。ちなみに私は今でも、やつがアレだったと信じています。私は最初からやつにはがまんなりませんでした。でも私がやつを殺したのではありません。私は自分の任務を遂行しただけです。命令は命令です。もし命令が遂行されなかったらわれわれはどうなるでしょうか！　私は軍人でした。

Siebentes Bild

(Sakristei, der Pater und Andri.)

PATER Andri, wir wollen sprechen miteinander. Deine Pflegemutter wünscht es. Sie macht sich große Sorge um dich... Nimm Platz!
(Andri schweigt.)
Nimm Platz, Andri!
(Andri schweigt.)
Du willst dich nicht setzen?
(Andri schweigt.)
Ich verstehe, du bist zum ersten Mal hier. Sozusagen. Ich erinnere mich: Einmal als euer Fußball hereingeflogen ist, sie haben dich geschickt, um ihn hinter dem Altar zu holen.
(Der Pater lacht.)

第七景

(聖具室。神父とアンドリ)

神父 アンドリ、ふたりで話しあおう。君の里親のお母さんがそれを望んでおられる。お母さんは君のことをえらく心配されていて…かけなさい！
(アンドリは黙っている)
かけなさい、アンドリ！
(アンドリは黙っている)
座りたくないのか？
(アンドリは黙っている)
無理もない、ここは初めてなんだから。いちおうそうなってる。覚えているよ、昔、君たちのサッカーボールが飛び込んだときに、みんなが君を送り出して、祭壇の後ろから取ってこさせたことがあったね。
(笑う)

ANDRI Wovon, Hochwürden, sollen wir sprechen?
PATER Nimm Platz!
  (Andri schweigt.)
  Also du willst dich nicht setzen.
  (Andri schweigt.)
  Nun gut.
ANDRI Stimmt das, Hochwürden, daß ich anders bin – als alle?
  (Pause)
PATER Andri, ich will dir etwas sagen.
ANDRI – ich bin vorlaut, ich weiß.
PATER Ich verstehe deine Not. Aber du sollst wissen, daß wir dich gern haben, Andri, so wie du bist. Hat dein Pflegevater nicht alles getan für dich? Ich höre, er hat Land verkauft, damit du Tischler wirst.
ANDRI Ich werde aber nicht Tischler.
PATER Wieso nicht?

アンドリ　神父さん、何について話し合えばいいのでしょうか？
神父　かけなさい！
　　　（アンドリは黙っている）
アンドリ　座りたくないんだな。
　　　（アンドリは黙っている）
神父　いいだろう。
アンドリ　神父さん、本当ですか、僕が違っているというのは──みんなと？
　　　（間）
神父　アンドリ、君に話したいことがあるんだ。
アンドリ　──僕は生意気です、わかってますよ。
神父　君の苦しみはよくわかる。でもわかってもらいたいんだ、アンドリ、みんな君が好きだっていうことを、今の君を。君の里親のお父さんだって君のために何でもしてくれたんじゃないのか？　君を指物師にするためにあの人は土地を売ったって聞いたけど。
アンドリ　でも僕は指物師にはなりません。
神父　どうしてならないんだ？

SIEBENTES BILD

ANDRI Meinesgleichen denkt alleweil nur ans Geld, heißt es, und drum gehöre ich nicht in die Werkstatt, sagt der Tischler, sondern in den Verkauf. Ich werde Verkäufer, Hochwürden.
PATER Nun gut.
ANDRI Ich wollte aber Tischler werden.
PATER Warum setzest du dich nicht?
ANDRI Hochwürden irren sich, glaub ich. Niemand mag mich. Der Wirt sagt, ich bin vorlaut, und der Tischler findet das auch, glaub ich. Und der Doktor sagt, ich bin ehrgeizig, und meinesgleichen hat kein Gemüt.
PATER Setz dich!
ANDRI Stimmt das, Hochwürden, daß ich kein Gemüt habe?
PATER Mag sein, Andri, du hast etwas Gehetztes.
ANDRI Und Peider sagt, ich bin feig.
PATER Wieso feig?
ANDRI Weil ich ein Jud bin.
PATER Was kümmerst du dich um Peider!

アンドリ　僕のような人間はいつもお金のことしか考えてないって言われています。だから僕は指物師の工房には向かない、販売業のほうが向いてると親方が言うんです。僕は店員になります、神父さん。

神父　なら、よかろう。

アンドリ　でも僕は指物師になりたかったんです。

神父　どうして座らないんだ？

アンドリ　神父さんは間違ってると思います。誰も僕を好いてはいません、きっと。居酒屋の主人は、生意気だって言うし、指物師の親方もそう思ってるんですよ、きっと。それからお医者さんも僕は名誉欲が強いと言ってます、それに僕のような人間は感情がないって。

神父　座りなさい！

アンドリ　神父さん、感情がないって言うのは当たってますか？

神父　そうかもしれないな、アンドリ、君にはどこかおどおどしたところがある。

アンドリ　それにパイダーも言ってた、「おまえは臆病だ」って。

神父　どうして臆病なんだ？

アンドリ　僕がユダヤ人だから。

神父　どうしてパイダーのことなんか気にするんだ！

(Andri schweigt.)

Andri, ich will dir etwas sagen.

ANDRI Man soll nicht immer an sich selbst denken, ich weiß. Aber ich kann nicht anders, Hochwürden, es ist so. Immer muß ich denken, ob's wahr ist, was die andern von mir sagen: daß ich nicht bin wie sie, nicht fröhlich, nicht gemütlich, nicht einfach so. Und Hochwürden finden ja auch, ich hab etwas Gehetztes. Ich versteh schon, daß niemand mich mag. Ich mag mich selbst nicht, wenn ich an mich selbst denke.

(Der Pater erhebt sich.)

Kann ich jetzt gehn?

PATER Jetzt hör mich einmal an!

ANDRI Was, Hochwürden, will man von mir?

PATER Warum so mißtrauisch?

ANDRI Alle legen ihre Hände auf meine Schulter.

PATER Weißt du, Andri, was du bist?

(Der Pater lacht.)

（アンドリは黙っている）

アンドリ そういつも自分のことばかり考えるんじゃない、でしょ。でも僕にはそれしかできないんです。神父さん、しかたないんです。ほかのやつらが僕について言ってることが本当なのか、考えざるをえないのです。僕はやつらと違っている、やつらのように陽気じゃないし、穏やかでもない、そう単純でもないって。そして神父さんも僕にはどこかおどおどしたところがあると思ってらっしゃる。僕が誰からも好かれていないのはわかっています。僕自身、自分のことを考えると好きじゃないんです。

（神父は立ち上がる）

もう行っていいですか？
神父 一度だけ私の言うことを聞いてくれ！
アンドリ 神父さん、私に何を求めるのですか？
神父 どうしてそんなに疑い深いのだ？
アンドリ みんな僕の肩に手を置きますから。
神父 アンドリ、君は君が何者であるのかわかってるのか？
（笑う）

Du weißt es nicht, drum sag ich es dir.
  (Andri starrt ihn an.)
Ein Prachtskerl! In deiner Art. Ein Prachtskerl! Ich habe dich beobachtet, Andri, seit Jahr und Tag –
ANDRI Beobachtet?
PATER Freilich.
ANDRI Warum beobachtet ihr mich alle?
PATER Du gefällst mir, Andri, mehr als alle andern, ja, grad weil du anders bist als alle. Was schüttelst du den Kopf? Du bist gescheiter als sie. Jawohl! Das gefällt mir an dir, Andri, und ich bin froh, daß du gekommen bist und daß ich es dir einmal sagen kann.
ANDRI Das ist nicht wahr.
PATER Was ist nicht wahr?
ANDRI Ich bin nicht anders. Ich will nicht anders sein. Und wenn er dreimal so kräftig ist wie ich, dieser Peider, ich hau ihn zusammen vor allen Leuten auf dem Platz, das hab ich mir geschworen –

わかってないから、君に言うんだ。
（アンドリは神父を見つめる）
すてきな若者だ！　君なりの仕方で。すてきな若者だ！　アンドリ、私は君をずっと観察してきた、何年も前から——

アンドリ　観察してきた？

神父　もちろん。

アンドリ　どうしてあなたたちはみんな僕を観察するのです？

神父　アンドリ、君のことが好きだ、ほかの誰よりも、まさに君がほかの誰とも違っているからなんだ。どうして首を振ってるんだ？　君は彼らよりも頭がいい。そうだとも！　君のそこが好きなんだ、アンドリ、だから君が来てくれて、このことを君にはっきり言えることがうれしいんだ。

アンドリ　それは本当じゃない。

神父　どこが本当じゃない？

アンドリ　僕は違っちゃいない。違っていたくもない。たとえやつが僕の三倍強くても、あのパイダーです、僕はやつを広場で、みんなのいる前で殴り倒してやる、そう自分に誓ったのです——

SIEBENTES BILD

PATER Meinetwegen.
ANDRI Das hab ich mir geschworen –
PATER Ich mag ihn auch nicht.
ANDRI Ich will mich nicht beliebt machen. Ich werde mich wehren. Ich bin nicht feig – und nicht gescheiter als die andern, Hochwürden, ich will nicht, daß Hochwürden das sagen.
PATER Hörst du mich jetzt an?
ANDRI Nein.
  (Andri entzieht sich.)
  Ich mag nicht immer eure Hände auf meinen Schultern...
  (Pause)
PATER Du machst es einem wirklich nicht leicht.
  (Pause)
  Kurz und gut, deine Pflegemutter war hier. Mehr als vier Stunden. Die gute Frau ist ganz unglücklich. Du kommst nicht mehr zu Tisch, sagt sie, und bist verstockt. Sie sagt, du glaubst nicht, daß man dein Bestes will.

神父　それもよかろう。
アンドリ　僕はそう自分に誓ったんだ——
神父　私もあの男は好きじゃない。
アンドリ　僕は人から好かれたいとは思わない。僕はそれに逆らうでしょう。神父さん、僕は臆病じゃない——それにほかの連中よりも利口なわけでもない。僕はそれに逆らうでしょう。神父さん、僕は神父さんにそんなことを言ってもらいたくないんです。
神父　私の言うことも聞いてくれるかい？
アンドリ　いやです。

　（アンドリは身を引く）

僕はあなたたちの手が僕の肩に置かれるのをいつも望んでいるわけじゃないんです…

　（間）

神父　君は本当に人をてこずらせるねえ。

　（間）

要するにだ、君の里親のお母さんがここにいらしてた。君がもう食事も一緒にしないで、かたくなに心を閉ざしているって、みんなが君のためを思ってやっているのに、わかってくれないとも。

SIEBENTES BILD

ANDRI Alle wollen mein Bestes!
PATER Warum lachst du?
ANDRI Wenn er mein Bestes will, warum, Hochwürden, warum will er mir alles geben, aber nicht seine eigene Tochter?
PATER Es ist sein väterliches Recht –
ANDRI Warum aber? Warum? Weil ich Jud bin.
PATER Schrei nicht!
   (Andri schweigt.)
Kannst du nichts andres mehr denken in deinem Kopf? Ich habe dir gesagt, Andri, als Christ, daß ich dich liebe – aber eine Unart, das muß ich leider schon sagen, habt ihr alle: Was immer euch widerfährt in diesem Leben, alles und jedes bezieht ihr nur darauf, daß ihr Jud seid. Ihr macht es einem wirklich nicht leicht mit eurer Überempfindlichkeit.
   (Andri schweigt und wendet sich ab.)
Du weinst ja.
   (Andri schluchzt, Zusammenbruch.)

アンドリ　みんなが僕のためを思って！
神父　どうして笑うんだ？
アンドリ　あの人が僕のためを思ってやっているのなら、どうして、神父さん、どうしてあの人は僕にすべてを与えてやっても、自分の娘だけは与えようとしないのですか？
神父　それはあの人の父親としての権利だ——
アンドリ　でもどうして？　どうして？　僕がユダヤ人だから。
神父　怒鳴らないで！
　　　（アンドリは黙っている）
　　　君の頭にはもうほかのことは思い浮かばないのか？　アンドリ、私はキリスト教徒として君に言ったんだ、君を愛してるって——だが君たちはみんな不作法だ、そのことは残念ながら言っておかねばならない。この人生で君たちの身にどんなことが起ころうが、君たちはすべてをユダヤ人であるということに結びつけて考える。君たちの神経の過敏さには本当にてこずっているんだ。
　　　（アンドリは黙り、背を向ける）
　　　泣いてるんだね。
　　　（アンドリはすすり泣き、くず折れる）

SIEBENTES BILD

Was ist geschehen? Antworte mir. Was ist denn los? Ich frage dich, was geschehen ist, Andri! So rede doch. Andri? Du schlotterst ja. Was ist mit Barblin? Du hast ja den Verstand verloren. Wie soll ich helfen, wenn du nicht redest? So nimm dich doch zusammen. Andri! Hörst du? Andri! Du bist doch ein Mann. Du! Also ich weiß nicht.

ANDRI – meine Barblin.

(Andri läßt die Hände von seinem Gesicht fallen und starrt vor sich hin.)

Sie kann mich nicht lieben, niemand kann's, ich selbst kann mich nicht lieben...

(Eintritt ein Kirchendiener mit einem Meßgewand.)

Kann ich jetzt gehn?

(Der Kirchendiener knöpft den Pater auf.)

PATER Du kannst trotzdem bleiben.

(Der Kirchendiener kleidet den Pater zur Messe.)

Du sagst es selbst. Wie sollen die andern uns lieben können, wenn wir uns selbst nicht lieben? Unser Herr sagt: Liebe deinen Nächsten wie dich selbst. Er sagt: Wie dich selbst. Wir müssen uns selbst annehmen, und

どうしたんだ？　答えてくれ。いったい何があったんだ？　聞いているんだ。アンドリ！　話してくれ。アンドリ？　がたがた震えてる。どうしたんだ？　君は分別を失ってしまったんだ。話してもくれないのにどうやって助けろと言うんだ？　さあ、しっかりするんだ。アンドリ！　君は男なんだ。君！　じゃあ知らないぞ。

アンドリ　──僕のバルブリーン。

（顔から両手を下ろして、ぼんやり凝視する）
彼女は僕を愛することができない、誰も僕を愛せない、僕自身が自分を愛せない…
（教会の用務員がミサの衣装を持って入ってくる）
もう行ってもいいですか？

神父　いや、いてもかまわないんだよ。
（用務員は神父にミサの衣装を着せる）
君も言っている。もしわれわれが自分自身を愛せないのなら、どうしてほかの人がわれわれを愛せるだろうか？　われらの主いわく、「汝の隣人を汝みずからのごとく愛せよ」。主は「汝みずからを」とおっしゃっている。われわれは自分自身を受け入れ

das ist es, Andri, was du nicht tust. Warum willst du sein wie die andern? Du bist gescheiter als sie, glaub mir, du bist wacher. Wieso willst du's nicht wahrhaben? 's ist ein Funke in dir. Warum spielst du Fußball wie diese Blödiane alle und brüllst auf der Wiese herum, bloß um ein Andorraner zu sein? Sie mögen dich alle nicht, ich weiß. Ich weiß auch warum. 's ist ein Funke in dir. Du denkst. Warum soll's nicht auch Geschöpfe geben, die mehr Verstand haben als Gefühl? Ich sage: Gerade dafür bewundere ich euch. Was siehst du mich so an? 's ist ein Funke in euch. Denk an Einstein! Und wie sie alle heißen. Spinoza!

ANDRI Kann ich jetzt gehn?

PATER Kein Mensch, Andri, kann aus seiner Haut heraus, kein Jud und kein Christ. Niemand. Gott will, daß wir sind, wie er uns geschaffen hat. Verstehst du mich? Und wenn sie sagen, der Jud ist feig, dann wisse: Du bist nicht feig, Andri, wenn du es annimmst, ein Jud zu sein. Im Gegenteil. Du bist nun einmal anders als wir. Hörst

第七景

なければならない、そしてそれこそが、アンドリ、君がなしえていないことだ。どうして君はほかの人のようでありたいのか？　君はほかの人よりも頭がよいし、生き生きしてると思う。どうして君はあのばか者たちと同じようにサッカーをしたり、アンドラの住民でありたいばかりに、草地でわめきまわったりするのだ？　ここの人たちがみんな君を好いていないことは知っているし、理由もわかっている。君の中にはきらめきがある。君は思考する。どうして感情よりもむしろ理性を備えた人間がいてはいけないのか？　言わせてもらえば、私はそれだからこそ君たちを称賛しているのだ。どうしてそんな目で見るのだ？　君たちの中にはきらめきがある。アインシュタインを思い浮かべてごらん！　そのほかの誰でもいい。スピノザだって！

神父　アンドリ、人間は誰ひとり、自分の殻から抜け出せない、ユダヤ人であれ、キリスト教徒であれ、誰ひとりとして。神はわれわれが神によって創造されたままの姿でいることをお望みなのだ。わかるかな？　だからもし彼らがユダヤ人は臆病だと言うのなら、教えてあげよう、アンドリ、もし君がユダヤ人であることを受け入れるのなら。その正反対だ。君は臆病じゃない、君は何と言ったってわれわれとは違う。聞いて

189

du mich? Ich sage: Du bist nicht feig. Bloß wenn du
sein willst wie die Andorraner alle, dann bist du feig...
   (Eine Orgel setzt ein.)
ANDRI Kann ich jetzt gehn?
PATER Denk darüber nach, Andri, was du selbst gesagt
   hast: Wie sollen die andern dich annehmen, wenn du
   dich selbst nicht annimmst?
ANDRI Kann ich jetzt gehn...
PATER Andri, hast du mich verstanden?

Vordergrund

(Der Pater kniet.)

PATER Du sollst dir kein Bildnis machen von Gott, deinem
   Herrn, und nicht von den Menschen, die seine Ge-
   schöpfe sind. Auch ich bin schuldig geworden damals.
   Ich wollte ihm mit Liebe begegnen, als ich gesprochen

前景

（オルガンの演奏が始まる）

アンドリ もう行っていいですか？

神父 よく考えるんだ、アンドリ、君の言ったことを。君が自分自身を受け入れないなら、ほかの人たちはどうして君を受け入れてくれるだろうか？

アンドリ もう行っていいですか…

神父 アンドリ、理解してもらえただろうか？

言っておく、君は臆病じゃない。ただ君がほかのアンドラの住民のようでありたいと思うなら、そのときこそ君は臆病なんだ…

るか？

（神父がひざまずいている）

神父 「汝、汝の主なる神の像を造るべからず」。私もあのとき罪を犯したのです。†18 また神の創造物である人間の像も造るべからず。私は彼と話したときに、愛でもって彼に

habe mit ihm. Auch ich habe mir ein Bildnis gemacht von ihm, auch ich habe ihn gefesselt, auch ich habe ihn an den Pfahl gebracht.

Achtes Bild

(Platz von Andorra. Der Doktor sitzt als einziger; die andern stehen: der Wirt, der Tischler, der Soldat, der Geselle, der Jemand, der eine Zeitung liest.)

DOKTOR Ich sage: Beruhigt euch!
SOLDAT Wieso kann Andorra nicht überfallen werden?
   (Der Doktor zündet sich einen Zigarillo an.)
   Ich sage: Pfui Teufel!
WIRT Soll ich vielleicht sagen, es gibt in Andorra kein anständiges Zimmer? Ich bin Gastwirt. Man kann eine Fremdlingin nicht von der Schwelle weisen –

接しようとしました。私も彼を縛り、彼を十字架にはりつけたのです。

第八景

(アンドラの広場。医者がひとりだけ座っている。そのほかの人たち——居酒屋の主人、指物師、兵士、指物師の弟子、某氏——は立っている。某氏は新聞を読んでいる)

医者　落ち着け！　と言ってるんだ。

兵士　どうしてアンドラには敵が攻めてこないんだ？

(医者は小さな葉巻に火をつける)

ちくしょう！　って言ってるんだ。

主人　アンドラにはちゃんとした部屋がないと、言ってやったほうがいいのかな。私は宿屋の主人だ。[†19] 外国人の女性を門前払いするわけにはいかないし——

193

ACHTES BILD

(Jemand lacht, die Zeitung lesend.)

Was bleibt mir andres übrig? Da steht eine Senora und fragt, ob es ein anständiges Zimmer gibt –
SOLDAT Eine Senora, ihr hört's!
TISCHLER Eine von drüben?
SOLDAT Unsereiner kämpft, wenn's losgeht, bis zum letzten Mann, und der bewirtet sie!

(Er spuckt aufs Pflaster.)

Ich sage: Pfui Teufel.
DOKTOR Nur keine Aufregung.

(Er raucht.)

Ich bin weit in der Welt herumgekommen, das könnt ihr mir glauben. Ich bin Andorraner, das ist bekannt, mit Leib und Seele. Sonst wäre ich nicht in die Heimat zurückgekehrt, ihr guten Leute, sonst hätte euer Professor nicht verzichtet auf alle Lehrstühle der Welt –

(Jemand lacht, die Zeitung lesend.)

第八景

（某氏は新聞を読みながら笑う）

どうしようもないじゃないか？　そこにセニョーラが立っていて、ちゃんとした部屋がありますかって尋ねているんだ——

兵士　みんな聞いたか、セニョーラだって！

指物師　となりの国の女か？

兵士　われわれみたいなものは、ことが起これば最後のひとりになるまで戦うんだ。でもここの主人があちら側の女をもてなすだなんて！

（舗道の敷石につばを吐く）

言ってやる、ちくしょう！

医者　興奮するのだけはやめろ。

（タバコを吸う）

私は世界中を回ってきた、これは信じてもらえると思うけど。私は知ってのとおり、身も心もアンドラの住民だ。そうじゃないとふるさとへは帰ってこなかっただろう、親愛なる諸君、そうでなければあなたたちの教授先生は世界中のありとあらゆる教授ポストを断って——

（某氏は新聞を読みながら笑う）

ACHTES BILD

WIRT Was gibt's da zu lachen?
JEMAND Wer kämpft bis zum letzten Mann?
SOLDAT Ich.
JEMAND In der Bibel heißt's, die Letzten werden die Ersten sein, oder umgekehrt, ich weiß nicht, die Ersten werden die Letzten sein.
SOLDAT Was will er damit sagen?
JEMAND Ich frag ja bloß.
SOLDAT Bis zum letzten Mann, das ist Order. Lieber tot als untertan, das steht in jeder Kaserne. Das ist Order. Sollen sie kommen, sie werden ihr blaues Wunder erleben...
  (Kleines Schweigen)
TISCHLER Wieso kann Andorra nicht überfallen werden?
DOKTOR Die Lage ist gespannt, ich weiß.
TISCHLER Gespannt wie noch nie.
DOKTOR Das ist sie schon seit Jahren.
TISCHLER Wozu haben sie Truppen an der Grenze?

第八景

主人　何か笑うようなことが載っているのですか？
某氏　誰が最後のひとりまで戦うんだ？
兵士　僕だ。
某氏　聖書にはこう書いてある、「最後の人たちが最初の人たちになるだろう」、あるいは逆で、「最初の人たちが最後の人たちになるだろう」かもしれない。
兵士　あの人は何が言いたいんだ。
某氏　私はただ尋ねているだけだ。
兵士　最後のひとりまで、これは命令だ。これは命令だ。やつらが来ようものなら、びっくり仰天させてやる…
　　　兵営にもこう書かれている。屈服するぐらいなら死んだほうがましだ。どの
（短い沈黙）
指物師　どうしてアンドラには敵が攻めてこられないんだ？
医者　情勢は緊迫してるよ、わかってる。
指物師　かつてないほどだ。
医者　もう何年も前からそうなんだ。
指物師　何のためにやつらは国境に軍隊を置いているんだ？

197

ACHTES BILD

DOKTOR Was ich habe sagen wollen: Ich bin weit in der Welt herumgekommen. Eins könnt ihr mir glauben: In der ganzen Welt gibt es kein Volk, das in der ganzen Welt so beliebt ist wie wir. Das ist eine Tatsache.
TISCHLER Schon.
DOKTOR Fassen wir einmal diese Tatsache ins Auge, fragen wir uns: Was kann einem Land wie Andorra widerfahren? Einmal ganz sachlich.
WIRT Das stimmt, das stimmt.
SOLDAT Was stimmt?
WIRT Kein Volk ist so beliebt wie wir.
TISCHLER Schon.
DOKTOR Beliebt ist kein Ausdruck. Ich habe Leute getroffen, die keine Ahnung haben, wo Andorra liegt, aber jedes Kind in der Welt weiß, daß Andorra ein Hort ist, ein Hort des Friedens und der Freiheit und der Menschenrechte.
WIRT Sehr richtig.
DOKTOR Andorra ist ein Begriff, geradezu ein Inbegriff, wenn ihr begreift, was das heißt.

(Er raucht.)

第八景

医者　私が言いたかったのは、私が世界中を回ってきたってことだ。これだけは信じてもらえると思うが、世界中でわれわれほど愛されている民族はないんだ。これは事実だ。
指物師　前々からだ。
医者　この事実を一度よく見てみよう。アンドラのような国に何が起こりうるのか、じっくり考えてみるんだ。一度まったく客観的に。
主人　そのとおり、そのとおり。
兵士　何がそのとおりだ？
主人　われわれほど愛されている民族はない。
指物師　前々からだ。
医者　愛されているどころじゃない。アンドラがどこにあるのか、かいもく見当がつかない人たちに出会ってきたが、世界中のどんな子どももアンドラが砦(とりで)だということを、平和と自由と人権の砦(とりで)だということを知っている。
主人　ほんとにそのとおり。
医者　アンドラはひとつの理念であり、それがどういうものかわかってもらえるなら、ひとつの理想なのだ。

（タバコを吸う）

ACHTES BILD

Ich sage: sie werden's nicht wagen.
SOLDAT Wieso nicht, wieso nicht?
WIRT Weil wir ein Inbegriff sind.
SOLDAT Aber die haben die Übermacht!
WIRT Weil wir so beliebt sind.
   (Der Idiot bringt einen Damenkoffer und stellt ihn hin.)
SOLDAT Da: – bitte!
   (Der Idiot geht wieder.)
TISCHLER Was will die hier?
GESELLE Eine Spitzelin!
SOLDAT Was sonst?
GESELLE Eine Spitzelin!
SOLDAT Und der bewirtet sie!
   (Jemand lacht.)
Grinsen Sie nicht immer so blöd.
JEMAND Spitzelin ist gut.

第八景

兵士　私が言ってるのは、やつらは攻めてこないってことだ。
　　　どうして攻めてこないんだ、どうして来ない？
主人　われわれがひとつの理想だからだ。
兵士　でもやつらはとても優勢だ！
主人　われわれはとても愛されているんだ。
　　　（白痴が女性用のトランクを運んできて、置く）
兵士　そこだ。――よし！
　　　（白痴はまた去る）
指物師　あの女はここで何をするつもりだ？
弟子　女スパイだ！
兵士　決まってるだろう。
弟子　女スパイだ！
兵士　そしてここの主人が女をもてなす！
某氏　（某氏が笑う）
　　　いつもばかみたいに、にやにやするんじゃないよ。
　　　女スパイはいいな。

ACHTES BILD

SOLDAT Was sonst soll die sein?
JEMAND Es heißt nicht Spitzelin, sondern Spitzel, auch wenn die Lage gespannt ist und wenn es sich um eine weibliche Person handelt.
TISCHLER Ich frag mich wirklich, was die hier sucht.
   (Der Idiot bringt einen zweiten Damenkoffer.)
SOLDAT Bitte! Bitte!
GESELLE Stampft ihr doch das Zeug zusammen!
WIRT Das fehlte noch.
   (Der Idiot geht wieder.)
   Statt daß er das Gepäck hinaufbringt, dieser Idiot, läuft er wieder davon, und ich hab das Aufsehen von allen Leuten –
   (Jemand lacht.)
   Ich bin kein Verräter. Nicht wahr, Professor, nicht wahr? Das ist nicht wahr. Ich bin Wirt. Ich wäre der erste, der einen Stein wirft. Jawohl! Noch gibt's ein Gastrecht in Andorra, ein altes und heiliges Gastrecht. Nicht wahr, Professor, nicht wahr? Ein Wirt kann nicht Nein sagen,

第八景

兵士　ほかにどう言えばいいんだ？

某氏　女スパイじゃなくて、スパイで十分だ、情勢がこんなに緊迫していて、かつ女性が話題になっていたとしてもな。

指物師　あの女、ほんとにここで何をするつもりかな。

（白痴が二つ目の女性用トランクを運んでくる）

弟子　あんなもの押しつぶしてしまえ！

兵士　こっちへ！　こっちへ！

主人　とんでもない。

（白痴はまた去る）

あのばかときたら、トランクを運び上げないで、また行ってしまった。おかげで私はみんなから注目されて――

（某氏が笑う）

私は裏切り者じゃない。そうだよね、教授先生、だろう？　きっと！　アンドラにはまだ客人の主人だ。私が石を投げる最初の人間になるだろう。昔ながらの犯すことのできない権利が。として待遇される権利が残されているんだ。宿屋の主人たるものはたとえ情勢がこん

203

ACHTES BILD

und wenn die Lage noch so gespannt ist, und schon gar nicht, wenn es eine Dame ist.

(Jemand lacht.)

GESELLE Und wenn sie Klotz hat!

(Jemand lacht.)

WIRT Die Lage ist nicht zum Lachen, Herr.

JEMAND Spitzelin.

WIRT Laßt ihr Gepäck in Ruh!

JEMAND Spitzelin ist sehr gut.

(Der Idiot bringt einen Damenmantel und legt ihn hin.)

SOLDAT Da: – bitte.

(Der Idiot geht wieder.)

TISCHLER Wieso meinen Sie, Andorra kann nicht überfallen werden?

DOKTOR Man hört mir ja nicht zu.

(Er raucht.)

Ich dachte, man hört mir zu.

(Er raucht.)

第八景

（某氏が笑う）

なに緊迫していても、いやとは言えないもんだ。相手が女性の場合はなおさらだ。

弟子 もし女性がお金を持っているような場合にはね。

（某氏は笑う）

主人 情勢は笑い事じゃありませんよ、あんた。

某氏 女スパイ。

主人 女性のトランクはそのままにしておいてくれ！

某氏 女スパイとはよく言ったものだ。

（白痴は婦人用のオーバーを持ってきて、そこに置く）

兵士 そこだ。——よし。

（白痴はまた去る）

指物師 どうしてアンドラには攻めてこないって言うんだ？

医者 私の言うことをちゃんと聞かないんだから。

（タバコを吹かす）

ちゃんと聞いてると思ったのにな。

（タバコを吹かす）

ACHTES BILD

Sie werden es nicht wagen, sage ich. Und wenn sie noch soviel Panzer haben und Fallschirme obendrein, das können die sich gar nicht leisten. Oder wie Perin, unser großer Dichter, einmal gesagt hat: Unsere Waffe ist unsere Unschuld. Oder umgekehrt: Unsere Unschuld ist unsere Waffe. Wo in der Welt gibt es noch eine Republik, die das sagen kann? Ich frage: Wo? Ein Volk wie wir, das sich aufs Weltgewissen berufen kann wie kein anderes, ein Volk ohne Schuld –

(Andri erscheint im Hintergrund.)
SOLDAT Wie der wieder herumschleicht!
(Andri verzieht sich, da alle ihn anblicken.)
DOKTOR Andorraner, ich will euch etwas sagen. Noch kein Volk der Welt ist überfallen worden, ohne daß man ihm ein Vergehen hat vorwerfen können. Was sollen sie uns vorwerfen? Das Einzige, was Andorra widerfahren könnte, wäre ein Unrecht, ein krasses und offenes Unrecht. Und das werden sie nicht wagen. Morgen sowenig wie gestern. Weil die ganze Welt uns verteidigen würde. Schlagartig. Weil das ganze Weltgewissen auf unsrer Seite ist.

第八景

やつらは攻めてくることはしないと言ってるんだ。どれほどたくさんの戦車があり、そのうえ落下傘があっても、どだい無理な話だ。あるいはわれわれの偉大な詩人ペリンがかつて言ったように、「われわれの武器は、われわれを知らぬことだ」。あるいは逆に「われわれが汚れぬことが、われわれの武器だ」。こんなことを言える共和国が世界中のどこにある？　私は聞きたい、どこに？　われわれのような民族、ほかのどの民族とも違って、世界の良心によりどころを求めることができる民族、汚れを知らぬ民族が——

（アンドリが舞台奥に現れる）

兵士　あいつときたらまたほっつき回ってる！

（アンドリはみんなが自分を見つめているので、姿を消す）

医者　アンドラの諸君、あんたたちに言いたいことがある。いまだかつて世界のどの民族も、非難されるような罪を犯してもいないのに攻めてこられたためしがない。われわれには非難されるような罪を点などあろうか？　アンドラに唯一降りかかる可能性があるのは不法行為だろう。前代未聞の明らかな不法行為だ。こんなことをやつらがわざわざしようとは思わないだろう。これから先もまったく。なぜなら全世界の良心がわれわれを守るだろうから。即座に。なぜなら全世界の良心がわれわれの味方だからだ。

ACHTES BILD

JEMAND *(nach wie vor die Zeitung lesend.)* Schlagartig.
WIRT Jetzt halten Sie endlich das Maul!
　(Jemand lacht, steckt die Zeitung ein.)
DOKTOR Wer sind Sie eigentlich?
JEMAND Ein fröhlicher Charakter .
DOKTOR Ihr Humor ist hier nicht am Platz.
　(Der Geselle tritt gegen die Koffer.)
WIRT Halt!
DOKTOR Was soll das?
WIRT Um Gotteswillen!
　(Jemand lacht.)
DOKTOR Unsinn. Darauf warten sie ja bloß. Belästigung von Reisenden in Andorra! Damit sie einen Vorwand haben gegen uns. So ein Unsinn! Wo ich euch sage: Beruhigt euch! Wir liefern ihnen keinen Vorwand – Spitzel hin oder her.
　(Der Wirt stellt die Koffer wieder zurecht.)

第八景

某氏 (ずっと新聞を読みながら) 即座にだ。

主人 いい加減に黙ったらどうだ！

(某氏は笑い、新聞をポケットに突っ込む)

医者 あなたはいったい何者なんだ？

某氏 陽気なキャラの人間だ。

医者 あなたのユーモアはこの場にふさわしくない。

(弟子はトランクを蹴飛ばす)

主人 待った！

医者 何をする気だ？

主人 やれやれ！

(某氏は笑う)

医者 ばかなことを。それこそ敵の思う壺だ。アンドラに来た旅行者に嫌がらせをするなんて！ やつらにわれわれを攻撃する口実を与えるようなものだ。ほんとにばかなことだ！ あんたたちに言ってるじゃないか、落ち着けって！ やつらに口実なんか与えないぞ——スパイはそこいらにいる。

(居酒屋の主人がふたつのトランクをもとのようにきちんと置く)

ACHTES BILD

SOLDAT Ich sage: Pfui Teufel!
(Der Wirt wischt die Koffer wieder sauber.)
DOKTOR Ein Glück, daß es niemand gesehen hat...
(Auftritt die Senora. Stille. Die Senora setzt sich an ein freies Tischlein. Die Andorraner mustern sie, während sie langsam ihre Handschuhe abstreift.)
   Ich zahle.
TISCHLER Ich auch.
(Der Doktor erhebt sich und entfernt sich, indem er vor der Senora den Hut lüftet; der Tischler gibt dem Gesellen einen Wink, daß er ihm ebenfalls folge.)
SENORA Ist hier etwas vorgefallen?
(Jemand lacht.)
   Kann ich etwas trinken?
WIRT Mit Vergnügen, Senora –
SENORA Was trinkt man hierzulande?
WIRT Mit Vergnügen, Senora –
SENORA Am liebsten ein Glas frisches Wasser.

兵士　言ってやる、ちくしょう！
　　　　（主人はふたつのトランクを元のようにきれいに拭く）

医者　誰も見てなかったなんて幸運だ。
　　　　（セニョーラの登場。静寂。セニョーラは空いている小さなテーブルに席を取る。アンドラの住民は彼女がゆっくりと手袋を脱ぐあいだ、彼女をじろじろ見る）
　　　　お勘定を。

指物師　私も。
　　　　（医者は立ち上がり去っていくが、セニョーラの前でひょいと帽子をつまんで会釈する。指物師は弟子についてくるよう合図する）

セニョーラ　ここで何か起こったのですか？

主人　（某氏は笑う）
　　　　何か飲み物がありますか？

セニョーラ　喜んで、セニョーラ——

主人　セニョーラ、何を飲むんですか？
　　　　この国では何でもあります。

セニョーラ　いちばん飲みたいのは新鮮な水一杯。

ACHTES BILD

WIRT Senora, wir haben alles.
   (Jemand lacht.)
   Der Herr hat einen fröhlichen Charakter.
   (Jemand geht.)
SENORA Das Zimmer, Herr Wirt, ist ordentlich, sehr ordentlich.
   (Der Wirt verneigt sich und geht.)
SOLDAT Und mir einen Korn!
   (Der Soldat bleibt und setzt sich, um die Senora zu begaffen. Im Vordergrund rechts, am Orchestrion, erscheint Andri und wirft eine Münze ein.)
WIRT Immer diese Klimperkiste!
ANDRI Ich zahle.
WIRT Hast du nichts andres im Kopf?
ANDRI Nein.
   (Während die immergleiche Platte spielt: Die Senora schreibt einen Zettel, der Soldat gafft, sie faltet den Zettel und spricht zum Soldaten, ohne ihn anzublicken.)
SENORA Gibt es in Andorra keine Frauen?

主人　喜んで、セニョーラ——

　　　（某氏は笑う）

　　　このお方は陽気なキャラでして。

セニョーラ　お部屋は、ご主人、ちゃんとしてますわ。ほんとに。

　　　（某氏は去る）

兵士　僕にはコニャックを一杯！

　　　（主人はお辞儀をして去る）

　　　（残って、椅子に座り、セニョーラをぽかんと口を開けて見とれる。舞台の上手前方、ジュークボックスのところにアンドリが現れて、硬貨を投げ込む）

主人　いつもこのジュークボックスなんだから！

アンドリ　金は払うよ。

主人　おまえはそれしか頭にないのかい？

アンドリ　ないよ。

セニョーラ　アンドラには女性はいないの？

　　　（いつもと同じレコードが鳴っているあいだに、セニョーラはメモに書く。兵士は見とれている。彼女は紙片をたたんで、兵士のほうは見ずに兵士に話しかける）

ACHTES BILD

(Der Idiot kommt zurück.)

Du kennst einen Lehrer namens Can?

(Der Idiot grinst und nickt.)

Bringe ihm diesen Zettel.

(Auftreten drei andere Soldaten und der Geselle.)

SOLDAT Habt ihr das gehört? Ob's in Andorra keine Weiber gibt, fragt sie.

GESELLE Was hast du gesagt?

SOLDAT – nein, aber Männer!

GESELLE Hast du gesagt?

SOLDAT – ob sie vielleicht nach Andorra kommt, weil's drüben keine Männer gibt.

GESELLE Hast du gesagt?

SOLDAT Hab ich gesagt.

(Sie grinsen.)

Da ist er schon wieder. Gelb wie ein Käs! Der will mich verhauen...

(Auftritt Andri, die Musik ist aus.)

（白痴が戻ってくる）

あなた、カンという名前の先生を知ってる？

（白痴はにやにや笑って、うなずく）

このメモをその人に持っていって。

（ほかの三人の兵士と先ほどの弟子が登場）

兵士　おまえたち、聞いたか？　アンドラには女はいないのかって、この人が聞いてるんだ。

弟子　なんて答えたんだい？

兵士　──いないよ、男だけだ！

弟子　そう言ったのか？

兵士　──この人がここに来たのも、おおかたあちらには男がいないからだろう。

弟子　そう言ったのか？

兵士　そう言ったよ。

（彼らはにやにや笑う）

あいつ、また来てるぞ。チーズみたいな黄色い顔して！　俺をぶちのめしたいんだ…

（アンドリが登場。音楽が終わる）

ACHTES BILD

Wie geht's deiner Braut?
   (Andri packt den Soldaten am Kragen.)
Was soll das?
   (Der Soldat macht sich los.)
Ein alter Rabbi hat ihm das Märchen erzählt von David und Goliath, jetzt möcht er uns den David spielen.
   (Sie grinsen.)
Gehn wir.
ANDRI Fedri –
GESELLE Wie er stottert!
ANDRI Warum hast du mich verraten?
SOLDAT Gehn wir.
   (Andri schlägt dem Soldaten die Mütze vom Kopf.)
Paß auf, du!
   (Der Soldat nimmt die Mütze vom Pflaster und klopft den Staub ab.)
Wenn du meinst, ich will deinetwegen in Arrest –

おまえの婚約者はどうしてる？
（アンドリは兵士の襟首をつかむ）

何をするんだ？
（兵士は振りほどく）

ユダヤ教の師ラビがダビデとゴリアテ[†22]の話をしてくれた、こいつは俺たちにダビデを演じて見せたくなったんだよ。
（彼らはにやにや笑う）

行こうぜ。

アンドリ　フェードリ——

弟子　どもってるぞ！

アンドリ　どうして君は僕を裏切ったんだ？

兵士　行こうぜ。

気をつけろ、おまえ！
（アンドリは兵士の頭から帽子をたたき落とす）

（敷石に落ちた帽子を拾い上げ、ほこりをはたく）
きさまのせいで俺が軍の営倉に入るとでも思っているのなら——

ACHTES BILD

GESELLE Was will er denn bloß?
ANDRI Jetzt mach mich zur Sau.
SOLDAT Gehn wir.
  (*Der Soldat setzt sich die Mütze auf, Andri schlägt sie ihm nochmals vom Kopf, die andern lachen, der Soldat schlägt ihm plötzlich einen Haken, so daß Andri stürzt.*)
Wo hast du die Schleuder, David?
  (*Andri erhebt sich.*)
Unser David, unser David geht los!
  (*Andri schlägt auch dem Soldaten plötzlich den Haken, der Soldat stürzt.*)
Jud, verdammter –!
SENORA Nein! Nein! Alle gegen einen. Nein!
  (*Die andern Soldaten haben Andri gepackt, so daß der Soldat loskommt. Der Soldat schlägt auf Andri, während die andern ihn festhalten. Andri wehrt sich stumm, plötzlich kommt er los. Der Geselle gibt ihm einen Fußtritt von hinten. Als Andri sich umdreht, packt ihn der Soldat seinerseits von hinten. Andri fällt. Die vier Soldaten und der Geselle versetzen ihm Fußtritte von allen Seiten, bis sie die Senora wahrnehmen, die herbeigekommen ist.*)
SOLDAT – das hat noch gefehlt, uns lächerlich machen vor einer Fremden...

第八景

弟子 こいつはいったい何がしたいんだ？

アンドリ 僕をぐじゃぐじゃに壊してしまえばいい。

（帽子をかぶり、アンドリはそれをもう一度頭からたたき落とす。ほかの連中は笑う。兵士は突然パンチを浴びせ、アンドリは倒れる）

兵士 行こうぜ。

アンドリ おまえのパチンコはどこにあるんだ、ダビデ？

（アンドリは立ち上がる）

われらのダビデ、われらのダビデがつかみかかる！

（アンドリも突然兵士にパンチを食らわし、兵士は倒れる）

ユダヤ人め、ちくしょう――！

セニョーラ やめて！ やめて！ ひとりにみんなが襲いかかるだなんて。やめて！

（ほかの兵士たちがアンドリに組みついたので、当の兵士は離れる。兵士はほかの兵士がアンドリを取り押さえているあいだにアンドリを殴る。アンドリは黙って身を守るが、突然離れる。弟子が背後から彼を蹴飛ばす。アンドリが振り向くと、今度は兵士が後ろから組みつく。アンドリは倒れる。四人の兵士と弟子は四方からアンドリを踏みつけるが、セニョーラが近づいてくるのに気づく）

兵士 ――何てことだ。外国人女性の前で俺たちを物笑いの種にするなんて…

ACHTES BILD

(Der Soldat und die andern verschwinden.)
SENORA Wer bist du?
ANDRI Ich bin nicht feig.
SENORA Wie heißest du?
ANDRI Immer sagen sie, ich bin feig.
SENORA Nicht, nicht mit der Hand in die Wunde!
(Auftritt der Wirt mit Karaffe und Glas auf Tablett.)
WIRT Was ist geschehn?
SENORA Holen Sie einen Arzt.
WIRT Und das vor meinem Hotel –!
SENORA Geben Sie her.
(Die Senora nimmt die Karaffe und ihr Taschentuch, kniet neben Andri, der sich aufzurichten versucht.)
Sie haben ihn mit Stiefeln getreten.
WIRT Unmöglich, Senora!
SENORA Stehen Sie nicht da, ich bitte Sie, holen Sie einen Arzt.

第八景

（兵士とほかの兵士連中は姿を消す）

セニョーラ　あなた、誰なの？
アンドリ　僕は臆病じゃない。
セニョーラ　あなた、名前は何て言うの？
アンドリ　やつらはいつも僕が臆病だって言うんだ。
セニョーラ　だめよ、手で傷口を触っちゃだめ！

（主人がガラスのビンとコップを乗せたお盆を持って登場）

主人　どうしたんです？
セニョーラ　医者を呼んできてください。
主人　こともあろうに私のホテルの前で——！
セニョーラ　こっちにちょうだい。

（ガラスのビンと自分のハンカチを手に取り、アンドリの横でひざまずく。アンドリは立ち上がろうと努める）

主人　とんでもない、セニョーラ！
セニョーラ　そんなとこに立ってないで、どうかお医者さんを呼んできてちょうだい。
主人　連中は彼を長靴で踏みつけたんです。

ACHTES BILD

WIRT Senora, das ist nicht üblich hierzuland...
SENORA Ich wasche dich nur.
WIRT Du bist selbst schuld. Was kommst du immer, wenn die Soldaten da sind...
SENORA Sieh mich an!
WIRT Ich habe dich gewarnt.
SENORA Zum Glück ist das Auge nicht verletzt.
WIRT Er ist selbst schuld, immer geht er an die Klimperkiste, ich hab ihn ja gewarnt, er macht die Leute rein nervös...
SENORA Wollen Sie keinen Arzt holen?
   (Der Wirt geht.)
ANDRI Jetzt sind alle gegen mich.
SENORA Schmerzen?
ANDRI Ich will keinen Arzt.
SENORA Das geht bis auf den Knochen.
ANDRI Ich kenne den Arzt.
   (Andri erhebt sich.)

第八景

主人 セニョーラ、この国ではこんなことはめったにないことで…
セニョーラ あなたの傷口を洗ってあげる。
主人 おまえにも責任がある。どうしていつも兵士たちがいるときにやってくるんだ…
セニョーラ 私を見て！
主人 おまえに注意したろう。
セニョーラ 幸いなことに目は怪我してないわ。
主人 こいつが悪いんです。いつもジュークボックスから離れないんで、注意したんですけどね。ほんとにみんなをいらいらさせるって…
セニョーラ お医者さんを呼んできてくれないの？

（主人は去る）

アンドリ 医者なんていらない。
セニョーラ 痛くない？
アンドリ 今じゃみんなが僕の敵だ。
セニョーラ 傷は骨まで届いてるわ。
アンドリ あの医者ならごめんだよ。

（立ち上がる）

ACHTES BILD

Ich kann schon gehn, das ist nur an der Stirn.
   (Die Senora erhebt sich.)
Ihr Kleid, Senora! – Ich habe Sie blutig gemacht.
SENORA Führe mich zu deinem Vater.
   (Die Senora nimmt Andri am Arm, sie gehen langsam, während der Wirt und der Doktor kommen.)
DOKTOR Arm in Arm?
WIRT Sie haben ihn mit Stiefeln getreten, ich hab's mit eigenen Augen gesehen, ich war drin.
   (Der Doktor steckt sich einen Zigarillo an.)
Immer geht er an die Klimperkiste, ich hab's ihm noch gesagt, er macht die Leute rein nervös.
DOKTOR Blut?
WIRT Ich hab es kommen sehn.
   (Der Doktor raucht.)
Sie sagen kein Wort.
DOKTOR Eine peinliche Sache.

第八景

　　もう歩けるから。傷は額だけだよ。
　　（セニョーラは立ち上がる）
あなたのドレスが、セニョーラ！――
セニョーラ　あなたのお父さんのところへ私を連れてって。
　　（アンドリの腕を取り、ふたりはゆっくり歩く。その間に主人と医者がやってくる）
主人　連中はあいつを長靴で踏みつけたんですよ。私はこの目で見ましたよ。店の中にいましたから。
　　（医者は小さい葉巻に火をつける）
医者　腕を組んでか？
　　いつもジュークボックスから離れないもんだから。ちょうどあいつに言ったところですよ、ほんとに人をいらいらさせるって。
医者　血筋かな？
主人　私は事の成り行きを見てきたんだ。
　　（タバコを吸う）
医者　困ったことだ。
　　やつらは一言も話さない。

WIRT Er hat angefangen.
DOKTOR Ich habe nichts wider dieses Volk, aber ich fühle mich nicht wohl, wenn ich einen von ihnen sehe. Wie man sich verhält, ist's falsch. Was habe ich denn gesagt? Sie können's nicht lassen, immer verlangen sie, daß unsereiner sich an ihnen bewährt. Als hätten wir nichts andres zu tun! Niemand hat gern ein schlechtes Gewissen, aber darauf legen sie's an. Sie wollen, daß man ihnen ein Unrecht tut. Sie warten nur darauf...

(Er wendet sich zum Gehen.)

Waschen Sie das bißchen Blut weg. Und schwatzen Sie nicht immer soviel in der Welt herum! Sie brauchen nicht jedermann zu sagen, was Sie mit eignen Augen gesehen haben.

Vordergrund

(Der Lehrer und die Senora vor dem weißen Haus wie zu Anfang.)

前景

（教師とセニョーラが芝居の冒頭と同じように白塗りの家の前にいる）

主人　やつがしかけたことです。

医者　この民族にたてつくことは何もないが、ひとりひとりを見ていくといい気分はしない。連中の振る舞いも間違っている。いったい私が何と言ったか？　やつらはほうっておくことができなくて、いつも要求してくる。われわれのような人間が、やつらに認められるようになることを。まるでわれわれがほかに何もすることがないかのように！　誰も良心の呵責など感じたくないけど、やつらにはそれが狙いなんだ。やつらは、みんながやつらに不正を行うことを欲している。やつらはそれだけを待っているんだ…

（背を向けて去ろうとする）

血が少しついてるから洗い落としなさい。それにいつもそんなにくだらぬおしゃべりをして回らぬように！　あなたは自分の目で見たことを、みんなに言いふらす必要はないんだ。

SENORA Du hast gesagt, unser Sohn sei Jude.
   (Der Lehrer schweigt.)
   Warum hast du diese Lüge in die Welt gesetzt?
   (Der Lehrer schweigt.)
   Eines Tages kam ein andorranischer Krämer vorbei, der überhaupt viel redete. Um Andorra zu loben, erzählte er überall die rührende Geschichte von einem andorranischen Lehrer, der damals, zur Zeit der großen Morde, ein Judenkind gerettet habe, das er hege und pflege wie einen eignen Sohn. Ich schickte sofort einen Brief: Bist du dieser Lehrer? Ich forderte Antwort. Ich fragte: Weißt du, was du getan hast? Ich wartete auf Antwort. Sie kam nicht. Vielleicht hast du meinen Brief nie bekommen. Ich konnte nicht glauben, was ich befürchtete. Ich schrieb ein zweites Mal, ein drittes Mal. Ich wartete auf Antwort. So verging die Zeit... Warum hast du diese Lüge in die Welt gesetzt?
LEHRER Warum, warum, warum!
SENORA Du hast mich gehaßt, weil ich feige war, als das Kind kam. Weil ich Angst hatte vor meinen Leuten. Als du an die Grenze kamst, sagtest du, es sei ein Juden-

セニョーラ　あなたは私たちの息子がユダヤ人だと言った。
（教師は黙っている）
どうしてあなたはそんなうそを世間に触れ回ったの？
（教師は黙っている）

教師　ある日、アンドラの小売商人が通りかかった。彼はとにかくたくさんのことを話した。アンドラをほめるためにあるアンドラ人の教師の感動的な話をいたるところでしたわ。この先生は大虐殺（ホロコースト）の時代にユダヤ人の子どもを救い出して、実の息子のように育て、養ったって言うの。私はすぐに手紙を送った。あなたがその先生なの？って。私は返事を要求した。私は尋ねた。あなたのしたことがわかってるの？って。返事を待ったけど、返事は来なかった。あなたは私の手紙をまったく受け取らなかったのかもしれない。私は自分が恐れていたことを信じることができなかった。二通目の手紙を、そして三通目を書いた。私は返事を待った。そうして時が流れていった…どうしてあなたはそんなうそを世間に触れ回ったの？

セニョーラ　あなたは子どもができたとき、私が臆病だからって、私を憎んだ。私が私の国の人たちに不安を抱いているからって。あなたは国境まで来ると、これはユダヤ人の

kind, das du gerettet hast vor uns. Warum? Weil auch du feige warst, als du wieder nach Hause kamst. Weil auch du Angst hattest vor deinen Leuten.

(Pause)

War es nicht so?

(Pause)

Vielleicht wolltest du zeigen, daß ihr so ganz anders seid als wir. Weil du mich gehaßt hast. Aber sie sind hier nicht anders, du siehst es, nicht viel.

(Der Lehrer schweigt.)

Er sagte, er wolle nach Haus, und hat mich hierher gebracht; als er dein Haus sah, drehte er um und ging weg, ich weiß nicht wohin.

LEHRER Ich werde es sagen, daß er mein Sohn ist, unser Sohn, ihr eignes Fleisch und Blut –

SENORA Warum gehst du nicht?

LEHRER Und wenn sie die Wahrheit nicht wollen?

(Pause)

子どもで、私たちからこの子を救い出したって。どうして？　あなたもこの国に戻ったとき、やはり臆病だったからよ。あなたも自分の国の人たちに不安を抱いていたからなのよ。

（間）

そうじゃなかったの？

（間）

ひょっとしてあなたは、あなたたちが私たちとはまったく違うことを示したかったの？　私のことが憎かったから。でもここの人たちも違ってないわ、わかってるんでしょう、そんなに違ってないことが。

（教師は黙っている）

あの子は家へ帰りたいって言って、私をここまで連れてきたの。でもあなたの家を見ると、背を向けてどこかへ行ってしまった。どこへ行ったかはわからないけど。

教師　言っておくよ。あの子は私の息子だ、私たちの息子なんだ、セニョーラの血を分けた——

セニョーラ　どうして行かないの？

教師　もしここの連中が真実を欲しないとすれば？

（間）

Neuntes Bild

(Stube beim Lehrer, die Senora sitzt, Andri steht.)

SENORA Da man also nicht wünscht, daß ich es dir sage, Andri, weswegen ich gekommen bin, ziehe ich jetzt meine Handschuhe an und gehe.
ANDRI Senora, ich verstehe kein Wort.
SENORA Bald wirst du alles verstehen.
(Sie zieht einen Handschuh an.)
Weißt du, daß du schön bist?
(Lärm in der Gasse)
Sie haben dich beschimpft und mißhandelt, Andri, aber das wird ein Ende nehmen. Die Wahrheit wird sie richten, und du, Andri, bist der einzige hier, der die Wahrheit nicht zu fürchten braucht.
ANDRI Welche Wahrheit?

第九景

(教師の家の部屋。セニョーラが座り、アンドリは立っている)

セニョーラ　アンドリ、この話をするためにここに来たんだけど、あなたに話すことをみんな望んでないみたい。だから手袋をはめて、おさらばするわ。
アンドリ　セニョーラ、僕にはさっぱりわからない。
セニョーラ　すぐにすべてがわかるわ。
(手袋をはめる)
あなたは自分が美しいってことを知ってるの？
(路地で騒音)
あの人たちはあなたをののしったり、いじめたりしたけど、アンドリ、それも終わりよ。真実があの人たちを裁くでしょう。そしてアンドリ、あなたはここでただひとり、真実を恐れなくていい人なの。
アンドリ　どんな真実？

NEUNTES BILD

SENORA Ich bin froh, daß ich dich gesehen habe.
ANDRI Sie verlassen uns, Senora?
SENORA Man bittet darum.
ANDRI Wenn Sie sagen, kein Land sei schlechter und kein Land sei besser als Andorra, warum bleiben Sie nicht hier?
SENORA Möchtest du das?
 (Lärm in der Gasse)
Ich muß, Ich bin eine von drüben, du hörst es, wie ich sie verdrieße. Eine Schwarze! So nennen sie uns hier, ich weiß...
 (Sie zieht den andern Handschuh an.)
Vieles möchte ich dir noch sagen, Andri, und vieles fragen, lang mit dir sprechen. Aber wir werden uns wiedersehen, so hoffe ich...
 (Sie ist fertig.)
Wir werden uns wiedersehen.

セニョーラ　あなたに会えてうれしい。
アンドリ　あなたは僕たちのもとを去るんですか、セニョーラ？
セニョーラ　そうしてくれとみんな言うから。
アンドリ　あなたはどの国もアンドラとさして変わらないって言ってたのに、どうしてこここに残らないのですか？
セニョーラ　そうしてほしいの？
　行かないと。私はあちらの国の人間なの。どんなに私がみんなを不愉快な気分にさせているか、聞いてるでしょう。黒い国の女！　ここではみんな私をそう呼んでいる、知ってるわ…
（路地で騒音）
（もう片方の手袋をはめる）
まだたくさんのことをあなたに言っておきたいの、アンドリ。そしてたくさんのことを尋ねて、あなたとゆっくり話がしたい。でも私たちはまた会えるでしょう、そう願ってる…
（準備を終える）
また会いましょう。

(Sie sieht sich nochmals um.)
Hier also bist du aufgewachsen.
ANDRI Ja.
SENORA Ich sollte jetzt gehen.
(Sie bleibt sitzen.)
Als ich in deinem Alter war – das geht sehr schnell, Andri, du bist jetzt zwanzig und kannst es nicht glauben: man trifft sich, man liebt, man trennt sich, das Leben ist vorne, und wenn man in den Spiegel schaut, plötzlich ist es hinten, man kommt sich nicht viel anders vor, aber plötzlich sind es andere, die jetzt zwanzig sind... Als ich in deinem Alter war: mein Vater, ein Offizier, war gefallen im Krieg, ich weiß, wie er dachte, und ich wollte nicht denken wie er. Wir wollten eine andere Welt. Wir waren jung wie du, und was man uns lehrte, war mörderisch, das wußten wir. Und wir verachteten die Welt, wie sie ist, wir durchschauten sie und wollten eine andere wagen. Und wir wagten sie auch. Wir wollten keine Angst haben vor den Leuten. Um nichts in der

第九景

（もう一度振り返る）
ここであなたは大きくなったのね。

アンドリ　ええ。

セニョーラ　もう行かないと。

（座ったままでいる）

あなたぐらいの年齢のころ——それはあっという間に過ぎてしまったけど、アンドリ、あなたは二十歳だからこんなこと信じられないわね。人は出会い、愛し、別れるということを。人生は前にあると思っていても、鏡をのぞいてみると、突然後ろから現れたりして。あまりみんな変わらないはずなのに、突然まったく違う人たちが出てきて、二十歳だって言うのよ…あなたぐらいの年齢のころ、私の父は、将校だったけど戦死したわ。父がどんなことを考えていたか私は知ってる。だから私は父のように考えたくなかった。私たちは別の世界を望んでいた。私たちはあなたのように若かったし、人々が私たちに教えてくれることは、血なまぐさいことだとわかっていた。だから私たちはそうした現在の世界を軽蔑し、その本質を見抜いて、別の世界に出てゆこうとしたのよ。そして実際にそうした。私たちはそこの人たちに不安を抱きたくなかった。どんなことがあっても絶対にそんなことはしない。私たちはうそはつ

NEUNTES BILD

Welt. Wir wollten nicht lügen. Als wir sahen, daß wir die Angst nur verschwiegen, haßten wir einander. Unsere andere Welt dauerte nicht lang. Wir kehrten über die Grenze zurück, wo wir herkamen, als wir jung waren wie du...

(Sie erhebt sich.)

Verstehst du, was ich sage?

ANDRI Nein.

(Die Senora tritt zu Andri und küßt ihn.)

Warum küssen Sie mich?

SENORA Ich muß gehen. Werden wir uns wiedersehen?

ANDRI Ich möchte es.

SENORA Ich wollte immer, ich hätte Vater und Mutter nie gekannt. Kein Mensch, wenn er die Welt sieht, die sie ihm hinterlassen, versteht seine Eltern.

(Der Lehrer und die Mutter treten ein.)

Ich gehe, ja, ich bin im Begriff zu gehen.

(Schweigen)

So sage ich denn Lebwohl.

きたくなかった。でも私たちが不安を口に出さないだけだとわかったときに、私たちはたがいに憎みあった。私たちの別世界は長くは続かなかったわ。私たちはあなたのように若かったころに、越えてやってきた国境の向こうにまた帰っていった。

（立ち上がる）

私の言うことがわかる？

アンドリ　いいえ。

（セニョーラはアンドリに歩み寄ってキスをする）

どうして僕にキスするの？

セニョーラ　行かなくちゃ。また会えるかしら？

アンドリ　僕は会いたいな。

セニョーラ　私はいつも父親も母親も知らなければよかったのにと思ってきた。誰だって両親が残していった世界を見たら、両親のことがわからなくなるわ。

（教師と母親＝教師の妻が入ってくる）

行くわ、もう、ちょうど行こうとしていたところよ。

（沈黙）

じゃ、さよなら。

NEUNTES BILD

(Schweigen)
Ich gehe, ja, jetzt gehe ich...
(Die Senora geht hinaus.)
LEHRER Begleite sie! Aber nicht über den Platz, geh hinten herum.
ANDRI Warum hinten herum?
LEHRER Geh!
(Andri geht hinaus.)
Der Pater wird es ihm sagen. Frag mich jetzt nicht! Du verstehst mich nicht, drum hab ich es dir nie gesagt.
(Er setzt sich.)
Jetzt weißt du's.
MUTTER Was wird Andri dazu sagen?
LEHRER Mir glaubt er's nicht.
(Lärm in der Gasse)
Hoffentlich läßt der Pöbel sie in Ruh.
MUTTER Ich verstehe mehr, als du meinst, Can. Du hast sie

行くわ、ほんとに、もう行くから…

（沈黙）

教師　送ってゆくんだ！　でも広場を通らずに裏から回ってゆくんだ。

アンドリ　どうして裏から回るの？

教師　早く！

（アンドリは出てゆく）

（腰を下ろす）

今はそのことをおまえはわかっている。神父さんがあの子に話してくれるだろう。今は聞かないでくれ！　おまえには私の気持ちがわからない。だからおまえにその話をしたことはなかった。

母親　アンドリは何て言うでしょう？

教師　私のことなんか信じてくれないよ。

（路地で騒音）

母親　あのごろつきどもがあの人に手出しをしなければいいんだけど。あなたが思っているよりは私はわかってるわ、カン、あなたは彼女を愛していた、

geliebt, aber mich hast du geheiratet, weil ich eine Andorranerin bin. Du hast uns alle verraten, aber den Andri vor allem. Fluch nicht auf die Andorraner, du selbst bist einer.

(Eintritt der Pater.)

Hochwürden haben eine schwere Aufgabe in diesem Haus. Hochwürden haben unsrem Andri erklärt, was das ist, ein Jud, und daß er's annehmen soll. Nun hat er's angenommen. Nun müssen Hochwürden ihm sagen, was ein Andorraner ist, und daß er's annehmen soll.

LEHRER Jetzt laß uns allein!

MUTTER Gott steh Ihnen bei, Pater Benedikt.

(Die Mutter geht hinaus.)

PATER Ich habe es versucht, aber vergeblich, man kann nicht reden mit ihnen, jedes vernünftige Wort bringt sie auf. Sie sollen endlich nach Hause gehen, ich hab's ihnen gesagt, und sich um ihre eignen Angelegenheiten kümmern. Dabei weiß keiner, was sie eigentlich wollen.

だけど私と結婚した。私がアンドラの国の女だから。あなたは私たちみんなを裏切ったのよ、とくにアンドリをね。アンドラの住民を呪うことはやめて、あなた自身もその一員なんだから。

（神父が入ってくる）

教師　今は神父さんとふたりきりにしてくれ！
母親　神があなたをお助けくださいますよう、ベネディクト神父。

（母親は出てゆく）

神父　神父さんはこの家でやっかいな仕事を抱えておられます。神父さんは私たちのアンドリに教えてくださいました。ユダヤ人というもの、それが何かを、そしてそれを受け入れるべきだということを。今ではアンドリはそれを受け入れています。こんどは神父さんがあの子にアンドラ人とは何かを、そしてそれを受け入れるべきだということを言ってやらねばならないのです。

教師　努力してみたけど、だめだった。あの連中とは話もできません。どんなに理性的な言葉も彼らを憤激させます。とにかく家へ帰ったらどうだと、彼らに言いました。そして自分自身のことを気にかけなさいと。そうは言っても、彼らがそもそも何を欲しているのか誰もわからないのです。

NEUNTES BILD

(Andri kommt zurück.)
LEHRER Wieso schon zurück...
ANDRI Sie will allein gehen, sagt sie.
(Er zeigt seine Hand.)
Sie hat mir das geschenkt.
LEHRER – ihren Ring?
ANDRI Ja.
(Der Lehrer schweigt, dann erhebt er sich.)
Wer ist diese Senora?
LEHRER Dann begleit ich sie.
(Der Lehrer geht.)
PATER Warum lachst du denn?
ANDRI Er ist eifersüchtig!
PATER Nimm Platz.
ANDRI Was ist eigentlich los mit euch allen?
PATER Es ist nicht zum lachen, Andri.

第九景

(アンドリが戻ってくる)

教師　どうしてもう戻ってきたんだ？
アンドリ　ひとりで行きたいって、あの人が言うもんだから。(自分の手を見せる)
あの人がこれを僕にくれたよ。
教師　——彼女の指輪を？
アンドリ　うん。
(教師は沈黙し、それから立ち上がる)
教師　だったら私が送ってゆく。
あのセニョーラは誰なの？
神父　いったいどうして笑っているんだ？
アンドリ　親父は焼きもちを焼いているんだ。
神父　かけなさい。
アンドリ　ほんとにあなたたちはみんなどうしたんです？
神父　笑い事じゃないよ、アンドリ。

NEUNTES BILD

ANDRI Aber lächerlich.
   (Andri betrachtet den Ring.)
Ist das ein Topas oder was kann das sein?
PATER Andri, wir sollen sprechen miteinander.
ANDRI Schon wieder?
   (Andri lacht.)
Alle benehmen sich heut wie Marionetten, wenn die Fäden durcheinander sind, auch Sie, Hochwürden.
   (Andri nimmt sich eine Zigarette.)
War sie einmal seine Geliebte? Man hat so das Gefühl. Sie nicht?
   (Andri raucht.)
Sie ist eine fantastische Frau.
PATER Ich habe dir etwas zu sagen.
ANDRI Kann man nicht stehen dazu?
   (Andri setzt sich.)
Um zwei muß ich im Laden sein. Ist sie nicht eine fantastische Frau?

アンドリ　でもこっけいだ。
（指輪をじっと見る）
これはトパーズかな、それとも何だろう？

神父　アンドリ、私たちは話し合わないといけない。

アンドリ　またなの？
（タバコを取り出す）
あの人は親父の昔の彼女だったのかなあ？　そんな感じがする。彼女のほうはそうじゃなかったのかも？
（タバコを吸う）
みんな今日は糸がもつれた操り人形みたいに振る舞ってる、あなたも、神父さん。
魅力的な女性だ。

神父　君に言っておきたいことがある。

アンドリ　立って聞いたらだめですか？
（座る）
二時には店に行ってないと。あの人は魅力的な女性じゃないですか？

247

NEUNTES BILD

PATER Es freut mich, daß sie dir gefällt.
ANDRI Alle tun so steif.
   (Andri raucht.)
   Sie wollen mir sagen, man soll halt nicht zu einem Soldat gehn und ihm die Mütze vom Kopf hauen, wenn man weiß, daß man Jud ist, man soll das überhaupt nicht tun, und doch bin ich froh, daß ich's getan habe, ich hab etwas gelernt dabei, auch wenn's mir nichts nützt, überhaupt vergeht jetzt, seit unserm Gespräch, kein Tag, ohne daß ich etwas lerne, was mir nichts nützt, Hochwürden, so wenig wie Ihre guten Worte, ich glaub's, daß Sie es wohl meinen, Sie sind Christ von Beruf, aber ich bin Jud von Geburt, und drum werd ich jetzt auswandern.
PATER Andri –
ANDRI Sofern's mir gelingt.
   (Andri löscht die Zigarette.)
   Das wollte ich niemand sagen.
PATER Bleib sitzen!

神父　あの人を気に入ってくれてうれしい。
アンドリ　みんなとてもぎこちない。
　（タバコを吸う）
　あなたは僕に言いたいんでしょう。自分がユダヤ人だということがわかっていたら、兵士のところへ行って帽子を頭からはたき落とすようなことをしてはいけない。絶対にだめだって。でも僕は自分がそんなことをしでかしたことを喜んでいるのです。たとえまったく役に立たないとしても、そこから何かを学びましたから。この前あなたと話し合って以来、一日だって何も学ばない日はありませんでした。神父さん、あなたのけっこうなお言葉同様、僕には何の役にも立たないのですが。あなたはきっとキリスト教を職業にしていると思われているでしょう。でも僕は生まれながらのユダヤ人です。だからもうすぐ国外に移住するつもりです。
神父　アンドリ——
アンドリ　うまく行ったらの話だけど。
　（タバコを消す）
　こんなこと誰にも言うつもりはなかったんだけど。
神父　座ったままで！

ANDRI Dieser Ring wird mir helfen. Daß Sie jetzt schweigen, Hochwürden, daß Sie es niemand sagen, ist das Einzige, was Sie für mich tun können.
   (Andri erhebt sich.)
Ich muß gehn.
   (Andri lacht.)
Ich hab so etwas Gehetztes, ich weiß, Hochwürden haben ganz recht...
PATER Sprichst du oder spreche ich?
ANDRI Verzeihung.
   (Andri setzt sich.)
Ich höre.
PATER Andri –
ANDRI Sie sind so feierlich!
PATER Ich bin gekommen, um dich zu erlösen.
ANDRI Ich höre.
PATER Auch ich, Andri, habe nichts davon gewußt, als wir das letzte Mal miteinander redeten. Er habe ein Juden-

第九景

アンドリ　この指輪が僕を助けてくれるでしょう。神父さん、あなたが今黙っていること、誰にもそのことを言わないことが、あなたが僕のためにできる唯一のことなのです。

（立ち上がる）

行かなきゃ。

（笑う）

僕にはどこかおどおどしたところがある、わかってます、神父さんのおっしゃるとおりです…

神父　君が話しているのかい、それとも私が話しているのか？

アンドリ　すみません。

（座る）

聞いてます。

神父　アンドリ——

アンドリ　あなたはいやに厳かですね！

神父　君を解放するために私は来たんだ。

アンドリ　聞いてます。

神父　アンドリ、私もこの前話し合ったときは何も知らなかった。あの人はユダヤ人の子

kind gerettet, so hieß es seit Jahr und Tag, eine christliche Tat, wieso sollte ich nicht dran glauben! Aber nun, Andri, ist deine Mutter gekommen –
ANDRI Wer ist gekommen?
PATER Die Senora.
   (Andri springt auf.)
Andri, du bist kein Jud.
   (Schweigen)
Du glaubst nicht, was ich dir sage?
ANDRI Nein.
PATER Also glaubst du, ich lüge?
ANDRI Hochwürden, das fühlt man.
PATER Was fühlt man?
ANDRI Ob man Jud ist oder nicht.
   (Der Pater erhebt sich und nähert sich Andri.)
Rühren Sie mich nicht an. Eure Hände! Ich will das nicht mehr.

アンドリ　あのセニョーラだよ。

神父　誰が来たのです？

アンドリ——君はユダヤ人じゃないんだ。

（沈黙）

私の話は、君には信じられないのかい？

アンドリ　ええ。

神父　だったら私がうそをついていると思っているのか？

アンドリ　神父さん、みんな感じてますよ。

神父　何を感じてるんだ？

アンドリ　自分がユダヤ人であるかどうかを。

（神父は立ち上がり、アンドリに近づく）

僕に触れないで！　あなたたちの手！　僕はもうごめんだ。

ところが今、君のお母さんが来られた——どもを救い出した、ずっと以前からそういうことになっていた。キリストの教えにかなった行動だ、このことが信じられないなんてことがどうしてあろう！　アンドリ、

PATER Hörst du nicht, was ich dir sage?
 (Andri schweigt.)
Du bist sein Sohn.
 (Andri lacht.)
Andri, das ist die Wahrheit.
ANDRI Wie viele Wahrheiten habt ihr?
 (Andri nimmt sich eine Zigarette, die er dann vergißt.)
Das könnt ihr nicht machen mit mir...
PATER Warum glaubst du uns nicht?
ANDRI Euch habe ich ausgeglaubt.
PATER Ich sage und schwöre beim Heil meiner Seele, Andri: Du bist sein Sohn, unser Sohn, und von Jud kann nicht die Rede sein.
ANDRI 's war aber viel die Red davon...
 (Großer Lärm in der Gasse)
PATER Was ist denn los?
 (Stille)

第九景

神父　私の話を聞こうとしないのか？
（アンドリは黙っている）
君は彼の実の息子なんだ。
（アンドリは笑う）
アンドリ　これは真実なんだ。
神父　あなたたちにはいくつ真実があるんです？
アンドリ　どうして私たちを信じようとしないのだ？
僕に対してはそんなことは通用しませんよ…
（タバコをくわえるが、やがてそれを忘れる）
神父　あなたたちを信じすぎましたから。
アンドリ　私は私の魂の救済のために誓って言うよ、アンドリ。君は彼の息子、われわれの息子なんだ、だからユダヤ人の息子だというのは事実無根なんだ。
アンドリ　でもユダヤ人の話はみんながそう言ってきたんだ…
（路地で大きな騒音）
神父　いったい何が起きたんだ？
（静寂）

NEUNTES BILD

ANDRI Seit ich höre, hat man mir gesagt, ich sei anders, und ich habe geachtet drauf, ob es so ist, wie sie sagen. Und es ist so, Hochwürden: Ich bin anders. Man hat mir gesagt, wie meinesgleichen sich bewege, nämlich so und so, und ich bin vor den Spiegel getreten fast jeden Abend. Sie haben recht: Ich bewege mich so und so. Ich kann nicht anders. Und ich habe geachtet auch darauf, ob's wahr ist, daß ich alleweil denke ans Geld, wenn die Andorraner mich beobachten und denken, jetzt denke ich ans Geld, und sie haben abermals recht: Ich denke alleweil ans Geld. Es ist so. Und ich habe kein Gemüt, ich hab's versucht, aber vergeblich: Ich habe kein Gemüt, sondern Angst. Und man hat mir gesagt, meinesgleichen ist feig. Auch darauf habe ich geachtet. Viele sind feig, aber ich weiß es, wenn ich feig bin. Ich wollte es nicht wahrhaben, was sie mir sagten, aber es ist so. Sie haben mich mit Stiefeln getreten, und es ist so, wie sie sagen: Ich fühle nicht wie sie. Und ich habe keine Heimat. Hochwürden haben gesagt, man muß

第九景

アンドリ　幼いころから、僕は人と違うって言われてきました。それで僕はみんなが言ってるとおりなのかずっと気をつけてきました。やはりそうなんです、神父さん。僕は違うんです。みんなが僕に言いました。僕のような人間はどのような動作をするのか、つまりはこんな具合にだって。だから僕はほとんど毎晩、鏡の前に立ちました。みんなの言うとおりでした。僕は言われたような動作をするのです。ほかの動きはできません。そしてアンドラの人たちが僕を観察して、あいつは今お金のことを考えてるなと思うようなときにはいつもお金のことを考えている、と言うとき、それが本当かどうか気をつけてきました。するとまたもやみんなの言うとおりだったのです。僕はいつもお金のことを考えているのです。そのとおりなんです。そして僕には感情がないって言われました。感情を持つように努力しましたがだめでした。僕には感情がなくて、あるのは不安だけです。そしてみんなは僕に言いました。臆病な人はたくさんいるけど、僕のような人間は臆病だって。そのことにも気をつけてきました。僕にはみんなが言うことを認めたくなかった。でもそのとおりなんです。みんなは僕を長靴で踏んづけました。僕はみんなと感じ方が違うんです。自分が臆病なときには、そうだとわかってるんです。臆病だって。それに僕にはふるさとがないんです。神父さんはそれを受け入れないといけないとやっぱりみんなの言うとおりなんです。だって僕はみんなと感じ方が違うんです。

das annehmen, und ich hab's angenommen. Jetzt ist es an euch, Hochwürden, euren Jud anzunehmen.
PATER Andri –
ANDRI Jetzt, Hochwürden, spreche ich.
PATER – du möchtest ein Jud sein?
ANDRI Ich bin's. Lang habe ich nicht gewußt, was das ist. Jetzt weiß ich's.
   (Der Pater setzt sich hilflos.)
Ich möchte nicht Vater noch Mutter haben, damit ihr Tod nicht über mich komme mit Schmerz und Verzweiflung und mein Tod nicht über sie. Und keine Schwester und keine Braut: Bald wird alles zerrissen, da hilft kein Schwur und nicht unsre Treue. Ich möchte, daß es bald geschehe. Ich bin alt. Meine Zuversicht ist ausgefallen, eine um die andere, wie Zähne. Ich habe gejauchzt, die Sonne schien grün in den Bäumen, ich habe meinen Namen in die Lüfte geworfen wie eine Mütze, die niemand gehört wenn nicht mir, und herunter fällt ein Stein, der mich tötet. Ich bin im Unrecht

第九景

おっしゃいました。そして僕はそれを受け入れました。そして今度はあなたたちの番です、神父さん、あなたたちのユダヤ人を受け入れる番なのです。

神父　アンドリー──

アンドリ　神父さん、今は僕が話しています。

神父　君はユダヤ人でありたいというんだね？

アンドリ　僕はユダヤ人です。長い間、それが何だか僕にはわかりませんでした。今はわかってます。

（神父は途方にくれて座る）

僕は父親も母親もほしくはありません。そうすれば両親が死んでも苦痛や絶望に襲われることもないし、僕が死んだ場合も、両親がそんなものに襲われることもないのです。そして妹も婚約者もほしくはありません。すぐにすべてが引き裂かれ、そうなると誓いもわれわれの誠実さも何の役にも立ちません。すぐにそうなってしまえばいい。僕は歳を取っている。僕の信頼は歯のようにひとつまたひとつと欠け落ちてしまいました。喜びの声を上げたこともありました。太陽が木々の緑を照らし出し、僕は自分の名前を僕以外の誰のものでもない帽子のように空高く放り上げた。すると石が空から落ちてきて、僕を殺すんだ。みんなが考えてるのとは違って、僕はいつも間

gewesen, anders als sie dachten, allezeit. Ich wollte recht haben und frohlocken. Die meine Feinde waren, hatten recht, auch wenn sie kein Recht dazu hatten, denn am Ende seiner Einsicht kann man sich selbst nicht recht geben. Ich brauche jetzt schon keine Feinde mehr, die Wahrheit reicht aus. Ich erschrecke, so oft ich noch hoffe. Das Hoffen ist mir nie bekommen. Ich erschrecke, wenn ich lache, und ich kann nicht weinen. Meine Trauer erhebt mich über euch alle, und so werde ich stürzen. Meine Augen sind groß von Schwermut, mein Blut weiß alles, und ich möchte tot sein. Aber mir graut vor dem Sterben. Es gibt keine Gnade –

PATER Jetzt versündigst du dich.

ANDRI Sehen Sie den alten Lehrer, wie der herunterkommt und war doch einmal ein junger Mann, sagt er, und ein großer Wille. Sehen Sie Barblin. Und alle, alle, nicht nur mich. Sehen Sie die Soldaten. Lauter Verdammte. Sehen Sie sich selbst. Sie wissen heut schon, was Sie tun werden, Hochwürden, wenn man mich holt vor Ihren guten Augen, und drum starren die mich so an, Ihre guten guten Augen. Sie werden beten. Für mich und für sich. Ihr Gebet hilft nicht einmal Ihnen, Sie werden

第九景

違っていた。僕は正しくありたいと願い、歓声を上げてみたかった。僕の敵だった人たちは、たとえそうした権利を持たなくても正しかった。なぜなら深く考えていくとけっきょくは自分自身の言うことを正しいと認めることができなくなるからです。僕は今ではもう敵を必要としない。真実だけで十分です。僕は何かを期待するたびに驚き、希望は僕のためになったためしはない。僕は笑うたびに驚き、泣くこともできない。僕の悲しみはあなたたちの誰よりも高く僕を引き上げた。そうなれば僕は墜落するでしょう。僕の目は憂鬱のあまり丸くなり、僕の血はすべてを知っている。そして僕は死にたいと思う。でも僕は死ぬのが怖い。神の恵みはないのです——

神父　今あなたは神に対して罪を犯しているのです。

アンドリ　あの年老いた教師が落ちぶれていくのをごらんなさい。彼が言うには昔は若かったし、偉大な意志を持っていたそうです。バルブリーンをごらんなさい。そしてみんなを、僕だけじゃなしにみんなを。兵士たちをごらんなさい。永劫の罰を受けた連中だ。あなた自身をごらんなさい。神父さん、あなたはもうすでにわかってるんだ。僕があなたの敬虔な目の前に連れてこられるときに、どんな行動を取るかが。だからそんな目で僕を見つめているんだ、あなたのとても敬虔な目で。あなたの祈りは何の役にも立たない、う。私のために、そしてあなた自身のために。

NEUNTES BILD

trotzdem ein Verräter. Gnade ist ein ewiges Gerücht, die Sonne scheint grün in den Bäumen, auch wenn sie mich holen.

(Eintritt der Lehrer, zerfetzt.)

PATER Was ist geschehen?!

(Der Lehrer bricht zusammen.)

So reden Sie doch!

LEHRER Sie ist tot.

ANDRI Die Senora –?

PATER Wie ist das geschehen?

LEHRER – ein Stein.

PATER Wer hat ihn geworfen!

LEHRER – Andri, sagen sie, der Wirt habe es mit eignen Augen gesehen.

(Andri will davonlaufen, der Lehrer hält ihn fest.)

Er war hier, Sie sind sein Zeuge.

第九景

どっちみちあなたは裏切り者になるんだから。神の恵みなんて永遠のデマなんだ。たとえ僕が引っ張っていかれようとも、太陽は木々の緑を照らし出すでしょう。

(教師が憔悴して入ってくる)

神父　どうしたのです?!

アンドリ　あの人が死んだ。

教師　とにかく話しなさい！

(教師はくず折れる)

神父　セニョーラが――？

教師　――石が。

神父　どうしてそんなことに？

教師　――石を投げたんだ！

神父　誰が石を投げたんだ！

教師　アンドリだって、みんな言ってる。居酒屋の主人が自分の目でそれを見たって。

(アンドリは飛び出そうとする。教師は彼をしっかり捕まえる)

息子はここにいた。あなたはこの子の証人ですよ。

Vordergrund

(Der Jemand tritt an die Zeugenschranke.)

JEMAND Ich gebe zu: Es ist keineswegs erwiesen, wer den Stein geworfen hat gegen die Fremde damals. Ich persönlich war zu jener Stunde nicht auf dem Platz. Ich möchte niemand beschuldigen, ich bin nicht der Weltenrichter. Was den jungen Bursch betrifft: natürlich erinnere ich mich an ihn. Er ging oft ans Orchestrion, um sein Trinkgeld zu verklimpern, und als sie ihn holten, tat er mir leid. Was die Soldaten, als sie ihn holten, gemacht haben mit ihm, weiß ich nicht, wir hörten nur seinen Schrei... Einmal muß man auch vergessen können, finde ich.

前景

（某氏が証言台に進み出る）

某氏　証言します。あのとき外国人の女性に誰が石を投げたのかはまったく立証されていません。私個人はあのとき広場にはいませんでした。私は誰にも罪を着せるつもりはありません。私は世界の審判者ではありませんから。あの青年に関してですが、もちろん彼のことは覚えています。彼はよくジュークボックスのところへ行って、自分がもらったチップを投げ入れてました。ですから彼が引っ張っていかれたときは、気の毒に思いました。引っ張っていったときに兵士たちが彼に何をしたのかは知りません。われわれは彼の叫び声を聞いただけです…いつか忘れられる日が来たらいいと思います。

Zehntes Bild

(Platz von Andorra, Andri sitzt allein.)

ANDRI Man sieht mich von überall, ich weiß. Sie sollen mich sehen...
(Er nimmt eine Zigarette.)
Ich habe den Stein nicht geworfen!
(Er raucht.)
Sollen sie kommen, alle, die's gesehen haben mit eignen Augen, sollen sie aus ihren Häusern kommen, wenn sie's wagen, und mit dem Finger zeigen auf mich.
(Stimme flüstert.)
Warum flüsterst du hinter der Mauer?
(Stimme flüstert.)
Ich versteh kein Wort, wenn du flüsterst.

第十景

（アンドラの広場。アンドリがひとり座っている）

アンドリ　みんないたるところから僕を見ている、それはわかってる。見たけりゃ見るがいいんだ…
（タバコを取り出す）
石を投げたのは僕じゃない！
（タバコを吸う）
自分の目で見たと言う者はみんな来ればいい。勇気があるならみんな自分の家から出てきて、僕が犯人だと言えばいい。
（ささやき声がする）
どうして壁の後ろでささやいているんだ？
（ささやき声がする）
ささやかれても、一言もわからないよ。

ZEHNTES BILD

(Er raucht.)
Ich sitze mitten auf dem Platz, ja, seit einer Stunde. Kein Mensch ist hier. Wie ausgestorben. Alle sind im Keller. Es sieht merkwürdig aus. Nur die Spatzen auf den Drähten.
(Stimme flüstert.)
Warum soll ich mich verstecken?
(Stimme flüstert.)
Ich habe den Stein nicht geworfen.
(Er raucht.)
Seit dem Morgengrauen bin ich durch eure Gassen geschlendert. Mutterseelenallein. Alle Läden herunter, jede Tür zu. Es gibt nur noch Hunde und Katzen in eurem schneeweißen Andorra...
(Man hört das Gedröhn eines fahrenden Lautsprechers, ohne daß man die Worte versteht, laut und hallend.)
Du sollst kein Gewehr tragen. Hast du's gehört? 's ist aus.
(Der Lehrer tritt hervor, ein Gewehr im Arm.)
LEHRER Andri –
(Andri raucht.)

第十景

(タバコを吸う)

僕は広場の真ん中に座ってる。もう一時間も前から。ここには誰もいない。死に絶えたみたいだ。みんな地下室にいる。奇妙な眺めだ。電線に雀がいるだけだ。

(ささやき声がする)

どうして僕は隠れなきゃいけないんだ？

(ささやき声がする)

石を投げたのは僕じゃない。

(タバコを吸う)

明け方からあんたたちの路地をぶらぶら歩いた。ひとりぼっちで。すべての店がシャッターを下ろし、扉をすべて閉めていた。あんたたちの雪のように白いアンドラに残っているのは犬と猫だけだったよ…

(走り行く車のラウドスピーカーから轟音が鳴り響くが、何を言っているのかわからない)

銃を担いじゃいけない。聞こえた？ もうおしまいだ。

教師　アンドリ——

(教師が脇に銃を抱えて、前に進み出る)

(アンドリはタバコを吸う)

ZEHNTES BILD

Wir suchen dich die ganze Nacht –
ANDRI Wo ist Barblin?
LEHRER Ich war droben im Wald –
ANDRI Was soll ich im Wald?
LEHRER Andri – die Schwarzen sind da.
   (Er horcht.)
Still.
ANDRI Was hörst du denn?
   (Der Lehrer entsichert das Gewehr.)
Spatzen, nichts als Spatzen!
   (Vogelzwitschern.)
LEHRER Hier kannst du nicht bleiben.
ANDRI Wo kann ich bleiben?
LEHRER Das ist Unsinn, was du tust, das ist Irrsinn –
   (Er nimmt Andri am Arm.)
Jetzt komm!

第十景

私たちはおまえを夜通し探していたんだ――

アンドリ　バルブリーンはどこにいるの?

教師　私は森を見下ろせるところにいて――

アンドリ　どうして僕が森なんかに?

教師　アンドリ――黒い国の連中がそこにいるんだ。

(聞き耳を立てる)

静かだ。

アンドリ　いったい何を聞いてるの?

(教師は銃の安全装置をはずす)

――雀だよ、雀以外には何もいやしない!

(鳥のさえずり)

教師　ここにいてはいけない。

アンドリ　どこにいればいいんだ?

教師　おまえのすることはばかげてるよ。狂気の沙汰だ――

(アンドリの腕を取る)

さあ、おいで!

271

ZEHNTES BILD

ANDRI Ich habe den Stein nicht geworfen –
   (Er reißt sich los.)
   Ich habe den Stein nicht geworfen!
   (Geräusch.)
LEHRER Was war das?
ANDRI Fensterläden.
   (Er zertritt seine Zigarette.)
   Leute hinter Fensterläden.
   (Er nimmt eine nächste Zigarette.)
   Hast du Feuer?
   (Trommeln in der Ferne.)
LEHRER Hast du Schüsse gehört?
ANDRI Es ist stiller als je.
LEHRER Ich habe keine Ahnung, was jetzt geschieht.
ANDRI Das blaue Wunder.
LEHRER Was sagst du?

アンドリ　石を投げたのは僕じゃない──
（身を振りほどく）
石を投げたのは僕じゃない！

（物音）

教師　今のは何だ？

アンドリ　窓のシャッターの音だ。

（タバコを踏み消す）

教師　シャッターの向こうに人がいる。

（次のタバコを取り出す）

火はある？

（遠くで太鼓の音）

教師　銃声が聞こえたか？

アンドリ　前より静かになった。

教師　今何が起きているか、かいもく見当がつかない。

アンドリ　びっくり仰天だ。

教師　何だって？

ANDRI Lieber tot als Untertan.
  (Wieder das Gedröhn des fahrenden Lautsprechers.)
  KEIN ANDORRANER HAT ETWAS ZU FÜRCHTEN. Hörst du's?
  RUHE UND ORDNUNG / JEDES BLUTVERGIESSEN / IM NAMEN DES FRIEDENS / WER EINE WAFFE TRÄGT ODER VERSTECKT / DER OBERBEFEHLSHABER / KEIN ANDORRANER HAT ETWAS ZU FÜRCHTEN...
  (Stille)
  Eigentlich ist es genau so, wie man es sich hätte vorstellen können. Genau so.
LEHRER Wovon redest du?
ANDRI Von eurer Kapitulation.
  (Drei Männer, ohne Gewehr, gehen über den Platz.)
  Du bist der letzte mit einem Gewehr.
LEHRER Lumpenhunde.
ANDRI Kein Andorraner hat etwas zu fürchten.
  (Vogelzwitschern.)
  Hast du kein Feuer?

第十景

アンドリ　屈服するくらいなら死んだほうがましだ。

（走り行く車からまた轟音）

「アンドラノ住民ハ何モ恐レルコトハナイ」

聞こえる？

アンドリ　あんたたちの降伏のことですよ。

教師　何のことを言ってるんだ？

「平穏ト秩序／アラユル流血ハ／平和ノ名ニオイテ／武器ヲ担ゴウガ隠ソウガ／最高司令官ハ／アンドラノ住民ハ何モ恐レルコトハナイ…」

（静寂）

こうなるだろうと思っていたけど、まさしくそのとおりだ。まさしくそのとおり。

アンドリ　あんたたちは武器なんて絶対に持たないよね。

（三人の男が武器を持たずに広場を横切ってゆく）

教師　ごろつきめが。

アンドリ　アンドラの住民は何も恐れることはない。

火はある？

（鳥のさえずり）

ZEHNTES BILD

(Der Lehrer starrt den Männern nach.)

Hast du bemerkt, wie sie gehn? Sie blicken einander nicht an. Und wie sie schweigen! Wenn es dann soweit ist, merkt jeder, was er alles nie geglaubt hat. Drum gehen sie heute so seltsam. Wie lauter Lügner.

(Zwei Männer, ohne Gewehr, gehen über den Platz.)

LEHRER Mein Sohn –

ANDRI Fang jetzt nicht wieder an!

LEHRER Du bist verloren, wenn du mir nicht glaubst.

ANDRI Ich bin nicht dein Sohn.

LEHRER Man kann sich seinen Vater nicht wählen. Was soll ich tun, damit du's glaubst? Was noch? Ich sag es ihnen, wo ich stehe und gehe, ich hab's den Kindern in der Schule gesagt, daß du mein Sohn bist, Was noch? Soll ich mich aufhängen, damit du's glaubst? Ich geh nicht weg von dir.

(Er setzt sich zu Andri.)

第十景

（教師は男たちをじっと見送る）

やつらの歩き方で気づいた？　おたがいに顔を見ないようにしてるんだ。それからあの黙っている様子！　ここまで来ると誰もが今まで一度も信じなかったすべてのことに気づくんだ。だからやつらは今日は変な歩き方をしてるんだ。本当のうそつきみたいに。

（ふたりの男が銃を持たずに広場を横切ってゆく）

教師　わが息子よ——

アンドリ　もうやめてくれよ！

教師　私の言うことを信じないと、おまえは見捨てられる。

アンドリ　僕はあんたの息子じゃない。

教師　誰も自分の父親を選ぶことはできない。そのうえまだ何を？　私は私がいるところ、出かけるところでみんなに言っている。学校の子どもたちにも言ってきた。おまえにそのことを信じてもらうために私と。そのうえまだ何を？　おまえが自分の息子だと。おまえに信じてもらうために私に首をくくれと言うのか？

私はおまえから離れない。

（アンドリのそばに座る）

277

ZEHNTES BILD

Andri –
(Andri blickt an den Häusern herauf.)
Wo schaust du hin?
(Eine schwarze Fahne wird gehißt.)
ANDRI Sie können's nicht erwarten.
LEHRER Woher haben sie die Fahnen?
ANDRI Jetzt brauchen sie nur noch einen Sündenbock.
(Eine zweite Fahne wird gehißt.)
LEHRER Komm nach Haus!
ANDRI Es hat keinen Zweck, Vater, daß du es nochmals erzählst. Dein Schicksal ist nicht mein Schicksal, Vater, und mein Schicksal ist nicht dein Schicksal.
LEHRER Mein einziger Zeuge ist tot.
ANDRI Sprich nicht von ihr!
LEHRER Du trägst ihren Ring –
ANDRI Was du getan hast, tut kein Vater.
LEHRER Woher weißt du das?

第十景

アンドリー――
　（アンドリは家々を見上げる）
　どこを見てるんだ?
　（黒い旗が掲げられる）
教師　やつらは待ちきれない思いなんだ。
アンドリ　どこからあの旗を手に入れたんだろう?
教師　このうえ必要なのはスケープゴートだけだ。
　（二つ目の旗が掲げられる）
アンドリ　家に帰ろう!
教師　父さん、その話を蒸し返しても何の意味もないよ。父さん、あんたの運命は僕の運命じゃないし、僕の運命はあんたの運命じゃないんだ。
アンドリ　私のたったひとりの証人は死んでしまった。
教師　あの人のことは言わないで!
アンドリ　おまえはあの人の指輪をはめているんだな――
教師　あんたのしたようなことはどんな父親もしないよ。
アンドリ　どうしてそんなことがわかる?

ZEHNTES BILD

(Andri horcht.)

Ein Andorraner, sagen sie, hat nichts mit einer von drüben und schon gar nicht ein Kind. Ich hatte Angst vor ihnen, ja, Angst vor Andorra, weil ich feig war –

ANDRI Man hört zu.

LEHRER *(sieht sich um und schreit gegen die Häuser:)* – weil ich feig war! *(wieder zu Andri:)* Drum hab ich das gesagt. Es war leichter, damals, ein Judenkind zu haben. Es war rühmlich, Sie haben dich gestreichelt, im Anfang haben sie dich gestreichelt, denn es schmeichelte ihnen, daß sie nicht sind wie diese da drüben.

(Andri horcht.)

Hörst du, was dein Vater sagt?

(Geräusch eines Fensterladens)

Sollen sie zuhören!

(Geräusch eines Fensterladens)

第十景

（アンドリは聞き耳を立てる）

みんな言ってる。アンドラの人間はあちら側の女性と関係を持つようなことはしないし、ましてや子どもを持つなんてことは絶対にないって。私はここの人たちに対して不安を抱いていた、そうだ、アンドラに対して不安を抱いていたんだ、なぜなら自分が臆病だったからだ──

教師　アンドリ　ちゃんと聞いてるよ。

（振り向いて、家々に叫び声を上げる）──なぜなら自分が臆病だったからだ！（ふたたびアンドリに）だから私はあんなこと言ったんだ。あのころはユダヤ人の子どもを育てるほうが簡単だったからな。それは称賛すべきことだった。みんなおまえの頭をなでた、最初のうちはおまえの頭をなでたんだ。なぜなら彼らはあちら側の連中とは違うということでいい気持ちになっていたからだ。

（アンドリは聞き耳を立てる）

父親の言うことを聞いているのか？

（窓のシャッターの音）

彼らも聞くがいい！

（窓のシャッターの音）

281

ZEHNTES BILD

Andri –
ANDRI Sie glauben's dir nicht.
LEHRER Weil du mir nicht glaubst!
   (Andri raucht.)
Du mit deiner Unschuld, ja, du hast den Stein nicht geworfen, sag's noch einmal, du hast den Stein nicht geworfen, ja, du mit dem Unmaß deiner Unschuld, sieh mich an wie ein Jud, aber du bist mein Sohn, ja, mein Sohn, und wenn du's nicht glaubst, bist du verloren.
ANDRI Ich bin verloren.
LEHRER Du willst meine Schuldl?
   (Andri blickt ihn an.)
So sag es!
ANDRI Was?
LEHRER Ich soll mich aufhängen. Sag's!
   (Marschmusik in der Ferne)
ANDRI Sie kommen mit Musik.

第十景

アンドリ　やつらはあんたのことを信じはしないよ。

教師　おまえが私の言うことを信じないからだ！

（アンドリはタバコを吸う）

おまえは無実の人間だ。そうだよ、石を投げたのはおまえじゃない。もう一度言ってごらん、「石を投げたのは僕じゃない」って。そうだよ、おまえはまったく無実の人間なんだ。ユダヤ人のように私を見つめるがいい。でもおまえは私の息子だ、そうだよ実の息子なんだ。そしてそれを信じないとおまえは見捨てられる。

アンドリ　ぼくはもう見捨てられているよ。

教師　おまえは私に罪を求めているんだな!?

（アンドリは彼を見つめる）

だったらはっきり言え！

アンドリ　何を?

教師　私に首をくくれって、言え！

（遠くで行進曲）

アンドリ　やつらは音楽とともにやってくる。

ZEHNTES BILD

(Er nimmt eine nächste Zigarette.)

Ich bin nicht der erste, der verloren ist. Es hat keinen Zweck, was du redest. Ich weiß, wer meine Vorfahren sind. Tausende und Hunderttausende sind gestorben am Pfahl, ihr Schicksal ist mein Schicksal.

LEHRER Schicksal!

ANDRI Das verstehst du nicht, weil du kein Jud bist –

(Er blickt in die Gasse.)

Laß mich allein!

LEHRER Was siehst du?

ANDRI Wie sie die Gewehre auf den Haufen werfen.

(Auftritt der Soldat, der entwaffnet ist, er trägt nur noch die Trommel, man hört, wie Gewehre hingeworfen werden; der Soldat spricht zurück:)

SOLDAT Aber ordentlich! hab ich gesagt. Wie bei der Armee!

(Er tritt zum Lehrer.)

Her mit dem Gewehr.

LEHRER Nein.

第十景

(次のタバコを取り出す)
僕は見捨てられた最初の人間ではない。あんたの言ってることは何の意味もない。僕は誰が僕の祖先かを知っている。何万人も、何十万人もの人たちが柱につるされて死んだ、彼らの運命は僕の運命なんだ。

教師　運命！

アンドリ　あんたはユダヤ人じゃないからこの言葉の意味はわからないだろう。
(路地に視線をやる)

教師　ひとりにしてくれ！

アンドリ　何を見てるんだ？

教師　やつらが銃を山のように積み上げていく様子をだ。
(例の兵士が登場。武装解除されて、太鼓を担いでいるだけだ。銃が投げ出される音が聞こえる。兵士は振り返って話す)

兵士　きちっと整頓しろ！　言ったろう。軍隊のようにだ！

教師　(教師に歩み寄る)
銃をこっちに寄こせ。

アンドリ　いやだ。

ZEHNTES BILD

SOLDAT Befehl ist Befehl.
LEHRER Nein.
SOLDAT Kein Andorraner hat etwas zu fürchten.
(Auftreten der Doktor, der Wirt, der Tischler, der Geselle, der Jemand, alle ohne Gewehr.)
LEHRER Lumpenhunde! Ihr alle! Fötzel! Bis zum letzten Mann. Fötzel!
(Der Lehrer entsichert sein Gewehr und will auf die Andorraner schießen, aber der Soldat greift ein, nach einem kurzen lautlosen Ringen ist der Lehrer entwaffnet und sieht sich um.)
– mein Sohn! Wo ist mein Sohn?
(Der Lehrer stürzt davon.)
JEMAND Was in den gefahren ist.
(Im Vordergrund rechts, am Orchestrion, erscheint Andri und wirft eine Münze ein, so daß seine Melodie spielt, und verschwindet langsam.)

兵士　命令は命令だ。
教師　いやだ。
兵士　アンドラの住民は何も恐れることはないんだ。
教師　ごろつきめ！　あんたたちみんな！　ろくでなし！　最後のひとりまで。ろくでなし！

（医者、居酒屋の主人、指物師、その弟子、某氏が登場。みんな武器を持っていない）

（銃の安全装置をはずし、アンドラの住民たちを撃とうとするが、兵士が割ってはいる。しばらく音も立てずにもみあってから、教師は武装解除され、あたりを見回す）

——わが息子よ！　わが息子はどこへ行ったんだ？

某氏　いったいどうしたんだ？

（そこから飛び出す）

（舞台前方上手、ジュークボックスのあるところにアンドリが現れて、硬貨を投げ入れる。いつものメロディが鳴りはじめる。彼はゆっくり姿を消す）

Vordergrund

(Während das Orchestrion spielt: zwei Soldaten in schwarzer Uniform, jeder mit einer Maschinenpistole, patrouillieren kreuzweise hin und her.)

Elftes Bild

(Vor der Kammer der Barblin. Andri und Barblin. Trommeln in der Ferne.)

ANDRI Hast du viele Male geschlafen mit ihm?
BARBLIN Andri.
ANDRI Ich frage, ob du viele Male mit ihm geschlafen hast, während ich hier auf der Schwelle hockte und redete. Von unsrer Flucht!
(Barblin schweigt.)

前景

（ジュークボックスが鳴っている間、黒い制服のふたりの兵士がそれぞれ自動小銃を持って、十文字の方向に行ったりきたりしてパトロールしている）[724]

第十一景

（バルブリーンの小さな部屋の前。アンドリとバルブリーン。遠くで太鼓の音）

アンドリ　君はあいつと何度も寝たの？
バルブリーン　アンドリ。
アンドリ　君はあいつと何度も寝たのかって聞いてるんだ。僕がここの敷居にしゃがんで、話をしてる間に。僕たちの逃亡についての話を！
（バルブリーンは黙っている）

Hier hat er gestanden: barfuß, weißt du, mit offnem Gurt –
BARBLIN Schweig!
ANDRI Brusthaar wie ein Affe.
   (Barblin schweigt.)
Ein Kerl!
   (Barblin schweigt.)
Hast du viele Male geschlafen mit ihm?
   (Barblin schweigt.)
Du schweigst... Also wovon sollen wir reden in dieser Nacht? Ich soll jetzt nicht daran denken, sagst du. Ich soll an meine Zukunft denken, aber ich habe keine... Ich möchte ja nur wissen, ob's viele Male war.
   (Barblin schluchzt.)
Und es geht weiter?
   (Barblin schluchzt.)
Wozu eigentlich möcht ich das wissen! Was geht's mich an! Bloß um noch einmal ein Gefühl für dich zu haben.

第十一景

あいつはここに立っていた。はだしで、覚えてるだろう、ベルトをはずしたまま——

バルブリーン　黙って！

アンドリ　猿のような胸毛をして。

あの野郎！

（バルブリーンは黙っている）

君はあいつと何度も寝たの？

（バルブリーンは黙っている）

君は黙っている…だったら今晩僕たちは何の話をしたらいいんだ？　僕にはもうあの日のことを思い出してほしくないと、君は言う。僕は僕の未来について考えるべきだって。でも僕には未来なんてない…僕はただ何度も寝たのかどうか知りたいんだ。

（バルブリーンはすすり泣く）

まだ続いているのか？

（バルブリーンはすすり泣く）

そもそもどうしてそんなことが知りたいのか！　僕と何の関係があるのか？　もう一度君に対して愛情を抱きたい、ただそれだけだ。

(Andri horcht.)

Sei doch still!

BARBLIN So ist ja alles gar nicht.

ANDRI Ich weiß nicht, wo die mich suchen –

BARBLIN Du bist ungerecht, so ungerecht.

ANDRI Ich werde mich entschuldigen, wenn sie kommen...

(Barblin schluchzt.)

Ich dachte, wir lieben uns. Wieso ungerecht? Ich frag ja bloß, wie das ist, wenn einer ein Kerl ist. Warum so zimperlich? Ich frag ja bloß, weil du meine Braut warst. Heul nicht! Das kannst du mir doch sagen, jetzt wo du dich als meine Schwester fühlst.

(Andri streicht über ihr Haar.)

Ich habe zu lange gewartet auf dich...

(Andri horcht.)

BARBLIN Sie dürfen dir nichts antun!

ANDRI Wer bestimmt das?

第十一景

（アンドリは聞き耳を立てる）

ちょっと静かに！

バルブリーン　ほんとにまったくの思い違いよ。

アンドリ　やつらが僕をどこで探しているのかわからない。

バルブリーン　あんたはひどいわ。ほんとにひどいわ。

アンドリ　やつらがやってきたら、僕は謝るつもりだ…

（バルブリーンはすすり泣く）

僕たちは愛し合ってると思っていた。どうしてひどいんだ？　相手が若造だから、どうなってるのか聞いているだけだ。なぜそんなに神経質になるんだい？　君が僕の婚約者だったから、聞いているだけさ。泣くんじゃないよ！　それくらい言ってもいいだろう。今じゃ君のことを妹だと思っているんだから。

（彼女の髪をなでる）

僕はあまりに長く君を待ちすぎたんだ…

（聞き耳を立てる）

バルブリーン　あんたに絶対に危害を加えさせないわ！

アンドリ　誰がそんなこと決めるんだい？

BARBLIN Ich bleib bei dir!
　(Stille)
ANDRI Jetzt kommt wieder die Angst –
BARBLIN Bruder!
ANDRI Plötzlich. Wenn die wissen, ich bin im Haus, und sie finden einen nicht, dann zünden sie das Haus an, das ist bekannt, und warten unten in der Gasse, bis der Jud durchs Fenster springt.
BARBLIN Andri – du bist keiner!
ANDRI Warum willst du mich denn verstecken?
　(Trommeln in der Ferne)
BARBLIN Komm in meine Kammer!
　(Andri schüttelt den Kopf.)
　Niemand weiß, daß hier noch eine Kammer ist.
ANDRI – außer Peider.
　(Die Trommeln verlieren sich.)
　So ausgetilgt.

第十一景

バルブリーン　あんたのそばについてるから！

（静寂）

アンドリ　また不安が襲ってきた——

バルブリーン　兄さん！

アンドリ　突然にだ。やつらは僕が家にいることを知っている。もし誰も見つからなかったら、家に火をつけるだろう。よくやる手だ。それからユダヤ人が窓から飛び降りるのを下の路地で待ってるんだ。

バルブリーン　アンドリ——あんたはユダヤ人じゃないのよ！

アンドリ　じゃあどうして君は僕を隠そうとするんだ？

（遠くで太鼓の音）

バルブリーン　私の部屋に入って！

（アンドリは首を振る）

誰もここに部屋があるのを知らないわ。

アンドリ　——パイダー以外は。

（太鼓の音が消えゆく）

はっきりしてる。

ELFTES BILD

BARBLIN Was sagst du?
ANDRI Was kommt, das ist ja alles schon geschehen. Ich sage: So ausgetilgt. Mein Kopf in deinem Schoß. Erinnerst du dich? Das hört ja nicht auf. Mein Kopf in deinem Schoß. War ich euch nicht im Weg? Ich kann es mir nicht vorstellen. Wenn schon! Ich kann es mir vorstellen. Was ich wohl geredet habe, als ich nicht mehr war? Warum hast du nicht gelacht? Du hast ja nicht einmal gelacht. So ausgetilgt, so ausgetilgt! Und ich hab's nicht einmal gespürt, wenn Peider in deinem Schoß war, dein Haar in seinen Händen. Wenn schon! Es ist ja alles schon geschehen...

(Trommeln in der Nähe)

Sie merken's, wo die Angst ist.
BARBLIN – sie gehn vorbei.
ANDRI Sie umstellen das Haus.

(Die Trommeln verstummen plötzlich.)

Ich bin's, den sie suchen, das weißt du genau, ich bin nicht dein Bruder. Da hilft keine Lüge. Es ist schon zuviel gelogen worden.

第十一景

バルブリーン　何を言ってるの？
アンドリ　これから起こることは、みんなすでに起こったことなんだ。とてもはっきりしてると言ってるんだ。これから起こることは、僕の頭を君のひざの上に乗せていた。覚えてるかい？ あんなことはずっと繰り返されるんだ。僕の頭を君のひざの上に乗せていた。僕には思い出せない。かまわないさ！ いや、思い出せる。僕は部屋の外にいて、どんなことを話したんだろう？ どうして君は笑わなかったんだ？ 君は一度も笑わなかった。はっきりしてる、はっきりしてる！ しかもパイダーの頭が君のひざの上にあって、君の髪の毛がやつの手の中にあったこともまったく気づかなかった。かまうものか！ みんなすでに起こったことなんだ…

（近くに太鼓の音）

やつらは不安がひそむ場所に気づくさ。
バルブリーン　──通り過ぎてゆく。
アンドリ　この家を取り囲む気だ。

（太鼓の音が突然やむ）

やつらが探しているのは僕なんだ。君もよくわかってるはずだ。僕は君の兄じゃない。どんなうそも役には立たない。今まであまりに多くのうそがつかれてきたから。

ELFTES BILD

(Stille.) So küß mich doch!
BARBLIN Andri –
ANDRI Zieh dich aus!
BARBLIN Du hast den Verstand verloren, Andri.
ANDRI Jetzt küß mich und umarme mich!
   (Barblin wehrt sich.)
's ist einerlei.
   (Barblin wehrt sich.)
Tu nicht so treu, du –
   (Klirren einer Fensterscheibe)
BARBLIN Was war das?
ANDRI – sie wissen's, wo ich bin.
BARBLIN So lösch doch die Kerze!
   (Klirren einer zweiten Fensterscheibe)
ANDRI Küß mich!
BARBLIN Nein. Nein...

バルブリーン （静寂）頼むから僕にキスしてくれ！
アンドリ　アンドリ――
バルブリーン　服を脱げ！
アンドリ　あんたは正気じゃない、アンドリ。
バルブリーン　さあキスして、僕を抱きしめてくれ！
（バルブリーンは抵抗する）
そんなに貞淑ぶるなよ、君――
どうでもいいことだ。
（バルブリーンは抵抗する）
バルブリーン　だったらろうそくを消して！
アンドリ　――やつらは僕の居場所を知ってるんだ。
バルブリーン　今のは何？
（窓ガラスのがたがたいう音）
アンドリ　キスして！
（もう一枚の窓ガラスががたがたいう）
バルブリーン　だめよ、だめ…

ANDRI Kannst du nicht, was du mit jedem kannst, fröhlich und nackt? Ich lasse dich nicht. Was ist anders mit andern? So sag es doch. Was ist anders? Ich küß dich, Soldatenbraut! Einer mehr oder weniger, zier dich nicht. Was ist anders mit mir? Sag's! Langweilt es dein Haar, wenn ich es küsse?
BARBLIN Bruder –
ANDRI Warum schämst du dich nur vor mir?
BARBLIN Jetzt laß mich!
ANDRI Jetzt, ja, jetzt und nie, ja, ich will dich, ja, fröhlich und nackt, ja, Schwesterlein, ja, ja, ja –
   (Barblin schreit)
   Denk an die Tollkirschen.
   (Andri löst ihr die Bluse wie einer Ohnmächtigen.)
   Denk an unsere Tollkirschen –
BARBLIN Du bist irr!
   (Hausklingel)

第十一景

アンドリ　どんな男とでもできることができないのか、楽しげに裸になるってことが？　僕は君を離さないぞ。ほかの男とだとどう違うんだ？　言ってくれ。どこが違うんだ？　キスするぞ、兵士の花嫁さん！　多少の差はあれ僕だって男だ、心にもなく辞退するなよ。僕とだとどう違うんだ？　言えよ！　僕が君の髪にキスしたら、髪がいやがるのか？

バルブリーン　兄さん——

アンドリ　どうして君は僕に対してだけ恥ずかしがるんだ？

バルブリーン　今はもう離して！

アンドリ　今は、そう、今は、そして二度としない、そうだよ、僕は君がほしいんだ、そうだ、楽しげに裸になった君が、ねえ、妹、そうだ、そうだ、そうだ——

（バルブリーンはわめく）

ベラドンナを飲もうとしたことを思い出せ。

（失神したようになっているバルブリーンのブラウスのボタンをはずす）

僕たちがベラドンナを飲もうとしたことを思い出せ——

バルブリーン　あんた気が違ったんだわ！

（玄関の呼び鈴の音）

Hast du gehört? Du bist verloren, Andri, wenn du uns nicht glaubst. Versteck dich!

(Hausklingel)

ANDRI Warum haben wir uns nicht vergiftet, Barblin, als wir noch Kinder waren, jetzt ist's zu spät...

(Schläge gegen die Haustüre)

BARBLIN Vater macht nicht auf.

ANDRI Wie langsam.

BARBLIN Was sagst du?

ANDRI Ich sage, wie langsam es geht.

(Schläge gegen die Haustüre)

BARBLIN Herr, unser Gott, der Du bist, der Du bist, Herr, unser Allmächtiger, der Du bist in dem Himmel, Herr, Herr, der Du bist – Herr...

(Krachen der Haustür)

ANDRI Laß mich allein. Aber schnell. Nimm deine Bluse. Wenn sie dich finden bei mir, das ist nicht gut. Aber schnell. Denk an dein Haar.

(Stimmen im Haus. Barblin löscht die Kerze, Tritte von Stiefeln, es erscheinen der Soldat mit der Trommel und zwei

第十一景

聞こえた？　私たちを信じないのなら、あんたは見捨てられるわ、アンドリ。隠れて！

（玄関の呼び鈴の音）

アンドリ　どうして僕たちはまだ子どもだったときに毒を飲んで死ななかったんだろう、バルブリーン？　今じゃ遅すぎる…

（玄関のドアをたたく音）

バルブリーン　父さんは開けないわ。

アンドリ　何とゆっくりなんだ。

バルブリーン　何を言ってるの？

アンドリ　何て事がゆっくり進むんだろうって言ってるんだ。

（玄関のドアをたたく音）

バルブリーン　主よ、汝、われらが神よ、主よ、天にまします全能の神よ、主よ、主よ――

アンドリ　主は…

（玄関のドアを破る音）

バルブリーン　主よ、ひとりにしてくれ。とにかく急いで。ブラウスを持ってゆけ。やつらが僕のところで君を見つけたら、まずい。とにかく急いで。髪を整えるのも忘れるな。

（家の中で声がする。バルブリーンはろうそくを消す。長靴の音。太鼓を持った兵士と黒い制服を着たふ

ELFTES BILD

Soldaten in schwarzer Uniform, ausgerüstet mit einem Scheinwerfer: Barblin, allein vor der Kammer.)

SOLDAT Wo ist er?
BARBLIN Wer?
SOLDAT Unser Jud.
BARBLIN Es gibt keinen Jud.
 (Der Soldat stößt sie weg und tritt zur Türe.)
Untersteh dich!
SOLDAT Aufmachen.
BARBLIN Hilfe! Hilfe!
 (Andri tritt aus der Türe.)
SOLDAT Das ist er.
 (Andri wird gefesselt.)
BARBLIN Rührt meinen Bruder nicht an, er ist mein Bruder –
SOLDAT Die Judenschau wird's zeigen.
BARBLIN Judenschau?
SOLDAT Also vorwärts.

たりの兵士が現れる。サーチライトを装備している。バルブリーンがひとりで部屋の前に立っている）

兵士　やつはどこだ？

バルブリーン　誰？

兵士　われわれのユダヤ人だ。

バルブリーン　ユダヤ人なんか、そもそもいないわ。

（兵士は彼女を押しのけて、ドアに歩み寄る）

入れるものなら入ってごらんよ！

兵士　開けろ。

バルブリーン　助けて！　助けて！

（アンドリがドアから出てくる）

兵士　この男が当人です。

（アンドリは縛られる）

バルブリーン　兄さんに手を触れないで。これは私の兄さんなの――

兵士　ユダヤ人選別[125]ではっきりする。

バルブリーン　ユダヤ人選別？

兵士　さて前進だ。

BARBLIN Was ist das.
SOLDAT Vorwärts. Alle müssen vor die Judenschau. Vorwärts.
  (Andri wird abgeführt.)
  Judenhure!

Vordergrund

(Der Doktor tritt an die Zeugenschranke.)

DOKTOR Ich möchte mich kurz fassen, obschon vieles zu berichtigen wäre, was heute geredet wird. Nachher ist es immer leicht zu wissen, wie man sich hätte verhalten sollen, abgesehen davon, daß ich, was meine Person betrifft, wirklich nicht weiß, warum ich mich anders hätte verhalten sollen. Was hat unsereiner denn eigentlich getan? Überhaupt nichts. Ich war Amtsarzt, was ich heute noch bin. Was ich damals gesagt haben soll, ich erinnere mich nicht mehr, es ist nun einmal meine Art,

バルブリーン それって何のこと？

兵士　前進だ。みんなユダヤ人選別の集まりへ。前進だ。

（アンドリは連行される）

ユダヤ人と寝た娼婦め！

前景

（医者が証言台に進み出る）

医者　本日論じられる件で修正すべき点は多々あると思いますが、簡潔にまとめてお話したいと思います。あのときどのような態度を取るべきであったのか、後からはつねに簡単に知ることができます。私個人に関しては、どうして別の態度を取らねばならなかったのか本当にわかっていないのですが、そのことは別として。もともと私たちのような人間が何をしたのでしょう？　まったく何もしていないのです。私は診療所の医者であったし、今でもそうです。当時何を言うべきだったのか、私はもはや覚えて

ein Andorraner sagt, was er denkt – aber ich will mich kurz fassen... Ich gebe zu: Wir haben uns damals alle getäuscht, was ich selbstverständlich nur bedauern kann. Wie oft soll ich das noch sagen? Ich bin nicht für Greuel, ich bin es nie gewesen. Ich habe den jungen Mann übrigens nur zwei- oder dreimal gesehen. Die Schlägerei, die später stattgefunden haben soll, habe ich nicht gesehen. Trotzdem verurteile ich sie selbstverständlich. Ich kann nur sagen, daß es nicht meine Schuld ist, einmal abgesehen davon, daß sein Benehmen (was man leider nicht verschweigen kann) mehr und mehr (sagen wir es offen) etwas Jüdisches hatte, obschon der junge Mann, mag sein, ein Andorraner war wie unsereiner. Ich bestreite keineswegs, daß wir sozusagen einer gewissen Aktualität erlegen sind. Es war, vergessen wir nicht, eine aufgeregte Zeit. Was meine Person betrifft, habe ich nie an Mißhandlungen teilgenommen oder irgend jemand dazu aufgefordert. Das darf ich wohl vor aller Öffentlichkeit betonen. Eine tragische Geschichte, kein Zweifel. Ich bin nicht schuld, daß es dazu gekommen ist. Ich glaube im Namen aller zu sprechen, wenn ich, um zum

前景

いません。それはとにかく私の流儀なのです。アンドラの住民は思ったことをそのまま口に出す——でも私は簡潔に述べたい…証言します。私たちは当時みんな思い違いをしていたのです。このことはもちろん遺憾に感じられます。何度そのことを申し上げねばならないのでしょうか？　私は残虐行為には賛成していませんし、昔から一度も賛成したことはありません。ちなみに私はその青年には二、三度しか会ったことがありません。その後起こったと言われている殴り合いを非難します。私が言えるのは、それが私のせいではないということです。あの青年が、たぶんそうだと思うのですが、私たちと同じようなアンドラの住民であるにもかかわらず、その振る舞いが（このことは残念ながら黙っていることはできないのですが）ますます（率直に申し上げるなら）ユダヤ的なものになったということは、別として。私たちがいわばある種の現実性に支配されているということを私はいささかも疑うものではありません。当時は、忘れてはいけませんが、高揚した時代でした。私自身に関しては、私は一度たりとも虐待に加わったことはありませんし、誰かにそれを促したこともありません。このことを私は人前で強調してもよいと思います。疑いもなく悲劇的な物語です。あのような結果になったことは私のせいではありません。証言を終えるにあたって、私たちは——当時の——事の成り行き

Schluß zu kommen, nochmals wiederhole, daß wir den Lauf der Dinge – damals – nur bedauern können.

Zwölftes Bild

(Platz von Andorra. Der Platz ist umstellt von Soldaten in schwarzer Uniform. Gewehr bei Fuß, reglos. Die Andorraner, wie eine Herde im Pferch, warten stumm, was geschehen soll. Lange geschieht nichts. Es wird nur geflüstert.)

DOKTOR Nur keine Aufregung. Wenn die Judenschau vorbei ist, bleibt alles wie bisher. Kein Andorraner hat etwas zu fürchten, das haben wir schwarz auf weiß. Ich bleibe Amtsarzt, und der Wirt bleibt Wirt, Andorra bleibt andorranisch...
(Trommeln)
GESELLE Jetzt verteilen sie die schwarzen Tücher.

第十二景

をただ遺憾に思うしかなかったということをもう一度申し上げます。私はみんなを代表して語っているつもりです。

（アンドラの広場。広場は黒い制服の兵士たちによって取り囲まれている。足元で銃を支えて、不動の姿勢。アンドラの住民たちは囲いの中の家畜の群れのように、これから起こるであろうことを黙って待っている。長い間、何も起こらない。ささやきだけがもれてくる）

医者　興奮しちゃいけない。ユダヤ人の選別が済めば、すべてが今までどおりだ。アンドラの住民は何も恐れることはない。それは明白だ。私は診療所の医者であり続けるし、居酒屋の主人は主人のままだ。アンドラはアンドラのままで…

（太鼓の音）

弟子　いよいよ黒い布が配られる。

ZWÖLFTES BILD

(Es werden schwarze Tücher ausgeteilt.)
DOKTOR Nur jetzt kein Widerstand.
   (Barblin erscheint, sie geht wie eine Verstörte von Gruppe zu Gruppe, zupft die Leute am Ärmel, die ihr den Rücken kehren, sie flüstert etwas, was man nicht versteht.)
WIRT Jetzt sagen sie plötzlich, er sei keiner.
JEMAND Was sagen sie?
WIRT Er sei keiner.
DOKTOR Dabei sieht man's auf den ersten Blick.
JEMAND Wer sagt das?
WIRT Der Lehrer.
DOKTOR Jetzt wird es sich ja zeigen.
WIRT Jedenfalls hat er den Stein geworfen.
JEMAND Ist das erwiesen?
WIRT Erwiesen!?
DOKTOR Wenn er keiner ist, wieso versteckt er sich denn? Wieso hat er Angst? Wieso kommt er nicht auf den Platz wie unsereiner?

医者　今だけは抵抗するな。

（黒い布が分配される）

（バルブリーンが現れる。彼女は錯乱した人のようにグループからグループへと歩いてゆき、人々の袖をつかむが、みんな彼女に背を向ける。彼女は何やら意味不明のことをささやく）

医者　今になって突然、彼はアレじゃないって言ってるんです。
主人　何て言ってるって？
某氏　彼はアレじゃないって。
医者　そんなの一目でアレってわかるじゃないか。
某氏　誰がそんなことを言ってるんだ？
医者　あの教師ですよ。
主人　すぐにはっきりするよ。
医者　いずれにせよあの青年が石を投げたんだ。
主人　立証された のか？
医者　立証!?
主人　もし彼がアレじゃないのなら、いったいどうして隠れたりするんだ？　どうして怖がるんだ？　どうしてわれわれのように広場へ来ないんだ？

ZWÖLFTES BILD

WIRT Sehr richtig.
DOKTOR Wieso soll er keiner sein?
WIRT Sehr richtig.
JEMAND Sie haben ihn gesucht die ganze Nacht, heißt es.
DOKTOR Sie haben ihn gefunden.
JEMAND Ich möchte auch nicht in seiner Haut stecken.
WIRT Jedenfalls hat er den Stein geworfen –
(Sie verstummen, da ein schwarzer Soldat kommt, sie müssen die schwarzen Tücher in Empfang nehmen. Der Soldat geht weiter.)
DOKTOR Wie sie einem ganzen Volk diese Tücher verteilen: ohne ein lautes Wort! Das'nenne ich Organisation. Seht euch das an! Wie das klappt.
JEMAND Die stinken aber.
(Sie schnuppern an ihren Tüchern.)
Angstschweiß...
(Barblin kommt zu der Gruppe mit dem Doktor und dem Wirt, zupft sie am Ärmel und flüstert, man kehrt ihr den Rücken, sie irrt weiter.)

主人　そのとおりだ。

医者　どうしてアレじゃないなんてことがあるんだ？

主人　そのとおりだ。

某氏　一晩中、やつらはあいつを探したって話だ。

医者　見つけたんだよ。

某氏　私もあいつのような立場にはなりたくないな。

主人　いずれにせよあいつが石を投げた。

（黒い制服の兵士がひとりやってくるので、みんな黙る。みんな黒い布を受け取らねばならない。兵士はさらに先へ進む）

医者　やつらが住民全部にこの布を配るさまはどうだ。大声ひとつ出さずに！　これぞ組織というものだ。よくごらん！　うまくいってる。

某氏　でもこれはにおうな。

冷や汗…

（彼らは自分たちに配られた布のにおいをくんくんかぐ）

（バルプリーンは医者と主人のいるグループへやってきて、袖をつまんでささやく。みんな背を向ける。彼女はさらにさまよう）

ZWÖLFTES BILD

Was sagt sie?
DOKTOR Das ist ja Unsinn.
WIRT Das wird sie teuer zu stehen kommen.
DOKTOR Nur jetzt kein Widerstand.
   (Barblin tritt zu einer andern Gruppe, zupft sie am Ärmel und flüstert, man kehrt ihr den Rücken, sie irrt weiter.)
WIRT Wenn ich es mit eignen Augen gesehen hab! Hier an dieser Stelle. Erwiesen? Er fragt, ob das erwiesen sei. Wer sonst soll diesen Stein geworfen haben?
JEMAND Ich frag ja bloß.
WIRT Einer von uns vielleicht?
JEMAND Ich war nicht dabei.
WIRT Aber ich!
   (Der Doktor legt den Finger auf den Mund.)
Hab ich vielleicht den Stein geworfen?
DOKTOR Still.
WIRT – ich?

医者　あの娘は何て言ってるんだ？
主人　ほんとばかげたことだ。
医者　あの娘は高い代償を払うことになるだろうな。
主人　今だけは抵抗しないことだ。

（バルブリーンはほかのグループのところに行き、袖をつまんでささやく。みんな背を向け、彼女はさらにさまよう）

主人　私がこの目で見たと言ったら！　ここで、この場所でだ。立証だって？　この人は立証されたかって聞くんだ。ほかの誰がこの石を投げたって言うんだ？
某氏　ただ聞いているだけだ。
主人　ひょっとしてわれわれの中の一人が？
某氏　私はい合わせなかった。
主人　じゃあ私！

（医者は指を口に当てる）

医者　しいっ。
主人　——私？ひょっとして私が石を投げたとでも？

ZWÖLFTES BILD

DOKTOR Wir sollen nicht sprechen.

WIRT Hier, genau an dieser Stelle, bitte sehr, hier lag der Stein, ich hab ihn ja selbst gesehen, ein Pflasterstein, ein loser Pflasterstein, und so hat er ihn genommen –

(Der Wirt nimmt einen Pflasterstein.)

– so...

(Hinzu tritt der Tischler.)

TISCHLER Was ist los?

DOKTOR Nur keine Aufregung.

TISCHLER Wozu diese schwarzen Tücher?

DOKTOR Judenschau.

TISCHLER Was sollen wir damit?

(Die schwarzen Soldaten, die den Platz umstellen, präsentieren plötzlich das Gewehr: ein Schwarzer, in Zivil, geht mit flinken kurzen Schritten über den Platz.)

DOKTOR Das war er.

TISCHLER Wer?

DOKTOR Der Judenschauer.

医者　われわれはしゃべっちゃいけない。
主人　ここだ、まさしくこの場所だ、間違いない、ここに石があった。私はこの目で見たんだ、舗道の敷石を、ゆるんだ敷石をね。そうしてあいつがその石を手に取った――
（敷石のひとつを手に取る）
――こんなふうに…
（指物師がそこへ寄ってくる）
指物師　どうしたんだ？　何が起きたんだ？
医者　絶対に興奮するな。
指物師　この黒い布は何に使うんだ？
医者　ユダヤ人選別にだ。
指物師　この布で何をしろって言うんだ？
医者　ユダヤ人選別に。
指物師　あれがその男だ。
医者　誰だって？
指物師　ユダヤ人選別官だ。
（広場を取り囲んでいる黒い制服の兵士たちは突然、捧げ銃をする。黒い私服の男がすばやい小刻みな足取りで、広場を横切ってゆく）

ZWÖLFTES BILD

(Die Soldaten schmettern das Gewehr bei Fuß.)

WIRT – und wenn der sich irrt?

DOKTOR Der irrt sich nicht.

WIRT – was dann?

DOKTOR Wieso soll er sich irren?

WIRT – aber gesetzt den Fall: was dann?

DOKTOR Der hat den Blick. Verlaßt euch drauf! Der riecht's. Der sieht's am bloßen Gang, wenn einer über den Platz geht. Der sieht's an den Füßen.

JEMAND Drum sollen wir die Schuh ausziehen?

DOKTOR Der ist als Judenschauer geschult.

(Barblin erscheint wieder und sucht Gruppen, wo sie noch nicht gewesen ist, sie findet den Gesellen, zupft ihn am Ärmel und flüstert, der Geselle macht sich los.)

GESELLE Du laß mich in Ruh!

(Der Doktor steckt sich einen Zigarillo an.)

Die ist ja übergeschnappt. Keiner soll über den Platz gehn, sagt sie, dann sollen sie uns alle holen. Sie will ein Zeichen geben. Die ist ja übergeschnappt.

第十二景

(兵士たちは銃を足元にどすんと置く)

主人 ――それでもしあの男が間違えたら?

医者 あの男は間違えない。

主人 ――もしもそうなったら?

医者 ――どうしてあの男が間違うなんてことがあるんだ?

主人 ――仮にそうなった場合にだ。どうなるんだ?

医者 目は確かだ。信用しろ! 鼻もいい。広場を横切るときの歩き方だけで見分けられる。足元を見ればわかるんだ。

某氏 だからわれわれは靴を脱がなきゃいけないのか?

医者 あの男はユダヤ人選別官として修練を積んだんだ。

(バルブリーンがまた現れ、それまで近寄ったことのないグループを探す。彼女は指物師の弟子を見つけ、袖をつまんで、ささやく。弟子は払いのける)

弟子 放っといてくれ!

(医者が小さな葉巻に火をつける)

彼女はほんとに狂ってる。誰も広場を横切っちゃいけないって、言ってる。ほんとに狂ってる。そしたらみんな引っ張っていかれるって。彼女は知らせたがっている。ほんとに狂ってる。

ZWÖLFTES BILD

(Ein schwarzer Soldat sieht, daß der Doktor raucht, und tritt zum Doktor, das Gewehr mit aufgepflanztem Bajonett stoßbereit, der Doktor erschrickt, wirft seinen Zigarillo aufs Pflaster, zertritt ihn und ist bleich.)

Sie haben ihn gefunden, heißt es...

(Trommeln)

Jetzt geht's los.

(Sie ziehen die Tücher über den Kopf.)

WIRT Ich zieh kein schwarzes Tuch über den Kopf!
JEMAND Wieso nicht?
WIRT Das tu ich nicht!
GESELLE Befehl ist Befehl.
WIRT Wozu das?
DOKTOR Das machen sie überall, wo einer sich versteckt. Das habt ihr davon. Wenn wir ihn ausgeliefert hätten sofort –

(Der Idiot erscheint.)

WIRT Wieso hat der kein schwarzes Tuch?
JEMAND Dem glauben sie's, daß er keiner ist.

（黒い制服の兵士がひとり、医者が葉巻を吸っているのを見て、銃剣の突いた銃を構えて医者に歩み寄る。医者はびっくりして、吸っていた葉巻を舗道に投げ捨て、踏み消し、まっ青になる）

やつらはあいつを見つけたってことだな。

（太鼓の音）

いよいよ始まるぞ。

某氏　（彼らは黒い布を頭にかぶる）

主人　黒い布なんかかぶるもんか！

某氏　どうしてかぶらないんだ？

主人　お断りだ！

弟子　命令は命令だ。

主人　何のためにそんなことを？

医者　やつらはアレが潜んでいるところではどこでもこうするんだ。あんたたちもとばっちりを受ける。われわれがすぐにあいつを引き渡していれば——

（白痴が現れる）

主人　どうしてこいつは黒い布をかぶってないんだ？

某氏　こいつがアレじゃないことをやつらは知っている。

ZWÖLFTES BILD

(Der Idiot grinst und nickt, geht weiter, um überall die Vermummten zu mustern und zu grinsen. Nur der Wirt steht noch unvermummt.)

WIRT Ich zieh kein schwarzes Tuch über den Kopf!

VERMUMMTER Dann wird er ausgepeitscht.

WIRT – ich?

VERMUMMTER Er hat das gelbe Plakat nicht gelesen.

WIRT Wieso ausgepeitscht?

(Trommelwirbel)

VERMUMMTER Jetzt geht's los.

VERMUMMTER Nur keine Aufregung.

VERMUMMTER Jetzt geht's los.

(Trommelwirbel)

WIRT Ich bin der Wirt. Warum glaubt man mir nicht? Ich bin der Wirt, jedes Kind weiß, wer ich bin, ihr alle, euer Wirt...

VERMUMMTER Er hat Angst!

第十二景

（白痴はにやにや笑って、うなずき、先へ進み、いたるところで覆面をした〈＝黒い布をかぶった〉人たちをじろじろ見てはにやにや笑っている。主人だけがまだ覆面をかぶっていない）

主人　　黒い布なんかかぶるもんか！

覆面の男　だったら鞭で引っぱたかれるだろうな。

主人　　――私が？

覆面の男　黄色のポスターを読んでないんですね。

主人　　どうして鞭で引っぱたかれるんだ？

（太鼓の連打）

覆面の男　いよいよ始まるぜ。

覆面の男　興奮しちゃだめだ。

覆面の男　いよいよ始まるぜ。

（太鼓の連打）

主人　　私は居酒屋の主人だ。どうしてみんな私を信じないんだ？　私は居酒屋の主人だ。あんたたちもみんな、あんたたちの居酒屋の主人を知ってる…どんな子どもも私が誰か知ってる。

覆面の男　あいつは怖がってる！

ZWÖLFTES BILD

WIRT Erkennt ihr mich denn nicht?
VERMUMMTER Er hat Angst, er hat Angst!
(Einige Vermummte lachen.)
WIRT Ich zieh kein schwarzes Tuch über den Kopf...
VERMUMMTER Er wird ausgepeitscht.
WIRT Ich bin kein Jud!
VERMUMMTER Er kommt in ein Lager.
WIRT Ich bin kein Jud!
VERMUMMTER Er hat das gelbe Plakat nicht gelesen.
WIRT Erkennt ihr mich nicht? Du da? Ich bin der Wirt. Wer bist du? Das könnt ihr nicht machen. Ihr da! Ich bin der Wirt, ich bin der Wirt. Erkennt ihr mich nicht? Ihr könnt mich nicht einfach im Stich lassen. Du da. Wer bin ich?
(Der Wirt hat den Lehrer gefaßt, der eben mit der Mutter erschienen ist, unvermummt.)
LEHRER Du bist's, der den Stein geworfen hat?
(Der Wirt läßt den Plasterstein fallen.)

主人　あんたたちは私のことを知らないのか？

覆面の男　彼は私のことを知らないのか、怖がってる！

（何人かの覆面をした人たちが笑う）

主人　黒い布なんかかぶるもんか…

覆面の男　あいつはユダヤ人だ、鞭で引っぱたかれる。

主人　私はユダヤ人じゃない！

覆面の男　あいつは収容所送りだ。

主人　私はユダヤ人じゃない！

覆面の男　黄色のポスターを読まなかったんだな。あんたたちは私がわからないのか？　そこのあんた？　私は居酒屋の主人だ。あんたたちは私を覚えてないのか？　そこのあんた、あんたたちは私を見殺しになんか絶対にできないぞ。そこのあんた。私は誰だ？

主人　あんたたちはそんなことは許されないぞ。私は誰だ？

教師　あんただな、石を投げたのは？

（主人はちょうどそのときに覆面をせずに妻と現れた教師を捕まえる）

（主人は持っていた敷石を落とす）

Warum sagst du, mein Sohn hat's getan?
(Der Wirt vermummt sich und mischt sich unter die Vermummten, der Lehrer und die Mutter stehen allein.)
LEHRER Wie sie sich alle vermummen!
(Pfiff)
VERMUMMTER Was soll das bedeuten?
VERMUMMTER Schuh aus.
VERMUMMTER Wer?
VERMUMMTER Alle.
VERMUMMTER Jetzt?
VERMUMMTER Schuh aus, Schuh aus.
VERMUMMTER Wieso?
VERMUMMTER Er hat das gelbe Plakat nicht gelesen...
(Alle Vermummten knien nieder, um ihre Schuhe auszuziehen, Stille, es dauert eine Weile.)
LEHRER Wie sie gehorchen!
(Ein schwarzer Soldat kommt, auch der Lehrer und die Mutter müssen ein schwarzes Tuch nehmen.)
VERMUMMTER Ein Pfiff, das heißt: Schuh aus. Laut Plakat.

どうしてあんたは私の息子がしたなんて言うんだ？
（主人は覆面をして、覆面をした人々の中に紛れ込む。教師と妻はふたりだけ離れて立っている）
何と、みんな覆面をしている！

（笛の音）

覆面の男　あれは何のことだ？
覆面の男　靴を脱げ。
覆面の男　誰が？
覆面の男　みんなだ。
覆面の男　今？
覆面の男　靴を脱げ、靴を脱げ。
覆面の男　どうして？
覆面の男　あいつは黄色のポスターを読まなかった…
教師　　　みんな何と従順なことか！
（覆面をした人たちはみんなひざまずいて、靴を脱ぐ。静寂。それがしばらく続く）
（黒い制服の兵士がひとりやってくる。教師とその妻も黒い布を受け取らないといけない）

覆面の男　笛一つは、「靴を脱げ」ってことだ。ポスターに書かれてあるとおり。笛二つは

Und zwei Pfiff, das heißt: marschieren.
VERMUMMTER Barfuß?
VERMUMMTER Was sagt er?
VERMUMMTER Schuh aus, Schuh aus.
VERMUMMTER Und drei Pfiff, das heißt: Tuch ab.
VERMUMMTER Wieso Tuch ab?
VERMUMMTER Alles laut Plakat.
VERMUMMTER Was sagt er?
VERMUMMTER Alles laut Plakat.
VERMUMMTER Was heißt zwei Pfiff?
VERMUMMTER Marschieren?
VERMUMMTER Wieso barfuß?
VERMUMMTER Und drei Pfiff, das heißt: Tuch ab.
VERMUMMTER Wohin mit den Schuhn?
VERMUMMTER Wieso Tuch ab?
VERMUMMTER Wohin mit den Schuhn?

「行進しろ」だ。

覆面の男　はだしで？
覆面の男　何を言ってる？
覆面の男　靴を脱げ、靴を脱げ。
覆面の男　笛三つは「覆面を取れ」だ。
覆面の男　どうして覆面を取るんだ？
覆面の男　すべてポスターに書いてある。
覆面の男　何を言ってる？
覆面の男　すべてポスターどおり。
覆面の男　笛二つは何だ？
覆面の男　行進か？
覆面の男　どうしてはだしで？
覆面の男　そして笛三つは覆面を取れってことだ。
覆面の男　靴はどこへやる？
覆面の男　どうして覆面を取るんだ？
覆面の男　靴はどこへやる？

ZWÖLFTES BILD

VERMUMMTER Tuch ab, das heißt: das ist der Jud.
VERMUMMTER Alles laut Plakat.
VERMUMMTER Kein Andorraner hat etwas zu fürchten.
VERMUMMTER Was sagt er?
VERMUMMTER Kein Andorraner hat etwas zu fürchten.
VERMUMMTER Wohin mit den Schuhn?
(Der Lehrer, unvermummt, tritt mitten unter die Vermummten und ist der einzige, der steht.)
LEHRER Andri ist mein Sohn.
VERMUMMTER Was können wir dafür.
LEHRER Hört ihr, was ich sage?
VERMUMMTER Was sagt er?
VERMUMMTER Andri sei sein Sohn.
VERMUMMTER Warum versteckt er sich denn?
LEHRER Ich sage: Andri ist mein Sohn.
VERMUMMTER Jedenfalls hat er den Stein geworfen.
LEHRER Wer von euch sagt das?

第十二景

覆面の男　覆面を取ってことは、そいつがユダヤ人てことだな。すべてポスターどおりだ。
覆面の男　アンドラの住民は何も恐れることはない。
覆面の男　何を言ってるんだ？
覆面の男　アンドラの住民は何も恐れることはない。
覆面の男　靴はどこへやる？

（教師は覆面をつけずに覆面の男たちの中に入ってゆく。彼だけが立っている）

教師　アンドリは私の息子だ。
覆面の男　われわれに何ができる。
教師　あんたたちは私の言うことを聞いているか？
覆面の男　彼は何を言ってる？
覆面の男　アンドリは彼の息子だって。
覆面の男　それじゃどうして息子は隠れてるんだ？
教師　私が言ってるのは、アンドリは私の息子だってことだ。
覆面の男　いずれにせよあんたの息子が石を投げたんだ。
教師　あんたたちの誰がそんなことを言ってるんだ？

ZWÖLFTES BILD

VERMUMMTER Wohin mit den Schuhn?

LEHRER Warum lügt ihr? Einer von euch hat's getan. Warum sagt ihr, mein Sohn hat's getan –

(Trommelwirbel)

Wer unter ihnen der Mörder ist, sie untersuchen es nicht. Tuch drüber! Sie wollen's nicht wissen. Tuch darüber! Daß einer sie fortan bewirtet mit Mörderhänden, es stört sie nicht. Wohlstand ist alles! Der Wirt bleibt Wirt, der Amtsarzt bleibt Amtsarzt. Schau sie dir an! wie sie ihre Schuhe richten in Reih und Glied. Alles laut Plakat! Und einer von ihnen ist doch ein Meuchelmörder. Tuch darüber! Sie hassen nur den, der sie daran erinnert –

(Trommelwirbel)

Ihr seid ein Volk! Herrgott im Himmel, den es nicht gibt zu eurem Glück, ihr seid ein Volk!

(Auftritt der Soldat mit der Trommel.)

SOLDAT Bereit?

第十二景

覆面の男　靴はどこにやる？

教師　どうしてあんたたちはうそをつくんだ？　あんたたちのひとりがそれをやったんだ。どうして私の息子がやったなんて言うんだ——

（太鼓の連打）

自分たちの中の誰が人殺しなのか、やつらは調べようともしない。布をかぶせろ！　誰かが今後も人殺しの手でやつらをもてなしても、やつらは平気なんだ。豊かさがすべてなんだ！　居酒屋の主人は主人のまま、診療所の医者は医者のままだ。やつらを見なさい！　自分たちの靴を何てきちんと並べて置いていることか。すべてポスターどおりだ！　やつらの中の誰かが暗殺者なんだ。布をかぶせろ！　やつらはただ自分たちにそのことを思い出させる者を憎むんだ——

兵士　用意はいいか？

（太鼓を持った兵士の登場）

あんたたちはひとつの民族だ！　天にまします神さま、でもあんたたちの幸せのためにおられるわけではない。あんたたちはひとつの民族だ！

ZWÖLFTES BILD

(Alle Vermummten erheben sich, ihre Schuhe in der Hand.)
Die Schuh bleiben am Platz. Aber ordentlich! Wie bei der Armee. Verstanden? Schuh neben Schuh. Wird's? Die Armee ist verantwortlich für Ruhe und Ordnung. Was macht das für einen Eindruck! Ich habe gesagt: Schuh neben Schuh. Und hier wird nicht gemurrt.
(Der Soldat prüft die Reihe der Schuhe.)
Die da!
VERMUMMTER Ich bin der Wirt.
SOLDAT Zu weit hinten!
(Der Vermummte richtet seine Schuhe aus.)
Ich verlese nochmals die Order.
(Ruhe)
»Bürger von Andorra! Die Judenschau ist eine Maßnahme zum Schutze der Bevölkerung in befreiten Gebieten, beziehungsweise zur Wiederherstellung von Ruhe und Ordnung. Kein Andorraner hat etwas zu fürchten. Ausführungsbestimmungen siehe gelbes Plakat.« Ruhe! »Andorra, 15. September. Der Oberbefehlshaber.« – Wieso haben Sie kein Tuch überm Kopf?
LEHRER Wo ist mein Sohn?

(覆面をした男たちはみんな手に靴を持って、立ち上がる)

靴はその場に置いたままにしろ。だが整頓して。軍隊のように。いいか？　きっちり並べて。できたか？　靴はきっちり並べろって。ここでは不平は許されんぞ。

(兵士は靴の列を調べる)

そこ！この靴！

覆面の男　私は居酒屋の主人だ。

兵士　引っ込みすぎだ！

(覆面の男は自分の靴を整頓する)

もう一度命令を読み上げる。

(静粛)

「アンドラの市民に告ぐ！　ユダヤ人選別集会は解放された地区の住民を保護するための、ならびに治安と秩序の回復のための処置である。アンドラの住民は何も恐れることはない。実施規定に関しては黄色のポスターを見よ」。静粛に！「アンドラ、九月十五日。最高司令官」。——どうしてあんたは布をかぶらんのだ？

教師　私の息子はどこにいる？

ZWÖLFTES BILD

SOLDAT Wer?

LEHRER Wo ist Andri?

SOLDAT Der ist dabei, keine Sorge, der ist uns nicht durch die Maschen gegangen. Der marschiert. Barfuß wie alle andern.

LEHRER Hast du verstanden, was ich sage?

SOLDAT Ausrichten! Auf Vordermanngehen!

LEHRER Andri ist mein Sohn.

SOLDAT Das wird sich jetzt zeigen –

(Trommelwirbel)

Ausrichten!

(Die Vermummten ordnen sich.)

Also, Bürger von Andorra, verstanden: 's wird kein Wort geredet, wenn der Judenschauer da ist. Ist das klar? Hier geht's mit rechten Dingen zu, das ist wichtig. Wenn gepfiffen wird: stehenbleiben auf der Stelle. Verstanden? Achtungstellung wird nicht verlangt. Ist das klar? Achtungstellung macht nur die Armee, weil sie's geübt hat. Wer kein Jud ist, ist frei. Das heißt: Ihr geht sofort an die Arbeit. Ich schlag die Trommel.

兵士　誰のことだ？
教師　アンドリはどこにいる？
兵士　あいつならここにいる、心配するな、われわれの網の目をくぐり抜けてはいない。あいつも行進する。ほかのみんなと同じようにはだしで。
教師　君は私の言ってることがわかったのか？
兵士　整列！　前へならえ！
教師　アンドリは私の息子なんだ。
兵士　今にはっきりする——

（太鼓の連打）

整列！

（覆面の男たちは整列する）

さて、アンドラの市民よ、わかったか。ユダヤ人選別官がここに来られたら一言も話してはだめだ。いいか？　ここでは万事が正しく行われる。それが重要だ。笛が鳴ったらその場で止まれ。わかったな？　気をつけの姿勢はとらんでいい。いいか？　気をつけの姿勢をとるのは軍隊だけだ。訓練してきたからな。ユダヤ人でない者は釈放される。すぐに仕事につけということだ。私は太鼓を打つ。

339

ZWÖLFTES BILD

(Der Soldat tut es.)

Und so einer nach dem andern. Wer nicht stehenbleibt, wenn der Judenschauer pfeift, wird auf der Stelle erschossen. Ist das klar?

(Glockenbimmeln)

LEHRER Wo bleibt der Pater in dieser Stunde?

SOLDAT Der betet wohl für den Jud!

LEHRER Der Pater weiß die Wahrheit –

(Auftritt der Judenschauer)

SOLDAT Ruhe!

(Die schwarzen Soldaten präsentieren das Gewehr und verharren in dieser Haltung, bis der Judenschauer, der sich wie ein schlichter Beamter benimmt, sich auf den Sesselgesetzt hat inmitten des Platzes. Gewehr bei Fuß. Der Judenschauer nimmt seinen Zwicker ab, putzt ihn, setzt ihn wieder auf. Auch der Lehrer und die Mutter sind jetzt vermummt. Der Judenschauer wartet, bis das Glockenbimmeln verstummt ist, dann gibt er ein Zeichen; zwei Pfiffe.)

Der erste!

(Niemand rührt sich.)

Los, vorwärts, los!

第十二景

（兵士は太鼓をたたく）

これを合図にひとりずつ歩くんだ。ユダヤ人選別官が笛を吹いたときに立ち止まらない者はただちに射殺される。いいか？

（鐘の音）

教師　神父さんは今どこにおられるのだろう？
兵士　きっとユダヤ人の青年のために祈っているよ！
教師　神父さんは真実を知っておられる——

（ユダヤ人選別官の登場）

兵士　静粛に！

（黒い制服の兵士たちは捧げ銃をして、ユダヤ人選別官が実直な役人のような振る舞いで広場の中央の肘掛け椅子に座るまで、この姿勢を維持している。銃を足元へ戻す。ユダヤ人選別官は鼻眼鏡を取って、それを拭き、ふたたびかける。教師とその妻も今は覆面をしている。ユダヤ人選別官は鐘の音がやむのを待ち、合図を送る。笛の音がふたつ）

最初の者！

（誰も動かない）

行け、前進だ、行け！

(Der Idiot geht als erster.)

Du doch nicht!

(Angstgelächter unter den Vermummten)

Ruhe!

(Trommelschlag)

Was ist denn los, verdammt nochmal, ihr sollt über den Platz gehen wie gewöhnlich. Also los – vorwärts!

(Niemand rührt sich.)

Kein Andorraner hat etwas zu fürchten...

(Barblin, vermummt, tritt vor.)

Hierher!

(Barblin tritt vor den Judenschauer und wirft ihm das schwarze Tuch vor die Stiefel.)

Was soll das?

BARBLIN Das ist das Zeichen.

(Bewegung unter den Vermummten.)

Sag's ihm: Kein Andorraner geht über den Platz! Kei-

（白痴が最初に行く）

おまえじゃない！

（覆面の男たちからおびえた笑い声）

静粛に！

（太鼓の音）

いったいどうしたんだ、くそいまいましい、いつものように広場を歩いてゆけ。さあ行け——前進だ！

（誰も動かない）

アンドラの住民は何も恐れることはない…

（覆面をしたバルブリーンが進み出る）

こちらへ！

（バルブリーンはユダヤ人選別官の前へ進み出て、彼の長靴の前に黒い布を投げ捨てる）

どういうことだ？

バルブリーン これが合図よ。

（覆面の人たちのあいだで動揺）

この人に言って。アンドラの住民は誰も広場を歩きません！ 私たちはひとりも！

ner von uns! Dann sollen sie uns peitschen. Sag's ihm! Dann sollen sie uns alle erschießen.

(Zwei schwarze Soldaten fassen Barblin, die sich vergeblich wehrt. Niemand rührt sich. Die schwarzen Soldaten ringsum haben ihre Gewehre in den Anschlag genommen. Alles lautlos. Barblin wird weggeschleift.)

SOLDAT ...Also los jetzt. Einer nach dem andern. Muß man euch peitschen? Einer nach dem andern.

(Jetzt gehen sie.)

Langsam, langsam!

(Wer vorbei ist, zieht das Tuch vom Kopf.)

Die Tücher werden zusammengefaltet. Aber ordentlich! hab ich gesagt. Sind wir ein Saustall hierzuland? Das Hoheitszeichen kommt oben rechts. Was sollen unsre Ausländer sich denken!

(Andere gehen zu langsam.)

Aber vorwärts, daß es Feierabend gibt.

(Der Judenschauer mustert ihren Gang aufmerksam, aber mit der Gelassenheit der Gewöhnung und von seiner Sicherheit gelangweilt. Einer strauchelt über den Pflasterstein.)

Schaut euch das an!

そうなったら私たちを鞭で引っぱたけばいい。この人に言って！　そうなったら私たちをみんな射殺すればいい。

（黒い制服の兵士がふたり、バルブリーンを捕らえる。彼女は抵抗するが無駄である。誰も動かない。周りの黒い制服の兵士たちは銃を構えている。すべてが音もなく行われる。バルブリーンは引っ張ってゆかれる）

兵士　…さあ進むんだ。ひとりずつ順番に。鞭で引っぱたかないとだめか？　ひとりずつ。

（今度はみんな歩き出す）

ゆっくり、ゆっくり！

（通り過ぎた者は、頭から布を取る）

布はたたむんだ。きっちりと！　言ったろう。ここの連中はみんな無秩序なのか？　わが国の外国人がどう思うか！　国の紋章は右上に来るんだ。

早く仕事が終わるよう、前進するんだ。

（ほかの人たちはひどくゆっくり歩く）

（ユダヤ人選別官はみんなの歩きぶりを注意深く眺めている。だが慣れによる冷静さと自信から退屈しながら。ひとりが敷石につまずく）

あれを見ろよ！

ZWÖLFTES BILD

VERMUMMTER Ich heiße Prader.
SOLDAT Weiter.
VERMUMMTER Wer hat mir das Bein gestellt?
SOLDAT Niemand.
  (Der Tischler nimmt sein Tuch ab.)
  Weiter, sag ich, weiter. Der Nächste. Und wer vorbei ist, nimmt sofort seine Schuh. Muß man euch alles sagen, Herrgott nochmal, wie in einem Kindergarten?
  (Trommelschlag)
TISCHLER Jemand hat mir das Bein gestellt.
SOLDAT Ruhe!
  (Einer geht in falscher Richtung.)
  Wie die Hühner, also wie die Hühner!
  (Einige, die vorbei sind, kichern.)
VERMUMMTER Ich bin der Amtsarzt.
SOLDAT Schon gut, schon gut.
  (Der Doktor nimmt sein Tuch ab.)

覆面の男　私の名はプラーダだ。

兵士　どんどん行け。

覆面の男　誰が私の前に足を突き出したんだ？

兵士　誰もしてない。

（指物師が布を取る）

どんどん進め、進めと言ってるんだ。次の者。通り過ぎたらただちに自分の靴を取るんだ。幼稚園にいるみたいにまた全部言わないとだめなのか、こんちくしょう？

（太鼓の音）

指物師　誰かが私の前に足を突き出した。

兵士　静粛に！

（ひとりが間違った方向に行く）

鶏みたいだ、まったく鶏みたいだ！

（通り過ぎた何人かがくすくす笑う）

覆面の男　私は診療所の医者だ。

兵士　もういい、もういい。

（医者は布を取る）

Nehmen Sie Ihre Schuh.
DOKTOR Ich kann nicht sehen, wenn ich ein Tuch über dem Kopf habe. Das bin ich nicht gewohnt. Wie soll ich gehen, wenn ich keinen Boden sehe!
SOLDAT Weiter, sag ich, weiter.
DOKTOR Das ist eine Zumutung!
SOLDAT Der Nächste.

(Trommelschlag)

Könnt ihr eure verdammten Schuh nicht zuhaus anziehen? Wer frei ist, hab ich gesagt, nimmt seine Schuh und verschwindet. Was steht ihr da herum und gafft?

(Trommelschlag)

Der Nächste.
DOKTOR Wo sind meine Schuhe? Jemand hat meine Schuhe genommen. Das sind nicht meine Schuhe.
SOLDAT Warum nehmen Sie grad die?
DOKTOR Sie stehen an meinem Platz.
SOLDAT Also wie ein Kindergarten!
DOKTOR Sind das vielleicht meine Schuhe?

第十二景

医者　靴を取れ。布を頭にかぶってると何も見えない。こんなことには慣れていないんだ。地面が見えないのにどうやって歩けというんだ。

兵士　どんどん進め、どんどん進めと言ってるんだ。

医者　無理な要求だ！

兵士　次。

医者　おまえたちのいまいましい靴は家に帰ってからはいてくれないか？　釈放されたら、言ったとおり靴を持って、消えろ。どうしてぼんやり突っ立って、見とれてるんだ？

（太鼓の音）

次。

（太鼓の音）

医者　私の靴はどこだ？　誰かが私の靴を持っていった。これは私の靴じゃない。

兵士　どうしてその靴を取るんだ？

医者　私が置いた場所にあったからだよ。

兵士　ほんとに幼稚園みたいだな！

医者　ひょっとするとこれが私の靴かな？

ZWÖLFTES BILD

(Trommelschlag)

Ich gehe nicht ohne meine Schuhe.

SOLDAT Jetzt machen Sie keine Krämpfe!

DOKTOR Ich gehe nicht barfuß. Das bin ich nicht gewohnt. Und sprechen Sie anständig mit mir. Ich lasse mir diesen Tonfall nicht gefallen.

SOLDAT Also was ist dennlos?

DOKTOR Ich mache keine Krämpfe.

SOLDAT Ich weiß nicht, was Sie wollen.

DOKTOR Meine Schuhe.

(Der Judenschauer gibt ein Zeichen; ein Pfiff.)

SOLDAT Ich bin im Dienst!

(Trommelschlag)

Der Nächste.

(Niemand rührt sich.)

DOKTOR Das sind nicht meine Schuhe!

(Der Soldat nimmt ihm die Schuhe aus der Hand.)

第十二景

(太鼓の音)

兵士　靴なしには行けない。

　　　こんなとこで虚勢を張るのはよせ！はだしでは帰れない。慣れてないから無理だ。くれ。こんな口調はがまんできない。それから私には礼儀正しく話をして

兵士　いったいどうしたんだ？

医者　私は虚勢なんて張ってない。

兵士　あんたが何を望んでいるのかわからない。

医者　私の靴だ。

　　　(ユダヤ人選別官が合図する。笛の音)

兵士　私は職務中だ！

　　　(太鼓の音)

　　　次の者。

　　　(誰も動かない)

医者　これは私の靴じゃない！

　　　(兵士は医者の手から靴を取る)

ZWÖLFTES BILD

Ich beschwere mich, jawohl, ich beschwere mich, jemand hat meine Schuhe vertauscht, ich gehe keinen Schritt und wenn man mich anschnauzt, schon gar nicht.
SOLDAT Wem gehören diese Schuh?
DOKTOR Ich heiße Ferrer –
SOLDAT Wem gehören diese Schuh?
   (*Er stellt sich vorne an die Rampe.*)
's wird sich ja zeigen!
DOKTOR Ich weiß genau, wem die gehören.
SOLDAT Also weiter!
   (*Trommelschlag*)
Der Nächste.
   (*Niemand rührt sich.*)
DOKTOR – ich habe sie.
   (*Niemand rührt sich.*)
SOLDAT Wer hat denn jetzt wieder Angst?
   (*Sie gehen wieder einer nach dem andern, das Verfahren ist eingespielt, so daß es langweilig wird. Einer von denen, die*

私は文句を言う、そうとも、文句を言う。誰かが私の靴を取り違えた。私は一歩も歩けない。たとえどんなに怒鳴りつけられても、絶対無理だ。

兵士　この靴は誰のだ？
医者　私の名はフェラーだ——
兵士　この靴は誰のものだ？
　　　（それを前方の舞台ばなに置く）
医者　誰のものかはっきりわかってる。
兵士　いいからどんどん進め！
　　　（太鼓の音）
　　　そのうちわかるよ！
　　　次の者。
医者　——これは私のだ。
兵士　（誰も動かない）
　　　（誰も動かない）
　　　いったい誰が今になってまた怖がってるんだ？
　　　（またひとりずつ歩き出す。選別の方法はやりなれたものなので、退屈になってくる。ユダヤ人選別官の

第十二景

353

ZWÖLFTES BILD

vorbeigegangen sind vor dem Judenschauer und das Tuch vom Kopf nehmen, ist der Geselle.)
GESELLE Wie ist das mit dem Hoheitszeichen?
EINER Oben rechts.
GESELLE Ob er schon durch ist?
(Der Judenschauer gibt wieder ein Zeichen; drei Pfiffe.)
SOLDAT Halt!
(Der Vermummte steht.)
Tuch ab.
(Der Vermummte rührt sich nicht.)
Tuch ab, Jud, hörst du nicht!
(Der Soldat tritt zu dem Vermummten und nimmt ihm das Tuch ab, es ist der Jemand, starr vor Schrecken.)
Der ist's nicht. Der sieht nur so aus, weil er Angst hat. Der ist es nicht. So hab doch keine Angst! Der sieht nämlich ganz anders aus, wenn er lustig ist...
(Der Judenschauer hat sich erhoben, umschreitet den Jemand, mustert lang und beamtenhaft – unbeteiligt – gewissenhaft. Der Jemand entstellt sich zusehends. Der Ju-

第十二景

（前を通り過ぎて頭から布を取る者のひとりに指物師の弟子がいる）

弟子　国の紋章はどうするんだっけ？

ある男　右上だ。

弟子　やつはもう合格したのか？

（ユダヤ人選別官がまた合図する。笛の音三つ）

兵士　止まれ！

（覆面の男は立ち止まる）

布を取れ。

（覆面の男は動かない）

布を取れ、ユダヤ人、聞こえないのか！

（覆面の男に歩み寄り、布を取る。それは某氏で驚愕のあまり身体が硬直している）

この男ではありません。こいつはアレではありません。怖がっちゃいけない！　朗らかなときにはまったく様子が違うのですから…

──無関心に──きっちりと。某氏はみるみるうちに形相を変える。ユダヤ人選別官は某氏のあごの下

（ユダヤ人選別官は立ち上がっており、某氏の周りを歩き、長いこと、役人らしく仔細に観察している

355

denschauer hält ihm seinen Kugelschreiber unters Kinn.)
Kopf hoch, Mensch, starr nicht wie einer!
(Der Judenschauer mustert noch die Füße, setzt sich wieder und gibt einen nachlässigen Wink.)
Hau ab, Mensch!
(Entspannung in der Menge)
DOKTOR Der irrt sich nicht. Was hab ich gesagt? Der irrt sich nie, der hat den Blick...
(Trommelschlag)
SOLDAT Der Nächste.
(Sie gehen wieder im Gänsemarsch)
Was ist denn das für eine Schweinerei, habt ihr kein eignes Taschentuch, wenn ihr schwitzt, ich muß schon sagen!
(Ein Vermummter nimmt den Pflasterstein.)
Heda, was macht denn der?
VERMUMMTER Ich bin der Wirt –
SOLDAT Was kümmert Sie dieser Pflasterstein?

にボールペンを当てる）
頭(かしら)を上げろ、きさま、そう硬くなるな！
（ユダヤ人選別官はさらに足を観察し、ふたたび座って、面倒くさそうに合図する）
失せろ、きさま！
（群衆の中にほっとした様子）

医者　あの人は間違わない。私は何と言った？　あの人は間違うことは決してない。見抜く力がある…
（太鼓の音）
兵士　次の者。
（ふたたびガチョウの行進が始まる）
何たる不潔さだ、おまえたちは汗をかいたとき用に、自分のハンカチを持ってないのか？　言いたくもなるよ！
（ひとりの覆面の男が敷石を取る）
こら、何をしてるんだ？
覆面の男　私は居酒屋の主人だ――
兵士　この敷石で何をする気だ？

ZWÖLFTES BILD

VERMUMMTER Ich bin der Wirt – ich – ich –
  (Der Wirt bleibt vermummt.)
SOLDAT Scheißen Sie deswegen nicht in die Hose!
  (Es wird da und dort gekichert, wie man über eine beliebte lächerliche Figur kichert, mitten in diese bängliche Heiterkeit hinein fällt der dreifache Pfiff auf das Zeichen des Judenschauers.)
  Halt. –
  (Der Lehrer nimmt sein Tuch ab.)
  Nicht Sie, der dort, der andre!
  (Der Vermummte rührt sich nicht.)
  Tuch ab!
  (Der Judenschauer erbebt sich.)
DOKTOR Der hat den Blick. Was hab ich gesagt? Der sieht's am Gang...
SOLDAT Drei Schritt vor!
DOKTOR Er hat ihn...
SOLDAT Drei Schritt zurück!
  (Der Vermummte gehorcht.)

第十二景

覆面の男　主人は覆面をしたままでいる——私は——私は——
（主人は覆面をしたままでいる）

兵士　だからといってズボンの中でくそを垂れるんじゃないぞ！
（あちこちで愉快な人気者を笑うときのようなくすくす笑い。このおびえた愉快さのまっただ中に、ユダヤ人選別官の合図に従い、笛の音が三つ鳴る）

止まれ——

あんたじゃない、そこにいるもうひとりのほうだ！
（覆面の男は動かない）

布を取れ！
（教師が布を取る）

医者　（ユダヤ人選別官は立ち上がる）

あの人は見抜く力がある。私は何て言った？　あの人は歩き方で見抜くんだ…

兵士　三歩前へ！

医者　とうとう見つけ…

兵士　三歩後ろへ！
（覆面の男は従う）

ZWÖLFTES BILD

Lachen!
DOKTOR Er hört's am Lachen...
SOLDAT Lachen! oder sie schießen.
   (Der Vermummte versucht zu lachen.)
Lauter!
   (Der Vermummte versucht zu lachen.)
DOKTOR Wenn das kein Judenlachen ist...
   (Der Soldat stößt den Vermummten.)
SOLDAT Tuch ab, Jud, es hilft dir nichts. Tuch ab. Zeig dein Gesicht. Oder sie schießen.
LEHRER Andri?!
SOLDAT Ich zähl auf drei.
   (Der Vermummte rührt sich nicht.)
Eins –
LEHRER Nein!
SOLDAT Zwei –
   (Der Lehrer reißt ihm das Tuch ab.)

第十二景

笑え！　あの人は笑い声を聞けばわかるんだ…

医者　笑え！　さもないと撃つぞ。

兵士　（覆面の男は笑おうとする）

もっと大きく！

（覆面の男は笑おうとする）

もしあれがユダヤ人の笑い声でなかったら…

（兵士は覆面の男を小突く）

兵士　布を取れ、ユダリ？

教師　アンドリ？

兵士　三つまで数える。

（覆面の男は動かない）

教師　よせ！

兵士　二つ――

（教師は覆面の男の布を引き剥がす）

361

ZWÖLFTES BILD

SOLDAT Drei...
LEHRER Mein Sohn!
  (Der Judenschauer umschreitet und mustert Andri.)
  Er ist mein Sohn!
  (Der Judenschauer mustert die Füße, dann gibt er ein Zeichen, genauso nachlässig wie zuvor, aber ein anderes Zeichen, und zwei schwarze Soldaten übernehmen Andri.)
TISCHLER Gehn wir.
  (Die Mutter tritt vor und nimmt ihr Tuch ab.)
SOLDAT Was will jetzt die?
MUTTER Ich sag die Wahrheit.
SOLDAT Ist Andri dein Sohn?
MUTTER Nein.
SOLDAT Hört ihr's! Hört ihr's?
MUTTER Aber Andri ist der Sohn von meinem Mann –
WIRT Die soll's beweisen.
MUTTER Das ist wahr. Und Andri hat den Stein nicht geworfen, das weiß ich auch, denn Andri war zu Haus,

第十二景

教師　私の息子だ！
　　　（ユダヤ人選別官はぐるりと回り、アンドリを仔細に観察する）
　　　私の息子だ！
　　　（ユダヤ人選別官は足を仔細に観察し、合図する。相変わらず面倒くさそうな、でも違った合図を送る。
　　　ふたりの黒い制服の兵士がアンドリを捕まえる）
指物師　帰ろう。
　　　三つ…
　　　（母親＝教師の妻が進み出て、布を取る）
兵士　何をするつもりだ、その女は？
母親　真実を申し上げます。
兵士　アンドリはあなたの息子か？
母親　いいえ。
兵士　みんな聞いたか！　みんな聞いたか？
母親　でもアンドリは私の夫の息子です──
主人　証明してもらおう。
母親　これは真実です。それにアンドリが石を投げたんじゃないってことも私は知ってま

363

als das geschehn ist. Das schwör ich. Ich war selbst zu Haus. Das weiß ich und das schwör ich bei Gott, dem Allmächtigen, der unser Richter ist in Ewigkeit.
WIRT Sie lügt.
MUTTER Laßt ihn los.
   (Der Judenschauer erhebt sich nochmals.)
SOLDAT Ruhe!
   (Der Judenschauer tritt nochmals zu Andri und wiederholt die Musterung, dann kehrt er die Hosentaschen von Andri, Münzen fallen heraus, die Andorraner weichen vor dem rollenden Geld, als ob es Lava wäre, der Soldat lacht.)
Judengeld.
DOKTOR Der irrt sich nicht...
LEHRER Was Judengeld? Euer Geld, unser Geld. Was habt ihr denn andres in euren Taschen?
   (Der Judenschauer betastet das Haar.)
Warum schweigst du?!

主人　この女はうそをついている。

　　　（ユダヤ人選別官はもう一度立ち上がる）

母親　その子を放してください！

　　　（ユダヤ人選別官はもう一度アンドリに歩み寄り、観察を繰り返す。それからアンドリのズボンのポケットを裏返す。硬貨がそこから転がり出る。アンドラの住民は転がる硬貨をまるで溶岩のようによけて後ずさりする。兵士は笑う）

兵士　静粛に！

　　　ユダヤ人の金だ。

医者　あの男は間違わない…

教師　何だって、ユダヤ人の金だって？　あんたたちの金だ、私たちの金だ。いったいあんたたちはポケットにお金以外の何を持ってるというんだ？

　　　（ユダヤ人選別官は髪に触れる）

　　　どうして黙ってるんだ？!

す。だってあの事件が起きたとき、アンドリは家にいたんです。誓って申し上げます。私自身も家にいました。私は知っているんです、だから神に誓って申し上げます。私たちの永遠の審判者である全能の神に。

ZWÖLFTES BILD

(Andri lächelt.)

Er ist mein Sohn, er soll nicht sterben, mein Sohn, mein Sohn!

(Der Judenschauer geht, die Schwarzen präsentieren das Gewehr; der Soldat übernimmt die Führung.)

SOLDAT Woher dieser Ring?
TISCHLER Wertsachen hat er auch...
SOLDAT Her damit!
ANDRI Nein.
SOLDAT Also her damit!
ANDRI Nein – bitte...
SOLDAT Oder sie hauen dir den Finger ab.
ANDRI Nein! Nein!

(Andri setzt sich zur Wehr.)

TISCHLER Wie er sich wehrt um seine Wertsachen...
DOKTOR Gehn wir...

(Andri ist von schwarzen Soldaten umringt und nicht zu sehen, als man seinen Schrei hört, dann Stille. Andri wird abgeführt.)

第十二景

（アンドリは微笑む）

これは私の息子だ、殺さないでくれ、私の息子だ、私の息子なんだ！

（ユダヤ人選別官は去る。黒い制服の兵士たちは捧げ銃をする。兵士が指揮を取る）

兵士　この指輪はどうしたんだ？

指物師　宝飾品も持ってるんだ…

兵士　こっちに寄こせ！

アンドリ　いやだ。

兵士　こっちに寄こすんだ！

アンドリ　いやだ――頼むから…

兵士　でないと指を切り落とすぞ。

アンドリ　いやだ！　いやだ！

（座り込んで抵抗する）

指物師　自分の宝飾品を取られないよう抵抗してる…

医者　帰ろう…

（アンドリは黒い制服の兵士たちに取り囲まれているので、彼の悲鳴が聞こえたときにもその姿は見えない。そのあと静寂。アンドリは連れ去られる）

367

ZWÖLFTES BILD

LEHRER Duckt euch. Geht heim. Ihr wißt von nichts. Ihr habt es nicht gesehen. Ekelt euch. Geht heim vor euren Spiegel und ekelt euch.
(Die Andorraner verlieren sich nach allen Seiten, jeder nimmt seine Schuhe.)
SOLDAT Der braucht jetzt keine Schuhe mehr.
(Der Soldat geht.)
JEMAND Der arme Jud.
WIRT Was können wir dafür.
(Der Jemand geht ab, die anderen gehen in Richtung auf die Pinte.)
TISCHLER Mir einen Korn.
DOKTOR Mir auch einen Korn.
TISCHLER Da sind noch seine Schuh.
DOKTOR Gehn wir hinein.
TISCHLER Das mit dem Finger ging zu weit...
(Tischler, Doktor und Wirt verschwinden in der Pinte. Die Szene wird dunkel, das Orchestrion fängt von selbst an zu spielen, die immergleiche Platte. Wenn die Szene wieder hell wird, kniet Barblin und weißelt das Pflaster des Platzes; Barblin ist geschoren. Auftritt der Pater. Die Musik hört auf.)

教師　みんなへいこらしてろ。家へ帰れ。あんたたちは何もわかっちゃいない。それを見てはいないんだ。吐き気を催せ。家へ帰って、鏡の前で吐き気を催せばいいんだ。

兵士　あいつにはもう靴は必要ない。

（アンドラの住民は四方に散らばり去ってゆく。めいめい自分の靴を手に取る）

某氏　かわいそうなユダヤ人。――

主人　私たちに何ができるのか。

（某氏は立ち去り、ほかの人たちは居酒屋の方向に行く）

指物師　私にコニャックを一杯。

医者　私にもコニャックを一杯。

指物師　あそこにまだ彼の靴がある。

医者　店に入ろう。

指物師　指の件は行き過ぎだった…

（指物師、医者、主人は居酒屋に消える。場面は暗くなる。ジュークボックスがひとりでに鳴りはじめる。相変わらず同じレコード。場面がふたたび明るくなると、バルブリーンがひざまずいて、広場の敷石を白く塗っている。バルブリーンは髪を剃られている。神父の登場。音楽がやむ）

BARBLIN Ich weißle, ich weißle.
PATER Barblin!
BARBLIN Warum soll ich nicht weißeln, Hochwürden, das Haus meiner Väter?
PATER Du redest irr.
BARBLIN Ich weißle.
PATER Das ist nicht das Haus deines Vaters, Barblin.
BARBLIN Ich weißle, ich weißle.
PATER Es hat keinen Sinn.
BARBLIN Es hat keinen Sinn.
   (Auftritt der Wirt.)
WIRT Was macht denn die hier?
BARBLIN Hier sind seine Schuh.
   (Der Wirt will die Schuh holen.)
   Halt!
PATER Sie hat den Verstand verloren.
BARBLIN Ich weißle, ich weißle. Was macht ihr hier? Wenn

バルブリーン　私は白く塗る、私は白く塗る。
神父　バルブリーン！
バルブリーン　どうして白く塗っちゃいけないの、神父さん、私のお父さんの家を？
神父　おまえはうわごとを言ってるんだ。
バルブリーン　私は白く塗る。
神父　それはおまえのお父さんの家じゃないよ、バルブリーン。
バルブリーン　私は白く塗る、私は白く塗る。
神父　そんなことをしても意味がない。
バルブリーン　そんなことをしても意味がない。

　（主人の登場）

主人　何をしてるんだい、この娘は、こんなところで？
バルブリーン　ここにあの人の靴があるわ。
　（主人は靴を持ってこようとする）
　待って！
神父　彼女は正気を失ってしまったのです。
バルブリーン　私は白く塗る、私は白く塗る。あんたたちは何をしてるの？　私に見えるも

ihr nicht seht, was ich sehe, dann seht ihr: Ich weißle.
WIRT Laß das!
BARBLIN Blut, Blut, Blut überall.
WIRT Das sind meine Tische!
BARBLIN Meine Tische, deine Tische, unsre Tische.
WIRT Sie soll das lassen!
BARBLIN Wer bist du?
PATER Ich habe schon alles versucht.
BARBLIN Ich weißle, ich weißle, auf daß wir ein weißes Andorra haben, ihr Mörder, ein schneeweißes Andorra, ich weißle euch alle – alle.

(Auftritt der ehemalige Soldat.)

Er soll mich in Ruhe lassen, Hochwürden, er hat ein Aug auf mich, Hochwürden, ich bin verlobt.
SOLDAT Ich habe Durst.
BARBLIN Er kennt mich nicht.

第十二景

主人　やめなさい！

バルブリーン　血、血、いたるところに血が。

主人　それは私のテーブルだ！

バルブリーン　私のテーブル、あんたのテーブル、私たちのテーブル。

主人　もうやめてくれ！

バルブリーン　あんたは誰なの？

神父　私はありとあらゆることをやってみた。

バルブリーン　私は白く塗る、私は白く塗る、私たちが白いアンドラを持てるように。あんたたちは人殺し、雪のように白いアンドラ、私はあんたたちをみんな白く塗る——みんな。

（元兵士が登場）

あの人に私を放っておくように言って、神父さん。あの人は私に目をつけているのよ、神父さん、私は婚約したのよ。

兵士　喉が渇いたな。

バルブリーン　あの人は私を覚えていない。

ZWÖLFTES BILD

SOLDAT Wer ist die?
BARBLIN Die Judenhure Barblin.
SOLDAT Verschwinde!
BARBLIN Wer bist du?
   (Barblin lacht.)
 Wo hast du deine Trommel?
SOLDAT Lach nicht!
BARBLIN Wo hast du meinen Bruder hingebracht?
   (Auftritt der Tischler mit dem Gesellen.)
 Woher kommt ihr, ihr alle, wohin geht ihr, ihr alle, warum geht ihr nicht heim, ihr alle, ihr alle, und hängt euch auf?
TISCHLER Was sagt sie?
BARBLIN Der auch!
WIRT Die ist übergeschnappt.
SOLDAT Schafft sie doch weg.

兵士　この娘は誰だ？
バルブリーン　ユダヤ人と寝た娼婦のバルブリーンよ。
兵士　失せろ！
バルブリーン　あんたは誰？
兵士　（笑う）
バルブリーン　笑うな！　あんたの太鼓はどこへやったの？
兵士　私の兄さんをどこへ連れてったの？
（指物師が弟子を連れて登場）
あんたたち、どこから来たの、あんたたちみんな、あんたたちどこへ行くの、あんたたちみんな、どうしてあんたたちは家に帰らないの、あんたたちみんな、そして首をくくらないの？
指物師　何を言ってるんだ？
バルブリーン　この人もよ！
主人　気が変になってしまった。
兵士　どっかへ連れてゆけよ。

BARBLIN Ich weißle.
TISCHLER Was soll das?
BARBLIN Ich weißle, ich weißle.
 (*Auftritt der Doktor.*)
 Haben Sie einen Finger gesehn?
 (*Doktor sprachlos.*)
 Haben Sie keinen Finger gesehn?
SOLDAT Jetzt aber genug!
PATER Laßt sie in Ruh.
WIRT Sie ist ein öffentliches Ärgernis.
TISCHLER Sie soll uns in Ruh lassen.
WIRT Was können wir dafür.
GESELLE Ich hab sie ja gewarnt.
DOKTOR Ich finde, sie gehört in eine Anstalt.
 (*Barblin starrt.*)
PATER Ihr Vater hat sich im Schulzimmer erhängt. Sie sucht

第十二景

バルブリーン　私は白く塗る。
指物師　何のことだ？
バルブリーン　私は白く塗る、私は白く塗る。
　　（医者が登場）
あんた、指を見たの？
　　（医者は唖然とする）
兵士　指を見なかったの？
神父　もうたくさんだ！
主人　この娘のことはかまわないでやってくれ。
指物師　みんなからひんしゅくを買ってるんだ。
弟子　私らこそ放っておいてもらいたい。
医者　私たちに何ができる？
　　　彼女に注意したんだけど。
　　　精神病院に行ったほうがいいと思う。
神父　（バルブリーンは身をこわばらせる）
　　　この娘の父親は教室で首をつって死にました。この娘は父親を探し、自分の髪の毛

ihren Vater, sie sucht ihr Haar, sie sucht ihren Bruder.
   (Alle, außer Pater und Barblin, gehen in die Pinte.)
Barblin, hörst du, wer zu dir spricht?
   (Barblin weißelt das Pflaster.)
Ich bin gekommen, um dich heimzuführen.
BARBLIN Ich weißle.
PATER Ich bin der Pater Benedikt.
   (Barblin weißelt das Pflaster.)
Ich bin der Pater Benedikt.
BARBLIN Wo, Pater Benedikt, bist du gewesen, als sie unsern Bruder geholt haben wie Schlachtvieh, wie Schlachtvieh, wo? Schwarz bist du geworden, Pater Benedikt...
   (Der Pater schweigt.)
Vater ist tot.
PATER Das weiß ich, Barblin.
BARBLIN Und mein Haar?

を探し、自分の兄を探しているのです。
(神父とバルブリーン以外は居酒屋に入ってゆく)

バルブリーン　誰がおまえに話しているのか聞こえるかい？
(バルブリーンは敷石を白く塗っている)

私はおまえを家に連れて帰るために来たんだよ。

バルブリーン　私は白く塗る。

神父　私はベネディクト神父だよ。
(バルブリーンは敷石を白く塗っている)

私はベネディクト神父だ。

バルブリーン　ベネディクト神父、あなたはどこにいたの、やつらが私の兄さんを屠殺場の家畜のように引っ張っていったときに、そう、屠殺場の家畜のように、どこに？　あなたは黒くなってしまったわ、ベネディクト神父…
(神父は黙っている)

父さんは死んだわ。

神父　知ってるよ、バルブリーン。

バルブリーン　そして私の髪の毛は？

ZWÖLFTES BILD

PATER Ich bete für Andri jeden Tag.
BARBLIN Und mein Haar?
PATER Dein Haar, Barblin, wird wieder wachsen –
BARBLIN Wie das Gras aus den Gräbern.
(Der Pater will Barblin wegführen, aber sie bleibt plötzlich stehen und kehrt zu den Schuhen zurück.)
PATER Barblin – Barhlin...
BARBLIN Hier sind seine Schuh. Rührt sie nicht an! Wenn er wiederkommt, das hier sind seine Schuh.

第十二景

神父　私はアンドリのために毎日祈ってるよ。

バルブリーン　そして私の髪の毛は？

神父　おまえの髪の毛はね、バルブリーン、また生えてくるよ——

バルブリーン　お墓から草が生えてくるように。

（神父はバルブリーンを連れてゆこうとする。だが彼女は急に立ち止まって、靴のほうへ引き返す）

神父　バルブリーン——バルブリーン…

バルブリーン　あの人の靴はここに置いてあるの。これには手を触れないで！　あの人が戻ってきたとき、靴はここに置いてあるから。

ENDNOTEN

註釈

†1 [一五頁] アンドラ（Andorra）……作品の前置きの、「実在する同名の小国」はアンドラ公国であり、「実在するもうひとつの小国」はスイスである。

†2 [一五頁] アンドリ（Andori）……レトロマンス語のヘンドリクス（Hendricus）の短縮形。ドイツ語ではハインリヒ（Heinrich）。
バルブリーン（Barblin）……レトロマンス語でバルバラ（Barbara）の縮小形。
アンドリとバルブリーンは名前だけで職業は記されていない。母親とセニョーラ、居酒屋の主人には名前は記されていない。某氏は名前も職業もない。セニョーラは、スペイン語で女性、婦人、奥さま。ドイツ語の Frau, Dame などに相当する。

†3 [一七頁] 白く塗る（weißeln）……スイスドイツ語。標準ドイツ語では「白くする（weißen）」「（水漆喰で）白く塗る（tünchen）。バルブリーンが家を「白く塗る」ことで作品は始まり、終わる。フリッシュはチューリヒ初演のプログラムのための「注釈」に、初稿はイビサ島で書かれたもので、「白く殺風景な舞台装置はそこから来たものだ」と記している。確かにスペインの陽光を浴びた白色の家のイメージはそこから浮かぶが、白は「潔白」、黒は「暗黒」などの言葉から色のイメージが浮かぶが、白は純潔、無垢を、黒は邪悪、残酷のシンボルとして解釈される。なお宗教的に白色は、Der Weiße Sonntag（白い日曜日）シズムへと結びついていく。

382

註釈

†4 [一七頁] と呼ばれるカトリックの「白衣の主日」(復活祭の次の日曜日) などで使われている。
ゲオルギウス聖人の日……キリスト教における聖名祝日。イギリスやスペインなどではゲオルギオス聖人が殉教したとされる命日とされる四月二十三日に祝われる。ゲオルギウス聖人 (der heilige Georg) は、キリスト教の救難十四聖人の一人。古代ローマ末期の殉教者。竜退治の伝説でも有名である。

†5 [一七頁] ミシュランタイヤのマスコット……フランスのタイヤメーカー、ミシュラン社のマスコットキャラクター。積み上げたタイヤに手足をつけたような人形で、ビバンダム (Bibendum) の愛称で親しまれている。日本では俗に「ミシュランマン」とも呼ばれる。

†6 [二一頁] 石炭袋……カトリックの司祭やプロテスタントの牧師に対する蔑称。スイスドイツ語で子どもや兵士たちによって以前よく使われていた言葉で、黒い僧服からイメージしたものと思われる。

†7 [二五頁] 黒い国……ファシズムの国、ドイツを暗示している。「黒い戦車」「黒いイナゴ」と「黒」色を示す言葉が続く。白い国、アンドラとコントラストをなす。

†8 [二七頁] ベツレヘムの幼児虐殺……新約聖書の『マタイによる福音書』二章十六節〜十八節。新しい王 (イエス・キリスト) がベツレヘムに生まれと聞き、怯えたユダヤの王ヘロデは、「ベツレヘムの二歳以下の男の子を、ひとり残らず殺させた」。ブリューゲルの絵『ベツレヘムの幼児虐殺』は有名。

†9 [三三頁] 髪の毛を全部刈り取られる……一九三五年九月にニュルンベルク人種法がナチスによって制定された。二法のうちのひとつ、「ドイツ人の血と名誉を守る法」はユダヤ

383

ENDNOTEN

†10
[三五頁]

人と非ユダヤ人との婚姻・性交を禁じている。ユダヤ人男性と性交をしたドイツ人女性は、髪の毛を全部刈り取られ、「ユダヤ人と寝た娼婦（Judenhure）」という札を首からぶら下げられ、町中を引き回された。
五十ポンド……イギリスの通貨ではなく、架空の貨幣。相当な額のお金を想定している。この作品のモデル劇的性格から作者はドイツマルクやスイスフランを用いることを避けたものと思われる。

†11
[三七頁]

柱……フリッシュの「稽古のメモ」によれば、「柱は語られるだけで、目に見えるものであってはいけない」とある。したがって教師が見る「柱」は実際にあるのか、幻影なのかわからない。
絞首台は、絞首刑を行うため、人をつるすように作られた台とその付属物。多くの場合は木製で、簡単なものは二本の柱を組み合わせた逆L字型のもので、端に縄を巻き付け、そこから人をつるす。すでに第一景では、「何万人も、何十万人ものユダヤ人が柱につるされて死んだ」、「ユダヤ人は柱に縛りつけられて、首筋を撃ちぬかれる」（＝いわゆる「うなじ撃ち」）などのせりふや、「柱」を見て騒ぎ立てる教師の姿から、この作品におけるユダヤ人の運命が暗示されている。

†12
[四九頁]

聖体行列……中世末期のドイツから広まり、キリスト教の国の民衆に歓迎された典礼行事。十字架を先頭に侍者、白衣の少年少女が続き、次に天蓋の中央に聖体顕示台を持った司祭、その後に修道士や信徒が従う。フリッシュは演出家のジョージ・タボリに、「聖体行列で民衆を示さなければならない。そうでないと民衆は最後にやっと舞台に登場してくるので、それはよくない」と書いている。

384

†13 [五五頁] 屈服するくらいなら死んだほうがましだ……シラーの『ヴィルヘルム・テル』の第二幕第二場で、牧師レセルマンが言う言葉、「奴隷として生きるくらいなら、死んだほうがましだ」(Eher den Tod, als in der Knechtschaft leben) のもじり。スローガンとして用いられ、第八景でも兵士によって語られる。

†14 [七五頁] 感情がない……第七景、第九景でも「僕は感情がない」というせりふがアンドリによって語られる。「感情」と言う概念はロマン主義の時代以降、ドイツ人の特性を表すものとなり、自分をユダヤ人だと思うアンドリは、感情のない人間と位置づけてしまう。

†15 [一二七頁] 密輸……アンドラ公国は山岳地帯にあり、農業、牧畜、林業などが主要産業だが、免税天国であり、密輸ルートがあって多くの商品が密輸されていると言う。こうした状況をフリッシュは反映させたものと思われる。

†16 [一三七頁] ベラドンナ……南ヨーロッパの山間の森などに自生するナス科の植物。赤褐色の花と光沢のある黒い実を持ち、実は猛毒を含む。

†17 [一六三頁] 鶏が鳴く……ここでは夜明けのしるしだけではなく、ペテロの裏切りも表している。裏切らない約束にもかかわらず、ペテロは主イエスを三度否認する。(『マルコによる福音書』十四章六六節～七二節など)。これは同時に父親である教師の、息子や真実への裏切りとも重なる。

†18 [一九一頁] 汝、神の像を造るべからず……『出エジプト記』二十章四節:「あなたはいかなる像も造ってはならない。上は天にあり、下は地にあり、また地の下の水の中にある、いかなるものの形も造ってはならない」から来ている。第七景で神父はひざまずいて、

ENDNOTEN

†19 [一九三頁] 「汝、汝の主なる神の像を造るべからず、また神の創造物である人間の像も造るべからず」と言う。

宿屋の主人……Gasthaus は居酒屋や料理店を兼ねる小規模な宿屋。したがって彼は居酒屋の主人であると同時に宿屋の主人でもある。

†20 [一九七頁] 最後の人たちが最初の人たちになるだろう。(…) 『マタイによる福音書』二章三十節:「しかし、先にいる多くの者が後になり、後にいる多くの者が先になる」から来ている。

†21 [一九九頁] 平和と自由と人権の砦……アンドラについて語っているが、ここは明らかにスイスを想定している。

†22 [二一七頁] ゴリアテ……旧約聖書中の人物。ペリシテびとの巨人でガテの人。ペリシテ軍がサウルの王国(イスラエル)に侵入した際、イスラエル側の少年ダビデにより石投げで倒された。

†23 [二五九頁] 私を殺す石……石は柱と並んで重要なモチーフのひとつであり、石打ちと結びついている。セニョーラは投石によって殺される。新約聖書では、姦通の現場で捕らえられた女を連れてきて、「こういう女は石で打ち殺せ、とモーセは律法で命じています」(『ヨハネによる福音書』八章五節)とある。石打ちという刑罰があって、石打ちの死刑を宣告されれば、刑を執行する石投げ人は必ず大勢で、殺したのが誰の石かわからないようになっていた。(ミリアム・プレスラー『だれが石を投げたのか?』)

†24 [二八九頁] 黒い制服……ナチスの親衛隊(SS)の軍服を思わせる。

†25 [三〇五頁] ユダヤ人選別……この場面は強制収容所の点呼の光景を想像させる。公開裁判、秘

386

註釈

密裁判、強制収容所内での検査などを組み合わせこの場面は構成されている。ユダヤ人は偏平足だという偏見が、靴を脱がせ足を検査することに結びついている。

解題

市川 明

モデル劇としてのフリッシュの『アンドラ』

はじめに

スイスは日本の九州ほどの面積しかない小さな国であるが、永世中立国として知られ、私たちの間でもさまざまに論議され、イメージされてきた。公用語はドイツ語、フランス語、イタリア語、レトロマンス語（ロマンシュ語）の四言語である。マックス・フリッシュ（Max Frisch）はスイスを代表する作家であり、一九一一年にドイツ語圏の町チューリヒで生まれ、チューリヒで学び、仕事をし、一九九一年にチューリヒで亡くなっている。生粋のスイス人である彼は、作家活動に専念する前は建築家としても活躍した。

解題

フリッシュによって一九六一年にドイツ語で書かれ、同年にチューリヒ劇場で世界初演された『アンドラ』 *Andorra* は、一九六〇年代のドイツ語圏演劇に大きな足跡を残した。フリッシュの舞台作品の中でこの作品ほど観客に大きな影響を与え、多くの劇評に取り上げられた作品はない。ユダヤ人問題をテーマに六〇年代に大きなブームを起こしたロルフ・ホーホフート (Rolf Hochhuth) の『神の代理人』 *Der Stellvertreter* を始め、さまざまな政治的テーマを前面に押し出した記録演劇が、現在のドイツの舞台から跡形もなく消え去ったのに対し、『アンドラ』は今日の舞台でも上演され続けている。『アンドラ』はまた学校の教科書に取り上げられる文学作品の定番であり、学校の生徒たちが劇場で集団鑑賞することも珍しくない。『アンドラ』を読み解いてみたい。

Ⅰ　成立史とストーリー

『アンドラ』には「十二景の戯曲」という副題がつけられており、作品冒頭には、「チューリ

391

ヒ劇場に捧ぐ、変わらぬ友情と感謝で」（一三頁）という献辞が添えられている。作品冒頭の登場人物の表示の前には、成立年の「一九五七／六一」と、「この戯曲のアンドラは実在する同名の小国とは無関係である。実在するもう一つの小国も想定してはいない。アンドラはひとつのモデルに与えられた名前である。M・F・」（一五頁）という但し書きがある。「実在する同名の小国」はスペインとフランスに挟まれたピレネー山中にあるアンドラ公国であり、「実在するもうひとつの小国」は作家の母国スイスである。

フリッシュはこの作品の成立史について次のように語っている。「筋。筋はフィクションだ。今回の場合、いつ、どこで筋を思いついたかを思い出した。一九四六年、チューリヒのテラスカフェで、午前だ。散文スケッチとして書かれ、『日記一九四六—一九四九』 Tagebuch 1946-1949 の中に、『アンドラのユダヤ人青年』Der andorranische Jude というタイトルで収められている」。この掌編は、アンドラの住民たちがユダヤ人だと思い込んでいた青年が残酷な死を遂げるが、死後ユダヤ人でなかったことが発覚するという話で、『アンドラ』の筋の核をなしている。『アンドラ』と違うのは、事実が判明するのが死後だということだ。

「一九五七／六一」という成立年をひも解けば、フリッシュは一九五八年五月から六月にか

けて戯曲への改作を試みるが、うまく行かなかった。『アンドラのための時間』という初稿が完成する。五つの草稿――あるいはそれ以上とも言われている――があるとされるが現存しない。一九六〇年秋にふたたび改稿に着手する。一九六一年八月以降はチューリヒ劇場（シャウシュピールハウス）での稽古中に部分的に手を入れ、上演台本の完成を目指した。つまりこの作品は最初からチューリヒ劇場での上演が決まっており、それにむけてワーク・イン・プログレスの形で改訂されたことになる。一九六一年秋に最終稿が完成、十一月二日から四日にかけてチューリヒ劇場で初演され、好評を博した。

『アンドラ』は年代、時間の順に並べられた十二の景（Bild）からなる。そのうち九景には、場面の最後にアンドラの住民が舞台前方に出て、アンドリの事件を振り返り、証言をする前景場面が差し挟まれている。ストーリーは次のようである。

平和な小国アンドラのごく一般的な家庭。教師で左翼活動家だった父親、母親、養子に迎えた二十歳の青年アンドリ、十九歳の実の娘バルブリーンの四人家族である。教師はとなりの黒い国の人々からユダヤ人のアンドリを救い出し、育ててきた。このことは教師の告白により、美談として町の人々に知られている。以前はもっと自由で平和な国であったアンドラでも、黒

い国の伸張によってユダヤ人差別が強まっている。アンドリは、みんなと何ひとつ変わらないのに、「お前は違う」と異端の烙印を押され、のけ者にされる。指物師になろうとした彼はさまざまな偏見や差別によってその道をあきらめざるを得ない。

アンドリとバルブリーンは愛し合い、ふたりの意志で婚約する。アンドリは父親に結婚の申し込みをするが、父親は拒絶する。進歩的だったはずの父親（最近は荒れて、飲んだくれてはいるが）の突然の拒絶に、アンドリはそれがほかの人と同じようなユダヤ人に対する偏見、人種差別から来たものだと思う。そのころアンドリの前に黒い国から来たセニョーラと言う女性が現れ、アンドリの心の支えになろうとする。この女性こそ、かつて父親と志を同じくし、愛し合った父親の元恋人であり、アンドリの実の母親だった。セニョーラは「父親（教師）」がうそを振りまいていることを知っており、もう一度話がしたくて彼を訪ね、真相を正す。だが彼女は何者かに石を投げられ、殺されてしまう。「アンドリが石を投げた」といううわさが広まり、アンドリは無実の罪を負わされる。やがて黒い国の侵攻が迫ってくると、父親はアンドリに告白する。アンドリは自分とセニョーラの間に設けた実の息子であると。だがユダヤ人として育てられ、そのアイデンティティを確立してしまったアンドリはその事実を受け止めること

ができない。黒い国がアンドリを占領し、処刑のためのユダヤ人選別（Selektion、セレクション）が始まる。アンドリはユダヤ人として選別されるが、少しの抵抗もせず連行されてゆく。教師も首つり自殺する。狂気となったバルブリーンはこの国を白く塗り続ける。

2　フリッシュのイリュージョンなき演劇

第一景はいわば Exposition（導入部）とでも言うべきもので、医者と母親、セニョーラ以外、主要な人物はすべて登場する。登場人物の相関図が最初の場面で示される。しかも話の展開がおおむね語られるので、観客はこれをもとに筋を追うことになる。

バルブリーンは十九歳の娘で、家を白く塗っている。彼女はアンドリとの婚約を宣言する。神父が自転車を押して登場する。饒舌で、アンドリという国の紹介や、酒に浸る教師の様子、となりの黒い国が攻めてくる危険、兵士はアンドリに意地悪をし、バルブリーンに言い寄る。などを語る。某氏は嵐が迫っているという不吉な予感を告げる。

アンドリは居酒屋でコック見習いをしているが、指物師に弟子入りして技術を身に着け、将来は指物師になりたいと思っている。アンドリはジュークボックスで音楽を聴くのが好きな二十歳の青年である。指物師はユダヤ人であるアンドリが弟子入りすることを嫌い、法外な金を吹っかける。教師は父親として息子の弟子入り料を何とか調達しようとする。教師は（処刑の）柱を妄想し、何のためにここに柱があるのか問いただす。居酒屋の主人は父親との会話でユダヤ人に対する偏見を吐露する。彼は教師の弱みにつけ込んで、教師の所有地を安くたたいて買い取ろうとする。

バルブリーンをめぐってアンドリと兵士が言い争う。にやにや笑って、うなずくことしかできない白痴がふたりの会話を聞いている。この時点ではアンドリは教師が里子に迎えたユダヤ人ということになっているが、すでに場面最後の前景の証言で、後に判明する「ユダヤ人ではない」という真実が語られる。ここで第一景は終わる。

この場面を見るかぎりソーントン・ワイルダー (Thornton Wilder) の『わが町』 *Our Town* の影響が感じ取られる。この作品はクルト・ヒルシュフェルト (Kurt Hirschfeld) がチューリヒ劇場のドラマトゥルクをしていたころに演目に選定し、一九三八／三九年のシーズンにチュー

解題

リヒ劇場で上演されている。世界初演は一九三八年二月、ニューヨークなので、ほぼ同時にレパートリーに取り入れられたことになる。フリッシュも間違いなくチューリヒ劇場での上演を見ているものと思われる。ドイツ語のタイトルは *Eine kleine Stadt* (小さな町)、あるいは *Unsere kleine Stadt* (われわれの小さな町)である。舞台監督を務める男が進行役として登場し、ごくふつうの小さな町の様子を長々と語り、そこからふつうの市民の日常(結婚や死)が演じられていく。作品ではエミリーとジョージという隣同士の若者の恋愛と結婚が大きな軸になっている。進行役はその後も何度も登場し、説明役として劇に関与する。フリッシュでも「小さな国」アンドラのふつうの市民の様子が、作品全体を概観できるようにまず紹介され、バルブリーンとアンドリの恋愛・婚約も示される。『わが町』の進行役同様、『アンドラ』は証言台の証言者を起点に芝居は展開される。

一九三八年以降のチューリヒ劇場では、ヴェルターリン (Walter Wältherlin) 総監督のもと、ヒルシュフェルトが『わが町』をはじめ、オニール (Eugene Gladstone O'Neill) の『喪服の似合うエレクトラ』 *Trauer muss Elektra tragen*、ジロドゥ (Jean Giraudoux) の『オンディーヌ』 *Undine*、サルトル (Jean-Paul Sartre) の『蠅』 *Die Fliegen* などを、次々と演目に取り入れた。ヒルシュ

フェルトはフリッシュの育ての親で、『アンドラ』の演出をした人に違いない。フリッシュはこの時期チューリヒ劇場を彩るモダニズム演劇の洗礼を受けたに違いない。彼自身も一九四八年の日記で『アンドラ』はもともと『わが町』を模範にしたものであり、「ワイルダーは若いころの演劇の情熱をふたたび掻き立て、生涯自分をその情熱のとりこにした『作家』だ」と記している。

だがドラマトゥルギーという大きな観点から見た場合、『アンドラ』や『ビーダーマンと放火犯たち』*Biedermann und die Brandstifter* にはワイルダー以上にブレヒトの影響が色濃く表れている。このことは、多くの文学研究者が指摘するとおりである。フリッシュが目指す「イリュージョンなき演劇」(Theater ohne Illusion) には、一九四七年のブレヒトとの出会いと、彼が提唱する叙事詩的演劇が大きな役割を果たしたものと思われる。

ブレヒト (Bertolt Brecht) は「オペラ『マハゴニー市の興隆』の注」*Anmerkungen zur Oper "Aufstieg und Fall der Stadt Mahagonny"* で、伝統的な演劇（劇的演劇）と叙事詩的演劇の違いを対照表にしてまとめている。「結末への緊張」(Spannung auf Ausgang) ——「経過への緊張」(Spannung auf Gang) のように。つまり観客・読者の「緊張」は、劇的演劇ではどのような「結

末〕を迎えるのかに向けられるが、叙事詩的演劇ではすでに明らかにされた、あるいは予測できる「結末」にどのように進んでいくのかに向けられる、と言うのだ。ブレヒトの叙事詩的演劇の傑作と言われる『肝っ玉おっ母とその子どもたち』 Mutter Courage und ihre Kinder や『ガリレイの生涯』 Leben des Galilei では、各場面の簡単な筋が、場面が始まる前に語られたり、スクリーンに映し出されたりする。『アンドラ』でも、挿入された前景での証言場面で、まだ上演の中では観客に知らされていない事実や出来事が先取りされて語られる。〈第八景の終わりの、教師とセニョーラの会話、第十景終わりの黒い制服の兵士のパントマイムだけが芝居空間と同じ現在形で演じられるが)。たとえば第一景の居酒屋の主人と第二景の指物師の証言はこうだ。

　主人　証言します。私たちはみんなこの件では思い違いをしていたのです。当時は。もちろん私もみんなが当時信じていたことを信じていました。アンドリ自身もそれを信じていたのですから。最後まで。彼はユダヤ人の子で、この町の教師がとなりの黒い国の連中から救い出したってことにずっとなっていたのです。ですからわれわれは先生が実の息子のように世話をしているのを立派だと思っていたのです。（七一・七三頁）

KOMMENTAR

指物師　証言します。弟子入り料の五十ポンド、あれはアンドリを私の工房に入れたくなかったからです、厄介なことしか起こらないって、ほんとわかってましたから。どうしてあいつは店員になろうとしなかったのか？　私はそのほうがあいつに向いていると思ってましたから。あいつがアレじゃないなんて、誰にもわかりっこなかったんですよ。(八七頁)

「アンドリはユダヤ人でない」という内容の証言がくり返される。作品の筋に大きな影響を及ぼす事実を観客は知ったうえで、作品の展開を追うことになる。第四景では「アンドリはユダヤ人である」という認識をもとに筋が展開される。

アンドリ　[…] 子どものころ、緑の部屋で育った当時から、僕たちは結婚のことを話してた。学校でもみんなが冷やかすので、僕たちは恥ずかしい思いをしたよ。そりゃ無理だってみんなが言った。だって僕たちは兄と妹なんだから！　[…] 母さん、僕

たちを慰めてくれたよね。僕たちは兄と妹じゃないって、教えてくれた。[…]僕がユダヤ人だったので、父さんが国境の向こうで僕を救い出してくれたんだって。(一三五・一三七頁)

こうしてアンドリは父親に、彼の娘のバルブリーンとの結婚を申し込む。しかし父親はかたくなにこれを拒否する。アンドリは「僕がユダヤ人だから」(一四三頁)と思い、ほかの人は、「ユダヤ人を救った男でも、自分の娘をそのユダヤ人にくれてやるのは惜しいんだ!」(一四七頁)と思っているだろうと父親は言う。アンドリは「あの人が僕のためを思ってやっているのなら、どうして、神父さん、どうしてあの人は僕にすべてを与えても、自分の娘だけは与えようとしないのですか?」(一八五頁)と不満をぶちまける。日本にも人種差別や階級格差があり、身近なこととして私たちはこの出来事をとらえるだろう。しかしこの時点で観客はすでにアンドリがユダヤ人でないことを知っている。観客はスリラーのように意外な事実の展開に驚くことはない。登場人物に感情同化することなく、対象に距離を置きながら舞台を眺めることができるのだ。これは間違いなくブレヒトが目指した叙事詩的演劇の理論に合致する。

401

ブレヒトの『母』Die Mutter の第五場、メーデーの場面や、『セチュアンの善人』Der gute Mensch von Sezuan の第八場、「八頭目の象の歌」の場面などは、明らかに『アンドラ』の証言場面につながっていく。『セチュアン』では元パイロットのヤン・スンの母親が舞台前面に出て、タバコ工場で息子に起こった出来事を説明する。観客は語り手の話を聞きながら、後ろでモンタージュ風に再現される事件の様子を観察する。語り手である母親は自由に劇的空間に越境して入り込み、場面を進行させる。すでに分析したように『アンドラ』の証言場面などでも、ブレヒト同様、語り手が回想する物語的・叙事詩的平面と、語り手が演じ手となって再現する劇的平面がクロスオーバーするという文字通り叙事詩的演劇の基本パターンが作られている。

『アンドラ』のドラマトゥルギー上で決定的に重要なのは、教師の元の彼女で、アンドリの母親でもあるセニョーラの二十年ぶりの出現である。いわゆるペリペテイア（急転、逆転）が真相の発見（アナグノリシス）によってもたらされるからである。ソポクレス Sophokles の『オイディプス王』Oedipus Tyrannus に典型的なように、ギリシア悲劇には血縁に関する秘められた事実が明らかになることで、主人公の運命がそれまでの成り行きとは逆に幸から不幸（ある

402

いは不幸から幸）へと急転する作品は多く見られる。セニョーラは真実を告げる。さらに追い討ちをかけるように、教師はアンドリに次のように話す。

セニョーラ　あなたは私たちの息子がユダヤ人だと言った。どうしてあなたはそんなうそを世間に触れ回ったの？（二二九頁）

（教師は黙っている）

教師　[…]　あのころはユダヤ人の子どもを育てるほうが簡単だったからな。それは称賛すべきことだった。みんなおまえの頭をなでた、最初のうちはおまえの頭をなでたんだ。なぜなら彼らはあちら側の連中とは違うということでいい気持ちになっていたからだ。（二八一頁）

この言葉で二十年前とは状況がだいぶ変わってきたことが明らかになる。自ら自分が臆病なことを認める教師は、あの当時は黒い国の女と関係を持ち、子どもを設けることなどタブー

だった。黒い国とは違い、アンドラは人権を守る国であり、ユダヤ人でも差別せず受け入れるという慣わしのようなものがあった、と言う。だからこそ教師はユダヤ人の子だと偽ったのだ。

子どもたちに真実を教えるために教科書改革に努力してきた教師、ファシズムに反対し、平和のために戦ってきた闘士、こうした教師の「偶像」は破壊される。教師は英雄でも何でもなく、歴史や政治に左右される時代の子にすぎないことが明らかになる。肯定的ヒーローの不在とそこから生まれる感情同化の廃止。フリッシュのイリュージョンなき演劇は、異化を生み出すものであり、観客・読者の考える力を呼び覚ます演劇なのだ。

『アンドラ』を読み解くには、二つの大きなテーマ集合 (Themenkomplex) へのアプローチが必要となる。1・想起の空間としてのアウシュヴィッツ、ホロコースト、2・日常の空間としての難民、人種差別・偏見、の二つである。歴史劇や記録演劇の系譜に属さず、ブレヒトの寓意劇とも違う『アンドラ』の独自性をそこから探ってみたい。

3 ユダヤ人像

ジャン・ポール・サルトルが『ユダヤ人』（原題は『ユダヤ人問題の考察』Reflexions sur la question Juive）の中で、「われわれは一般に広がっている見解とは逆に、ユダヤ人の性格が反ユダヤ主義を惹き起こしているのではなく、反対に、反ユダヤ主義者が、ユダヤ人を作り上げたということを見てきた」と記している。ここには外国人差別、人種差別に始まり、社会や学校でのoutcast（追放された人、のけ者）すべてに当てはまるメカニズムが潜んでいるように思われる。

アンドラは架空の国であると同時に、anders（ほかと異なること・もの）を連想させる。主人公のアンドリは異なる存在（Anderssein）である。『アンドラ』の十二の景では、キリストの磔刑までの十二のステーションを描いた受難劇のように、この「異なるもの」の変容が語られていく。全体は大きな二つのグループに分かれている。1・第一景から第六景まではアンドリがアンドラの社会から次第に隔てられ、排除されていく様子が描かれている。サッカーのチームに入ることや指物師になることを断念し、バルブリーンとの結婚も父親の強い拒絶にあう。いち

ばん信頼していたバルブリーンも兵士に強姦され、アンドリは傷つく。2. 第七景から第十二景は、アンドリが次第にユダヤ人であるというBildnis（像）を作り上げ、それが内面化されていく過程が描かれている。やがてアンドリはユダヤ人としてのアイデンティティを確立し、スケープゴートとして処刑される。

作品の二つのテーマ「1. 想起の空間としてのアウシュヴィッツ、ホロコースト、2. 日常の空間としての難民、人種差別・偏見」を結ぶのはユダヤ人であり、ユダヤ人に関するリサーチがまず必要になってくる。「いつもお金のことを考えている」、「臆病」、「感情がない」、「名誉欲が強い」、「ふるさとに対する愛着がない」……このような形でユダヤ人像は一般化されてきた。作品ではこうしたBildnis（像）がどのように表されているのか？ それは像を作る側の普遍的な反ユダヤ主義、人種差別意識とどのように結びついているのか？ 作られる側、ここではアンドリがどのようにBildnis（像）になじみ、自らそれを受け入れていくのか？ こうした事実が作品の中で探られ、検証されねばならないだろう。

第九景で、セニョーラから真実を聞かされた神父は、アンドリが「ユダヤ人でない」ことを伝える。だがアンドリはそれを真実と認めず、自分はユダヤ人だという。（傍線は市川）

アンドリ　幼いころから、僕は人と違うって言われてきました。それで僕はみんなが言ってるとおりなのかずっと気をつけてきました。やはりそうなんです、神父さん。僕は違うんです。みんなが僕に言いました。僕のような人間はどのような動作をするのか、つまりはこんな具合にだって。だから僕はほとんど毎晩、鏡の前に立ちました。みんなの言うとおりでした。僕は言われたような動作をするのです。ほかの動きはできません。そしてアンドラの人たちが僕を観察して、あいつは今お金のことを考えてるなと思うようなときにはいつもお金のことを考えているのです。僕はいつうか気をつけてきました。するとまたもやみんなの言うとおりだったのです。僕はいつもお金のことを考えているのです。そのとおりなんです。そして僕には感情がないっって言われました。感情を持つように努力しましたがだめでした。僕には感情があるのは不安だけです。そしてみんなは僕に言いました。僕のような人間は臆病だって。そのことにも気をつけてきました。臆病な人はたくさんいるけど、僕は自分が臆病なときには、そうだとわかってるんです。ぼくはみんなが言うことを認めたくなかっ

KOMMENTAR

アンドリは「僕のような人間はいつもお金のことしか考えてないって言われています。だから僕は指物師の工房には向かない、販売業のほうが向いてると親方が言うんです。僕は店員になります、神父さん」(二七七頁)と言って、指物師になることをあきらめようとする。だが法外な弟子入り料を吹っかける指物師、教師の弱みにつけこんで教師の土地を安値で手に入れようとする居酒屋の主人など、実際にお金のことしか考えていないのはアンドラの住民なのだ。

「臆病」は「不安」という言葉と抱き合わせに用いられる。子どもができたとき、教師とセニョーラはそれぞれの国に不安を抱いていた。教師は「あなたは国境まで来ると、これはユダヤ人の子どもで、私たちからこの子を救い出した」(三二九・三三一頁)と言い逃れした、とセ

た。でもそのとおりなんです。みんなは僕を長靴で踏んづけました。するとやっぱりみんなの言うとおりなんです。だって僕はみんなと感じ方が違うんです。それに僕にはふるさとがないんです。神父さんはそれをみんなと感じないといけないとおっしゃいました。そして僕はそれを受け入れました。そして今度はあなたたちの番です、神父さん、あなたたちのユダヤ人を受け入れる番なのです。(二五七・二五九頁)

408

ニョーラは言う。

教師はかつては勇敢な人だった。「いのしし」と呼ばれ、「いつも強引に自分の意図を達成する」（一二三頁）人だった。若いころ、真実を書いた教科書を求め、「別の教科書が得られないとわかるとアンドラの子どもたちに、アンドラの教科書で真実ではないことを一ページごとに赤鉛筆できれいに線を引くよう指導した」（一二三頁）。だから黒い国（ナチスドイツ）の反ユダヤ主義に反対する教師が、ユダヤ人の子を黒い国から救い出したというのは信憑性があり、美談と受け取られた。だが臆病なのは勇敢だったはずの両親、特に父親だった。その臆病さゆえに彼は息子を、そして何よりも大切にしてきた真実を裏切ることになる。

医者はアンドリに、「ユダヤ人で悪いのは名誉欲だ。世界中のあらゆる国々で、教授のポストを独占しているのを、私は見てきた、だからわれわれのようなやからにはふるさとしか残されていない。そうは言っても私は反ユダヤ主義ではない。私は残虐な行為には賛成できない。私はユダヤ人を救ってやったこともある」（二一九・二二一頁）と言う。しかし名誉欲に取りつかれているのは医者のほうである。医者は海外で博士号を取り、教授になろうとするがユダヤ人に教授のポストを独占され、夢を実現できない。そのため彼はふるさとに帰ってこざるをえな

KOMMENTAR

かったのだ。同時にここには「反ユダヤ主義ではない」というアンドラの人たちの一般的な立場も表されている。取り繕ったような語りは、黒い国が侵攻してくればそうした立場は容易に崩れ去ることを暗示している。

アンドリは「僕みたいな人間は淫らだけど、感情がないって言うんだ」（七七頁）と言うが、淫らなのは兵士のほうだ。第六景では兵士はバルブリーンの部屋に忍び込み、強姦してしまう。ここは作者がいちばん苦労した場面のようで、ドアの向こうで叫び声を発しようとしたバルブリーンが首を絞められ、抵抗する様子が観客に想像できるよう演出が工夫されている。指物師の弟子も臆病で、すぐ壊れる椅子を作ったのは自分で、アンドリではないということを指物師の前で言えない。

「いつもお金のことを考えている」、「臆病」、「感情がない」、「名誉欲が強い」、「ふるさとに対する愛着がない」。この作品ではユダヤ人に与えられたこれらの指標がアンドラの人たちによって作り出されたものであり、それがアンドリよりもむしろ彼らに表されていることが示される。恣意的な基準の大きな誤りが浮き彫りにされ、フリッシュのアイロニーが際立つ。作品のもとになったスケッチ『アンドラのユダヤ人青年』でフリッシュは書いている。「しかしアン

解題

ドラ人は鏡を見るたびに、自分たちのすべてがそうだということを、自分たちのすべてがそうだということを驚きを持って眺めた」と。定冠詞のついた「ユダ」は固有名詞で、イエスを裏切ったということで知られている。高邁な理想に燃えたアンドラの人たちは、けっきょくは「裏切り者」、「排除される者」、「追放される者」であることが明らかになっていく。『アンドラ』で違うのは、もとのスケッチがアンドラの人たちの正しい自己認識で終わっているのに対し、彼らが何も学ばないまま、自分たちの無実に固執していることである。ここに『アンドラ』の開かれた、グロテスクな結末がある。

第七景の終わりの前景場面で、神父がひざまずいて懺悔する。

　神父　「汝、汝の主なる神の像を造るべからず」。私もあのとき罪を犯したのです。私は彼と話したときに、愛でもって彼に接しようとしました。私も彼の像を造ってしまったのです、私も彼を縛り、彼を十字架にはりつけたのです。(一九一・一九三頁)

「神の像を造るべからず」は、『出エジプト記』二十章四節の「あなたはいかなる像も造ってはならない。上は天にあり、下は地にあり、また地の下の水の中にある、いかなるものの形も造ってはならない」から来ている。だが『アンドラ』の前史をなすフリッシュの掌編『汝、像を作るべからず』*Du sollst dir kein Bildnis machen* では、聖書とは違った作者の哲学的省察がこめられている。フリッシュは「像」を固定観念と捉え、愛の対極にあるものと考えている。もし誰かを愛せば、愛を得た人はそのなかで変化し、発展していく。だから愛はすべてを「像」から解放するものの、身近なもの、見慣れたものが変容していく。またその人にとってすべてると言うのだ。固定観念は先入観・偏見とも結びつき多くの悲劇を生んできた。フリッシュの『アンドラ』は今日の時代、難民や民族紛争の問題とも深く結びついている。そしてフリッシュのイリュージョンなき演劇とは、こうした「像」からの解放の演劇なのだ。

4　柱と石——処刑のモチーフ

（ユダヤ人）処刑のモチーフを構成する「柱」や「石」が実際の舞台には登場せず、比喩的形象として処理されているところにもフリッシュのモダニズム、新しいドラマトゥルギーを感じさせる。昔の絞首台は二本の柱を組み合わせた逆L字型のもので、端に縄を巻きつけ、そこから人をつるした。柱は処刑のための柱をイメージしている。冒頭部分では婚約したバルブリーンとアンドリが、アンドリがユダヤ人であるという前提のもと、処刑の不安を述べる。

バルブリーン　本当ですか、神父さん、みんなが言ってることは？　いつかそのうち黒い国の人たちがやってきたら、ユダヤ人はみんな即座に引っ張っていかれるって言うのは。ユダヤ人は柱に縛りつけられて、首筋を撃ちぬかれるって。本当ですか、それともただのうわさですか？（三三頁）

アンドリ　［…］
僕は見捨てられた最初の人間ではない。あんたの言ってることは何の意味もない。僕は誰が僕の祖先かを知っている。何万人も、何十万人もの人たちが柱につるされて死

んだ、彼らの運命は僕の運命なんだ。(二八五頁)

すでに第一景で教師 (父親) は、柱を目にして大騒ぎする。「この柱はどこから持ってきたんだ?」、「昨日はまだなかった。この柱は…」、「この柱は何のためなんだ?」(三七・三九頁) とつめ寄り、指物師から「あんたは幻影を見てるんだ」と諭される。フリッシュの「稽古のメモ」によれば、「柱は語られるだけで、目に見えるものであってはいけない」とある。したがって教師が見る「柱」は実際にあるのか、幻影なのかわからない。いずれにせよ舞台上には (処刑) 柱は置かれていない。最終場面ではアンドリは連行されるだけで処刑の場面はない。フリッシュは長年にわたって処刑柱のところに囚人である主人公を立たせて、絶望のアリアの中で死を迎えるというセンチメンタルなエンディングを考えていた。これはオペラでは可能だが芝居では無理と判断した後も、誰もいない処刑柱を舞台上に置き、最終景で処刑される囚人を待っているという構想は捨てていなかった。話し合いの中で初めて、柱は舞台上から消えた。石は柱と並んで重要なモチーフのひとつであり、処刑と結びついている。セニョーラは投石

解題

によって殺される。新約聖書には、姦通の現場で捕らえられた女を連れてきて、「こういう女は石で打ち殺せ、とモーセは律法で命じています」(『ヨハネによる福音書』八章五節)と書かれている。石打ちという刑罰があって、石打ちの死刑を宣告されれば、刑を執行する石投げ人は必ず大勢で、殺したのが誰の石かわからないようになっていた(ミリアム・プレスラー『だれが石を投げたのか？』)と言う。石を投げたとされるアンドリは一貫して「石を投げたのは僕じゃない！」(二六七頁)と訴える。最終場面では黒い布をかぶせられた町の人たちの短い会話で、アンドリが石を投げたかどうかが話題にされるが、そもそもそれが処刑の直接的理由ではない。アンドリはユダヤ人として選別され、連行される。残された靴とひとりでに鳴りはじめるジュークボックスがアンドリの処刑を物語っている。セニョーラが石を投げられて殺される場面は舞台上では演じられず、ただ伝えられるだけである。最後まで石も石投げも観客の前では示されない。

芝居はこのようにして結末を迎えるが、バルブリーンがアンドラを白く塗り続ける姿を見せて終わる。こうした開かれた結末もブレヒトが好んだエンディングであり、ここから観客に何かを考えさせようというフリッシュの意図が感じ取られる。

5 白と黒——色の表象

『アンドラ』では白と黒というコントラストをなす二色が作品の基調をなしている。『アンドラ』は家を白く塗るバルブリーンで始まり、白く塗るバルブリーンで終わるという「枠構造」の作品になっている。第一景で兵士は、壁を白く塗るバルブリーンを見ながら次のように言う。その後、黒い国の侵攻について神父にバルブリーンが尋ねる。

兵士　[…]
　　どの娘も父親の家を白く塗る。明日がゲオルギウス聖人の日だから。それであの石炭袋の野郎めが、牧師のことだよ、町じゅうの路地を駆けずり回る。これも明日が聖ゲオルギウスの日だからだ。白く塗れ、生娘たちよ、父親の家を白く塗れ。俺たちが白いアンドラを持てるように、生娘たちよ、雪のように白いアンドラをな！（二一・二三頁）

バルブリーン　神父さん、みんなが言ってることは本当なんですか？　おとなりの黒い国の人たちが私たちの国に攻めてくるだろうって。私たちの白い家をねたんでいるからだって。ある朝、明け方の四時に一千台の黒い戦車でやってきて、私たちの畑を縦横無尽に踏みにじり、それから黒いイナゴの大群のように落下傘で下りてくるって言うんです。(一二五頁)

フリッシュはチューリヒ初演のプログラムのための「注釈」に、初稿はイビサ島で書かれたもので、「白く殺風景な舞台装置はそこから来たものだ」と記している。確かにスペインの陽光を浴びた白色の家のイメージは強烈である。白は「潔白」、黒は「暗黒」などの言葉から色のイメージが浮かぶが、白は純潔、無垢の、黒は邪悪、残酷のシンボルとして解釈される。白はそこから平和へと、黒は戦争やファシズムへと結びついていく。家を白く塗るバルブリーン。「白い家」をねたむ「黒い国の人たち」の「黒い戦車」、「黒いイナゴの大群」。ここでは白と黒のコントラストが鮮明である。

「白」と「黒」を比喩的な修辞法で表しているのは次のせりふである。

医者　［…］
　あるいはわれわれの偉大な詩人ペリンがかつて言ったように、「われわれの武器は、われわれが汚れを知らぬことだ」。あるいは逆に「われわれが汚れを知らぬことが、われわれの武器だ」。こんなことを言える共和国が世界中のどこにある？（二〇七頁）

「武器」(Waffe)＝「黒」と「汚れを知らぬこと」「純潔」Unschuld＝「白」が組み合わされ、この共和国を象徴する平和の原点を探っている。それは「武器を持たないことが最大の武器である」という永世中立の理念にほかならない。
　だが「黒を白と言いくるめる」という言葉があるように、「白く塗る」という行為は必ずしもポジティブなイメージがあるわけではない。ブレヒトの寓意劇『まる頭ととんがり頭』 Die Rundköpfe und die Spitzköpfe の幕間劇では、イーベリン党の兵士がブラシで家々の割れ目に漆喰を塗りたくり、「漆喰の歌」Das Lied von der Tünche を歌う。「どこかで何かが腐って、壁が

を述べた場面がある。第一景で自転車を押して登場してきた神父が言う。

神父　感心だな、バルブリーン、本当に感心だ。私たちは白いアンドラを持てるだろう、乙女たちよ、雪のように白いアンドラを。夜のうちににわか雨さえ来なければな。

［…］

（兵士は笑う）

兵士　夜のうちににわか雨さえ来なければ、か！　やつの教会は見かけほど白くないってことが、丸わかりだな。つまり、やつの教会も土だけでできていて、その土ときたら赤い。だからにわか雨が来たら、そのたびに漆喰が汚れて剥げ落ちてしまうんだ。まるで豚を殺した後みたいに。あんたたちの雪のように白い教会の、雪のように白い漆

さらさら落ちだしたら／何か手を打たなくちゃいかん／腐敗はあっという間に広がるから／誰かに見つかるとやばい／そこで漆喰が必要だ、練りたての漆喰が！／［…］。ブレヒトはヒトラーをペンキ屋 Anstreicher と呼んでいたくらいなので、彼が漆喰を、腐敗を隠蔽するものと考えていたことは明らかだ。『アンドラ』でも同じように漆喰と漆喰が塗られた中身との関連

喰がだ。(一三・二五頁)

本来なら純潔、潔白の象徴であるべき教会だが、白色のすぐ下には殺戮の後のような血塗られた赤が隠されている。理想という衣をまとった現実、これはどこにでもあることかもしれない。だがスイスの場合はしばしばこうした虚構が話題にされ、『黒いスイス』(福原直樹著、新潮社)のような本も生まれている。

「黒い」色のイメージを強烈に思い起こさせるのは、パウル・ツェラン (Paul Celan) の詩「死のフーガ」 *Todesfuge* である。この詩の世界はアウシュヴィッツの収容所の光景に重なり合う。句点 (ピリオド、マル) がまったくない詩で、追いかけるように言葉が迫ってくる。

夜明けの黒いミルク僕らはそれを夕方に飲む
僕らはそれを昼に朝に飲む僕らはそれを夜に飲む
僕らは飲むそしてまた飲む

［…］

『死のフーガ』は一九四五年に成立したが、一九五二年になって初めて、詩集『けしと記憶』 *Mohn und Gedächtnis* の中で発表された。この詩の背景が、ナチスの時代のドイツの強制収容所におけるユダヤ人絶滅であることは容易に読み取れる。一日に三百体は焼かれたというユダヤ人の死体。収容所の煙突から一日中上り続ける煙を、詩人は「黒いミルク」という隠喩で表している。語るものたちの逃れられない運命——死がこの詩のテーマであり、「僕ら」は強制収容所にとらえられている囚人たちである。死を間近に控えた人たちの合唱がフーガ（遁走曲）として表される。各連の始めにはライトモチーフ的に、「夜明けの黒いミルク」がくり返し登場する。本来なら栄誉を与え、生を育む「白いミルク」。これはまっとうできなかった生の隠喩なのかもしれない。『アンドラ』に取り組んだ一九五〇年代終わりから六〇年代初頭にかけて、フリッシュはツェランと友好関係を結んでおり、この詩の影響もあったはずだ。詩の内容とは関係ないが、第六景では「青いミルク」という言葉も見受けられる。

作品に戻ろう。「黒い国の人々」は Die Schwarzen の訳語であり、直訳すると「黒い人たち」となる。ふつうは黒色人種、黒人の意味だが、ここはもちろんそうでない。わかりやすいように「黒い国の人たち」とした。第一景以降、「黒い」という形容詞は表れず、最終景の第十二景に集中している。わずかな例として第九景のセニョーラのせりふがあげられる。

セニョーラ　［…］
　行かないと。私はあちらの国の人間なの。どんなに私がみんなをそう呼んでいる、知ってるわ…（二三五頁）

二十年と言う歳月を経て訪れた白い国。だが侵略者としての黒い国に対する内面的拒否は、侵略の危険が高まれば高まるほど大きくなっていく。この様子は第十景の「黒い国の連中がそこにいるんだ」や「黒い旗が掲げられる」で説明されている。一方反ユダヤ主義もこの国に蔓延しており、アンドリは仲間はずれにされている。かつてユダヤ人として育てたほうが育てや

第十二景は次のようなト書きで始まる。「アンドラの広場。広場は黒い制服の兵士たちによって取り囲まれている。足元で銃を支えて、不動の姿勢。アンドラの住民たちは囲いの中の家畜の群れのように、これから起こるであろうことを黙って待っている。長い間、何も起こらない。ささやきだけがもれてくる」(三二一頁)。黒い制服の兵士は、ナチスの親衛隊(SS)の軍服を思わせる。「黒い布」が配られる。全員が黒い布をかぶらされ、ユダヤ人選別が始まる。兵士たちに暴力を振るわれたアンドリを助け、その支えになろうとするセニューラ(第八、九景)、アンドリが夫の実の息子であり、石を投げたのもアンドリではないと証言し、義理の息子を助けようとする母親。そして誰よりもバルブリーン。黒い国に制圧された中、バルブリーンはユダヤ人選別官の前へ進み出て、彼の長靴の前に黒い布を投げ捨てて言う。「アンドラの住民は誰も広場を歩きません! 私たちはひとりも!」(三四三頁)。そしてバルブリーンは黒い国の人々に抗議し、黒い国の人々に対する抵抗を呼びかける。そして何よりもこの三人は人種差別や偏見から解放された人間なのだ。バルブリーンは「ユダヤ人」と知りながらアンドリを愛し、婚約す

KOMMENTAR

る。里親となった母親はこのふたりに暖かい眼差しを向け、父親に結婚を許すよう説得する。セニョーラは国境を越えた禁断の愛を実らせ、今も自分の気持ちに忠実である。第十二景の黒一色の世界から最後は白い世界に戻る。半ば狂気になりながらもアンドラを白く塗り続けるバルブリーンは、最後まで行動する女性であり、アンドリへの誠実な愛を貫く女性だ。黒づくめの世界が最後に白い世界に反転する。

バルブリーン　私は白く塗る、私は白く塗る、私たちが白いアンドラを持てるように。あんたたちは人殺し、雪のように白いアンドラ、私はあんたたちをみんな白く塗る――みんな。（三七三頁）

6　スイスとナチスドイツ

アンドラが架空のモデルであったとしても、観客は黒い国をファシズムの時代のドイツだ

解題

と、そしてとなりの小国をスイスだと考えるだろう。白い国に侵入した黒い制服の兵士をナチスの親衛隊に、ユダヤ人を選別（Selektion）する男をヒムラーやアイヒマンに重ねることも可能だ。それでは作品中で、ナチスドイツやスイスが史実に沿った形でどのように表されているのだろうか。具体的な例を挙げて探ってみたい。

「私のせいではありません」。証言台に立った第一景の居酒屋の主人、第二景の指物師、第十一景の医者は、同じせりふを繰り返す。この作品が完成し、上演された一九六一年は、長期逃亡中だったナチスの戦犯アイヒマン（Adolf Otto Eichmann）がアルゼンチンで逮捕され、エルサレムの法廷で死刑を宣告された年である。裁判は一九六一年四月に始まり、同年十二月に結審している。アイヒマンは法廷で、「私の罪は私の従順さであり、軍務への私の服従心であり、軍旗への忠誠の誓いです」と発言した。「その命令に忠実に従い、それを忠実に実行しただけだ」と言うわけだ。悪いのはヒトラーであり、自分は責任回避のこの証言は、『アンドラ』の証人のそれと共通する。当時の観客は歴史的な場面に重ね合わせながら作品を見たことだろう。

神父は第一景で「黒い国の連中が向こうでベツレヘムの幼児虐殺のようなことをしでかし

425

た」（二七頁）と言う。ベツレヘムの幼児虐殺について、新約聖書の『マタイによる福音書』には、「新しい王（イエス・キリスト）がベツレヘムに生まれたと聞き、怯えたユダヤの王ヘロデは、「ベツレヘムの二歳以下の男の子を、ひとり残らず殺させた」とある。ナチスの強制収容所でも幼児はすべて殺された。「ベツレヘムの幼児虐殺」はヒトラーが起こしたユダヤ人大虐殺、ホロコースト（ショアー）を連想させるだろう。

同じく第一景でバルブリーンは、「ユダヤ人の婚約者がいるときは、その女性はかさぶただらけの犬のように髪の毛を全部刈り取られるそうです」（三三頁）と言っている。兵士の「ユダヤ人と寝た娼婦め！」（三〇七頁）や、バルブリーンの「ユダヤ人と寝た娼婦のバルブリーンよ」（三七五頁）のようなせりふも見られる。一九三五年九月にニュルンベルク人種法がナチスによって制定された。二法のうちのひとつ、「ドイツ人の血と名誉を守る法」はユダヤ人と非ユダヤ人との婚姻・性交を禁じている。ユダヤ人男性と性交をしたドイツ人女性は、髪の毛を全部刈り取られ、「ユダヤ人と寝た娼婦（Judenhure）」という札を首からぶら下げられ、町中を引き回された。

ブレヒトの詩「ユダヤ人と寝た娼婦マリー・ザンダース」 *Ballade von der Judenhure Marie*

*Sanders*では、「1 やつらはニュルンベルクで法を作った／間違った男と寝た／多くの女はそれに泣いた。［…］4 ある朝早く、九時に／彼女は町を引き回された／シャツのまま、首に札をかけられ、髪は剃られて／路地には叫び声。彼女は／冷たく見返した」そこでは「黒すぎる髪の毛を持った」「愛人」（＝ユダヤ人）のところへ、「今日からは行けない」状況が赤裸々に描かれている。ブレヒトの詩に表れた歴史的事実が、フリッシュの戯曲ではアンドリとバルブリーンの関係を通して語られる。

第十二景のユダヤ人選別の場面は、ナチスの強制収容所の光景を想像させる。貨物列車で移送されてきた囚人たちは列車を下りるとただちに「選別」（Selektion）される。ナチスの医師が労働可能な者と労働不可能な者を瞬時に選別していく。労働不能者はただちにガス室に送られて処刑される。労働可能者には過酷な強制労働が待っている。まさしく「生」と「死」の選別であり、それはこの場面と何ら変わりない。公開裁判、秘密裁判、強制収容所内での検査などを組み合わせこの場面は構成されている。第一景で兵士がまだ見ぬバルブリーンの婚約者について「偏平足だったりして？」（一九頁）とバルブリーンに問いかける。これは婚約者は「ユダヤ人だったりして？」と問うことと同一である。第十二景ではユダヤ人は偏平足だという偏見

スイスはこの作品の中でどのように表されているのだろうか。まずスイスを感じさせる言葉から探っていきたい。人物名だが、アンドリ（Andri）はレトロマンス語（ロマンシュ語）のヘンドリクス（Hendricus）の短縮形で、ドイツ語ではハインリヒ（Heinrich）である。同じくバルブリーン（Barblin）はレトロマンス語で、バルバラ（Barbara）の縮小形だ。スイスの公用語は四言語で、ドイツ語、フランス語、イタリア語、レトロマンス語である。これらの言語からいちばんスイスを感じさせるのはレトロマンス語である。作品ではまず人物名からスイスを想起させるような工夫がなされている。

スイスでいちばん使用頻度が高いのは北部、中部で使われているドイツ語だが、スイスにはスイスドイツ語といわれる方言がある。作品のキーワードである「白くする」「白く塗る」は、weißeln というスイスドイツ語が使われている。標準ドイツ語では weißen「白くする」、tünchen「（水漆喰で）白く塗る」のような単語が用いられるが、weißeln によってある種の言葉の異化が図られている。Kohlensack「石炭袋」はカトリックの司祭やプロテスタントの牧師に対する蔑称だがスイスドイツ語で、子どもや兵士たちによって以前よく使われていた言葉である。

アンドラという国は作品中でどのように評価されているのか？　そしてそれはスイスとどのように結びついているのか？　第一景で神父は、「私たちの谷は狭いし、畑も石ころだらけで急斜面だ。[…]アンドラは美しい国だけど、貧しい国なんだ。平和な国、弱い国——みんなが神を畏敬する敬虔な国。」(二九・三一頁)と話す。医者も第四景で、「アンドラは小さな国だが、自由な国だ。こんな国がどこにある？　これほど美しい名前を持った祖国は世界中のどこにもない、これほど自由な民族は地球上のどこにもいない」(一一七頁)と絶賛する。第八景ではアンドラをめぐって理念（Begriff）と理想（Inbegriff）という言葉を使いながら、次のような会話が展開される。

　　主人　われわれほど愛されている民族はない。

　　指物師　前々からだ。

　　医者　愛されているどころじゃない。アンドラがどこにあるのか、かいもく見当がつかない人たちに出会ってきたが、世界中のどんな子どももアンドラが砦だということを、平和と自由と人権の砦だということを知っている。

主人　ほんとにそのとおり。

医者　アンドラはひとつの理念であり、それがどういうものかわかってもらえるなら、ひとつの理想なのだ。

（タバコを吸う）

私が言ってるのは、やつらは攻めてこないってことだ。

兵士　どうして攻めてこないんだ、どうして来ない？

主人　われわれがひとつの理想だからだ。(一九九・二〇一頁)

　自由と平和と人権の砦、理想の国、世界中から愛され、敵が攻めてこない国。ここでは明らかに永世中立国スイスを想定している。同時にこのように絶賛された理想の国の虚像が少しずつはがされ、観客が真実と向き合うようになることが、作品の狙いでもある。理想と現実の乖離は神父の次のような言葉からも垣間見られる。

　神父　あの人（＝教師）は幻覚を見ているのだよ。黒い国の連中が向こうでベツレヘムの幼

「真実」だと思っていたことが「うそ」であったり……そこではまさしく根底的な検証が行われねばならないのだ。検証の対象となるのは民衆であり、民衆の行動である。少なくともアンドラでは理想の国にあるまじき反ユダヤ主義が蔓延している。

ちなみにスイス史におけるユダヤ人との関係について少し見てみよう。ドイツがチェコを併合した一九三八年、スイスはユダヤ人難民を国境で識別し、入国を防ぐために、Jスタンプ制度を導入した。すべてのドイツユダヤ人はパスポートにJ（Jude＝ユダヤ人）のスタンプを押すことを義務づけられた。このようなユダヤ人の受け入れを拒否する状況は、作品にもある程度反映されているのかもしれない。いずれにせよ作品に表された史実は、この作品を歴史劇、時事劇として見ることが可能だということを示している。

『アンドラ』では強烈な「引き下げ」(Herabsetzung)、イメージダウンが行なわれる。「引き

児虐殺のようなことをしでかしたときに、みんな憤慨して、こちらへ避難してくる人のために衣服を集めたんじゃなかったのかね？ だのにあの人は、私たちはおとなりの黒い国の人たちとさして変わらないって言うんだ。［…］（二七頁）

下げ」の場は、アンドラであり、そこに住む人たちだ。だから『アンドラ』の主人公は町の人たちであり、教師なのだ。『アンドラ』では、一人ひとりの国民の中に培われてきた愛国主義が偏狭なナショナリズムとなって偏見や人種差別を生み出していく。勝者のいない芝居、いるのは敗者のみ。そしてその根底には偶像破壊という通奏低音が流れている。「反ファシズム」を掲げた、「平和と自由と人権の砦」は簡単に崩れ去ってしまう。この作品には明らかに永世中立国スイスへの批判がこめられている。

7　フリッシュとチューリヒ劇場

フリッシュが出版された作品の献辞に記したチューリヒ劇場はどのような劇場なのだろう？『アンドラ』が世界初演されたこの劇場や、育ての親と言われ、演出を担当したヒルシュフェルトとフリッシュはどのような関係にあったのだろう？
ファシズムの時代、チューリヒ劇場は十二年間、反ファシズム舞台芸術家によるアンサンブ

ルが維持された劇場である。ドイツで上演機会を奪われた亡命作家たちにとって、チューリヒ劇場はこうした哀れな状況の中での称賛に値する例外であった。そしてそこには「抵抗の美学」と言っていいさまざまな政治的、芸術的な水脈が隠されている。ドイツ文化をナチスの介入から守り、同時にそれを第三帝国への抵抗運動に利用するという二重の戦略をチューリヒ劇場は立てていた。一九三八年以降のチューリヒ劇場は「もう一つのドイツ」を形成していた。

ドイツ文化はスイスに「隠れ家」を見つけたのだ。

第二次世界大戦中、スイスのチューリヒ劇場で、ブレヒトの三作品が世界初演された。『肝っ玉おっ母とその子どもたち』が一九四一年に、『セチュアンの善人』と『ガリレオ・ガリレイ』が一九四三年に。この三作品に続き、『プンティラ旦那と下僕マッティ』 *Herr Puntila und sein Knecht Matti* も一九四八年にここで世界初演されている。ブレヒト上演史においてチューリヒ劇場がいかに重要な足跡を残したかがわかるだろう。この時期、チューリヒでのブレヒト上演は一つの政治的抵抗を示す勇気ある試みだったと言える。

亡命芸術家に避難所を与え、ドイツ演劇の出会いの場であり続けたチューリヒ劇場は、第二次世界大戦後も「冒険への勇気」を失わなかった。ヒルシュフェルトはこうした「冒険への勇

気」を二人のスイス人作家、マックス・フリッシュとフリードリヒ・デュレンマットの最初の作品で示した。ドイツ語圏の戦後文学で彼らがどのような意味を持つのかは、当時ほとんど誰にもわからなかった。いずれにせよ最初の数年間は二人の作品を上演するのに、チューリヒでは大変な勇気がいったはずだ。一九四四年にヒルシュフェルトはフリッシュに芝居を書くことを勧め、最初の戯曲『サンタ・クルス』Santa Cruz が誕生した。だがヒルシュフェルトが『ほらまた歌っている』Nun singen sie wieder を先に上演するよう提案したため、一九四五年三月にこの戯曲が世界初演された。フリッシュは戦争批判のこの作品で鮮烈なデビューを飾る。チューリヒ劇場は一つ(『トリプティーク』Triptychon)を除き、フリッシュのすべての劇作品を世界初演している。『ほらまた歌っている』の初演以降、主なものを挙げると、『サンタ・クルス』(一九四六)、『万里の長城』Die Chinesische Mauer (一九四六)、『戦争が終わったとき』Als der Krieg zu Ende war (一九四九)、『ビーダーマンと放火犯たち』(一九五八、放送劇の出版は五三年)、『アンドラ』(一九六一)などである。フリッシュの演劇史は、チューリヒ劇場のフリッシュ上演史とほぼ重なる。

フリッシュは、一九四〇代のデビュー以降、数年の間にチューリヒ劇場の座付き作家に上り

434

つめる。一九五〇年代半ばから彼は、戦後のスイスを代表する作家と称せられるようになり、『ビーダーマンと放火犯たち』は彼を世界的な作家に押し上げた。チューリヒでのフリッシュ上演の頂点をなすのは、一九六一年の『アンドラ』世界初演であろう。『アンドラ』はフリッシュのもっとも成功した作品となった。一九六二/六三年のシーズンだけを取ってみてもドイツ語圏の四十九の劇場で九百三十四回の上演回数を記録した。こうしたブームはチューリヒでの初演がわずか三日間と言う窮屈な日程にもかかわらず、ものすごい人気を集めたことからも予測できた。

8 モデル劇としての『アンドラ』

フリッシュは『アンドラ』に言及して、「アンドラはひとつのモデルに与えられた名前だ」と述べている。ブレヒトが寓意劇『セチュアンの善人』でセチュアンを「半ば西欧化された町（ならどこでもいい）」と規定したように、フリッシュもアンドラは架空の国であることを作品冒

頭で断っている。一方、一九七五年に『アンドラ』を演出したエルンスト・ヴェント（Ernst Wendt）はフリッシュに直接問いを投げかけている。

『アンドラ』は――そのモデル劇的性格にもかかわらず――第一義的には時事劇である、という見解に賛成していただけるでしょうか？　一九五〇年代に始まった「過去の克服」やナチス弾劾裁判などの政治的環境抜きにはこの作品は考えられないのではないでしょうか？

質問は全部で九つあるのだが、フリッシュはこの問いについては「賛成します」とだけ答えている。歴史劇か寓意劇かをめぐっては初演からずっと同じような論議がくり返されてきた。振り返ってみよう。

初演は大きな反響があり、その後、全世界でこの作品は上演され続け、子どもたちにも学校の教科書などで読まれ続けた。一方でこの作品に対する批判もあり、さまざまな論争がなされてきた。『アンドラ』はユダヤ人が登場しない反ユダヤ主義を扱った作品だ」といった皮肉め

解題

いた批判もあり、反ユダヤ主義をテーマにした作品を「モデル」「寓話」として扱うことに対する疑問が多く寄せられた。ユダヤ人であり、両親をアウシュヴィッツ強制収容所で亡くした詩人のパウル・ツェランは、この作品に出てくるユダヤ人（像）や反ユダヤ主義者に偽ものを感じ、本当の重さが伝わってこないアレゴリー作品だと批判した。初演を観たフリードリヒ・トーアベルク（Friedrich Torberg）はユダヤ人の立場から『フォーラム』にツェランと同趣旨の批評を載せた。彼は「ユダヤ人、ユダヤ人であること、ユダヤ人性を概念や事実の内容として明瞭に説明することはきわめて難しい」としたうえで、「それが何であるのかを正確に言うことはできないにせよ、それが何でないのかは正確に言うことができる」。「それらはモデルではないし、恣意的で、交換可能な偏見の表れである、交換可能な対象・目的物でもない。反ユダヤ主義が恣意的で、交換可能な偏見でないように」と批判している。

「アウシュヴィッツ以後、詩を書くことは野蛮だ」（アドルノ）と言われるように、みんなが歴史の重さを受け止めた時代だ。演劇は記録演劇の時代に入り、ファシズムの時代を告発する真摯な作品が立て続けに発表された。一九六四年にはロルフ・ホーホフートの『神の代理人』やハイナー・キップハルト（Hainar Kipphardt）の『オッペンハイマー事件』 *In der Sache*

J. Robert Oppenheimer が、一九六五年にはペーター・ヴァイス (Peter Weiss) の『追究』Die Ermittlung が出て、衝撃を与えた。こうした時代にフリッシュの作品が「ゆるい作品」だと思われたのもわからないではない。だがフリッシュはもっと作用半径の大きい作品を考えていたのではないだろうか。ブレヒトの寓意劇とも違った、いわば歴史劇と寓意劇の中間に位置するモデル劇を。これにより現代にも普遍的に当てはまる人種差別や難民の問題とも絡め合わせて作品をとらえることができ、あらためてこの作品の奥行きの深さを知った読者・観客も多いことだろう。

「距離化による生産性」ということが問題にされる時、モデル劇という筋の媒介形式が語られねばならない。作者自身が言うように「アンドラは一つのモデルに与えられた名前である」。『アンドラ』の筋はモデルであって、ヒストリー（歴史劇）ではない。そこではヒトラー・ナチスが起こしたユダヤ人大虐殺（ホロコースト）という歴史的事件の背景や、その社会的原因はほとんど問題にされていない。それは戦争、ファシズムという複雑なできごとを、その脅威が日に日に迫る隣国の庶民の生活・心理状況の断片をつなぎ合わせることによって、モデル化したものである。これにより、反ユダヤ主義が生み出した人種差別がホロコーストへとつなが

解題

り、世界を戦争の渦に巻き込んだという、大きな事象の根源に光が当てられる。平和と自由の砦と言われた国においてさえも、人間の野蛮化、倒錯化が起きたという本質的な側面が強調されるのだ。観客に強いインパクトを与え、能動的な舞台参加を促すためには、モデルは否定的なものでなければならない。大切なことは観客が与えられたモデルから自己の現実にあわせてそのヴァリアント（変型）を作りあげ、さらにそれに対するアンチモデルを描きだすことだ。「モデルが変えられてはじめて、歴史から学ぶことができる」のだが、この仕事を「受け手」として観客にゆだねているがゆえにモデル劇は、まだ十分に試されていないがおそらくもっとも可能性の大きなタイプである。この作品は仕掛けの大きい教材劇・教育劇（Learningplay, Lehrstück）と言えるのかもしれない。

フリッシュはブレヒトのオプティミズムに与（くみ）しなかった。勝者のいないドラマ、主要な人物の死で終わるドラマ、大きな出来事が何ひとつ舞台上で示されないドラマ、変革の契機が見えてこないドラマ、善人を生み出すことのできない社会ドラマ、ユダヤ人の登場しない反ユダヤ主義を扱ったドラマ、遡及的な構造を持ったドラマ……フリッシュは『アンドラ』で従来のドラマの構造や内容の枠を打ち破る作品を打ち立てた。これが本当の意味でのリアリズムなのか

もしれない。ただ『アンドラ』の場合は提示されたモデルは必ずしも単純化されたモデルではない。それだけに観客がそのモデルを打ち破るような強い力を発揮できるかどうかは不明な点も多い。だがフリッシュが選んだペシミズムには、どこかに観客に対する深いオプティミズムが隠されているように思える。この強さのペシミズムの中にフリッシュの真髄がある。

・

　なお『アンドラ』は二〇一八年三月に清流劇場により上演される（田中孝弥演出）。スイス演劇の上演は多くないが、私の翻訳ではデュレンマットの『老貴婦人の訪問』（鳥影社）に続くものである。
　なお厳しい日程にもかかわらず、今回もすばらしい本に仕上げてくださった松本久木氏と、編集の労をとってくださった岡本朋子氏にこの場を借りて深い感謝を捧げる。

　二〇一八年一月九日　大阪にて

本書は市川明によるドイツ語圏演劇翻訳シリーズ
「AKIRA ICHIKAWA COLLECTION」(全20巻)の第5巻である。

【既刊】

第1巻
『タウリス島のイフィゲーニエ』
ヨハン・ヴォルフガング・フォン・ゲーテ 作

第2巻
『こわれがめ 喜劇』
ハインリヒ・フォン・クライスト 作

第3巻
『賢者ナータン 五幕の劇詩』
ゴットホルト・エフライム・レッシング 作

第4巻
『アルトゥロ・ウイの興隆』
ベルトルト・ブレヒト 作

第5巻(本書)
『アンドラ 十二景の戯曲』
マックス・フリッシュ 作

(全て小社刊)

大阪ドイツ文化センターは本書の翻訳を後援しています。
Diese Übersetzung wird gefördert vom Goethe-Institut Osaka.

市川 明（いちかわ・あきら）

大阪大学名誉教授。1948年大阪府豊中市生まれ。大阪外国語大学（現・大阪大学）外国語学研究科修士課程修了。1988年大阪外国語大学外国語学部助教授。1996年同大学教授。2007–2013年大阪大学文学研究科教授。専門はドイツ文学・演劇。ブレヒト、ハイナー・ミュラーを中心にドイツ現代演劇を研究。「ブレヒトと音楽」全4巻のうち『ブレヒト 詩とソング』『ブレヒト 音楽と舞台』『ブレヒト テクストと音楽――上演台本集』（いずれも花伝社）を既に刊行。近著に *Verfremdungen*（共著 Rombach Verlag、2013年）、『ワーグナーを旅する――革命と陶酔の彼方へ』（編著、松本工房、2013年）など。近訳に『デュレンマット戯曲集 第2巻、第3巻』（共訳、鳥影社、2013年、2015年）など。多くのドイツ演劇を翻訳し、関西で上演し続けている。

AKIRA ICHIKAWA COLLECTION NO.5

アンドラ

2018年3月20日　第1版 第1刷

作：マックス・フリッシュ
訳：市川 明

編集：岡本朋子
発行者／装丁／組版：松本久木

発行所：松本工房
〒534-0026 大阪市都島区網島町12-11 雅叙園ハイツ1010号室
電話：06-6356-7701／ファックス：06-6356-7702
http://matsumotokobo.com

印刷／製本：シナノ書籍印刷株式会社

本書の一部または全部を無断で転載・複写することを禁じます。
乱丁・落丁本は送料小社負担にてお取り替え致します。

Printed in Japan
ISBN978-4-944055-95-1 C0074
© 2018 Akira Ichikawa